講談社文庫

新装版

無《む》明《みよう》の闇《やみ》

鬼籍通覧

樹野道流

JN166476

目次

新装版　無明の闇　鬼籍通覧

一章　ただ何となく

1

某年五月中旬のある水曜日の朝。大阪府T市O医科大学法医学教室……。

「おーはよー」

間の抜けた挨拶をして教室に入ってきたのは、大学院一年生の伊月崇《いづきたかし》である。

今朝の出で立ちは、藍色の花模様が肩から胸の辺りに入った薄手のシャツに、ピタピタの革パンツ、それに、大きな硝子《ガラス》玉をあしらったペンダント……。

毎日のこととはいえ、医学部ではついぞ見かけない奇抜な服装に、コンピューターに向かっていた秘書の住岡峯子《すみおかみねこ》は、思わず固まってしまう。

「お……おはようですにゃ。……あービックリした」

「何を吃驚《びっくり》してんだよ？」

「入れ墨彫って、上半身裸で来たのかと思いました」

「へ？」

伊月は、しげしげと自分の姿を見直してみた。

言われてみれば、身体にぴったり吸い付くシャツの色合いは、ほとんど「肌色」である。そして、ジャパネスクな桜の模様は、入れ墨に見えないこともない。

「……もしかして、ちょっぴり怪しいかな、俺」

「とっても怪しいです。遠山の金さんモノクロ版って感じ」

きっぱりと断言して、峯子は立ち上がった。「教室員所在場所一覧表」の下に張り付けてあった白い紙切れを、伊月の目の前で軽く振ってみせる。

「今週初の解剖でーす。皆さん、もう行っちゃってますよ」

「お、そっか。ちょっと久しぶりだな」

伊月は、慌てて自分の机の上に鞄を置いた。肩まで届く長い髪を後ろで束ねながら、大声を張り上げる。

「今朝のは、どこの何？」

「I署で承諾解剖。よく知りませんけど、赤ちゃんだって言ってましたよ」

それを聞いて、髪をゴム輪で結んでいた伊月は、たちまち顰《しか》めっ面になった。

「赤ん坊か……」

「伊月先生、赤ちゃんの解剖、初めてでしたっけ？」

「いんや。一度だけやったことあるよ」

「そっかー。私は見たことないけど、やっぱり嫌なもんでしょうね」

伊月は、渋い顔のままで頷く。

「赤ん坊はさ、俺、子供いないけど、それでもやっぱり滅入《めい》るよ。……それだけは、ミチルさんの言うことが当たらなきゃいいと思うね」

「そういえば」

峯子は、再びパソコンに向かいながら、小さく肩を竦《すく》めた。

「伏野《ふしの》先生がよく言ってますもんね、『続くときは、同じような解剖ばっかし続くのよねえ』って」

「『ミチルの法則』の一つらしいぜ」

「そうそう」

峯子は笑いながら、素晴らしいスピードでキーを叩《たた》いている。

「特に、溺死体とか『イヤだな〜』って思うタイプのやつばっかり続きやすい、って」

「『ミチルの法則』はやたら正しいからなあ」

伊月はうんざりした口調でそう言って峯子の横を通り過ぎた。

「ま、俺たちの仕事に選《え》り好みは禁物だよな。行ってくるわ」

「行ってらっしゃい、頑張って」

愛想《あいそ》良く伊月を送り出した峯子は、教室の扉が閉まるなり、ふふっと笑って呟いた。

「『俺たちの仕事』かあ。ここに来て一ヵ月で、かっこいいこと言うようになったわねえ、崇君も」

2

「おはよーございまーす」

スクラブに着替えた伊月が、使い捨て手術着を肩に引っかけて解剖室に入っていくと、皆が一斉《いっせい》に彼のほうを見た。

「おはようございます」

「ご苦労さんです」

担当の警察官二人の挨拶に続いて、筆記役の森陽一郎《もりよういちろう》が、伊月を見てにっこりと微笑む。女の子のように華奢で小柄な彼は、声も高く細い。

「おはようございます、伊月先生。今朝は、比較的早いですね」

「比較的は余計だぜ、森君よ。……おはようさんです」

伊月の台詞《せりふ》の後半は、陽一郎の脇で刑事の説明を一緒に聞いている、助手の伏野ミチルに向けたものだった。だが、ミチルは陽一郎がカリカリと書き込んでいる紙から視線を上げずに、ぶっきらぼうな挨拶を返してきた。

「おそようさんです」

伊月ほど朝が弱いわけではないミチルだが、それでも昼食を食べる頃までは、やはりテンションが低い。

「はい、おそようでした……」

伊月は素直に認めて、まだ帽子を被ってない頭をポリポリ掻きながら、ミチルの横に歩み寄った。

幸い、まだ刑事の話は始まったばかりのようだった。陽一郎の前にある紙には、赤ん坊の名前と年齢、それに両親の名前しか書き込まれていない。

「まだ五ヵ月か……」

「うん。五ヵ月の男の子。最初の子供で、両親は父親二十二歳と、母親十九歳。どういう状況だったのかしら？」

ミチルが訊《たず》ねると、刑事はノートを繰りながら、説明を始めた。

「ええ、昨日の朝から始めますとですねえ、午前六時半頃、母親がミルクを飲ませたそうです。そして、そのまま寝かせていたと。このときは、ゲップもちゃんと出て、機嫌よう寝とったようですね。……ただ、一昨日くらいから少し風邪気味で、母親も気にはしとったそうです」

「風邪気味ね……。それで？」

ミチルは、片手を頬に当て、ぼんやりと壁に掛かったカレンダーを見ながら先を促す。

「それで、父親が仕事に出た後、母親は家事をしてですな、十一時半頃に早めの昼飯を食ったそうなんですな。で、子供にミルクを飲ませたのは、自分が飯を食う前なんで、十一時頃だろうと。赤ん坊はいつもどおりミルクをよく飲んで、ゲップもちゃんと出たそうです。で、いつもやったら機嫌よく昼寝するんですが、その日は子供がどうにもぐずるもんで、居間に連れてきて、添い寝しながらテレビを見とったと、こういうわけです」

「添い寝……。どんなふうに寝かせたのかな？」

伊月の問いに、刑事は陽一郎の前にある紙の隅っこに、部屋の簡単な見取り図を描き始めた。

「八畳の絨毯《じゅうたん》敷きの部屋でしてな。テレビの前に、こう、昼寝用のタオルケットを広げて、赤ん坊をバスタオルでくるんで寝かせたようです。で、母親はその横にぴったりくっついて、肘枕でテレビをね……」

「ああ、なるほど……。俗に言う『ごろ寝』状態だったわけだ」

「そうです、そうです。こんなふうに」

刑事は頷いて、自分の右耳あたりに、右手を当てて頭を傾げ、「肘枕」を実演して見せた。

「それで母親が、テレビを見ながら子供をあやしてるうちに、いつの間にか寝込んでしもたらしいんですよ。まあ、初めての子供やし、夜泣きされるしで、母親も疲れとったんでしょうねえ」

「そりゃ……まだ十九歳なんだもんな。大変だよ。俺、十九歳の頃っていったら、講義サボって遊びまくってたなあ……」

同情的な顔で呟いた伊月に、ミチルは頷いて妙にきっぱりと言った。

「当然でしょう。講義なんて、九割七分は時間の無駄よ。参考書を読んだほうが、早くて確実だわ」

「……ほほう。断言しましたね」

「うん。だって私、大学本当に行かなかったもん。六年生の夏と冬、予備校の集中講座に十日ずつ通ったら、それで通っちゃった。卒試も国試も」

「ミチルさん。それ、今の六年生に言ったら、刺されますよ」

呆《あき》れたように首を振る伊月とは対照的に、ミチルはつまらなさそうに、小さく肩を竦めて言い放った。

「それで通っちゃえるような試験しか作れない、大学と厚生労働省が馬鹿なのよ」

「すげえことをまた大声でハキハキとこの人は……」

「だってほんとのことだもん」

このまま放っておくと、どこまでも脱線しそうな二人を牽制《けんせい》すべく、陽一郎は慌てて刑事に質問した。

「それで、お母さんが寝込んじゃってる間に、何があったんですか？」

「そう、それですねん」

刑事も、仕事を円滑に進行させるべく、声を張り上げる。ミチルと伊月も、国家試験の話をいったん脇《わき》に置き、刑事のほうを見た。

「母親が言うには、寝ついたんはだいたい十二時四十五分から十三時の間やと断言してます」

「えらく細かいわね、どうして？」

ミチルの問いに、刑事は片頬で苦笑いして言った。

「ほれ、主婦の楽しみ、っちゅうやつですわ。ＮＨＫの連続ドラマを毎日見とるわけです。で、見始めたんはいいんですが、最後がどうなったか覚えとらんので、おそらくドラマをやってる十五分のうちに寝入ってしまったと」

「なるほど。ドラマも時には役に立つんですねえ」

陽一郎は、感心したように呟《つぶや》きながら、言われもしないドラマのタイトルまで、丁寧にメモしている。

少し離れたところで器具を並べていた技師長の清田《きよた》も、嬉しげに口を挟む。

「そうそう、ああいうもんは、見とくと知らない人とでも話題ができて、便利ですからねえ。面白いし」

「なるほどね。……で、母親が起きた時刻は？」

「それがですね」

ミチルの問いに、刑事は再びノートを見ながら言った。

「ええと、母親が目を覚ましたのは、だいたい十四時五分頃です。これは、救急覚知の時間から逆算したもんですわ。……目を覚ましてみたら、子供が、寝ついたときとまったく同じうつ伏せの姿勢で寝とるもんで、妙だなと」

「うつ伏せ……。いつもうつ伏せに寝かせているの？」

「ええ。何ちゅうか、仰向《あおむ》けにせえと健診の時に指導されとったらしいんですが、どうも『うつ伏せのほうが男前になる』と誰かに聞いて、そうしとったようです」

「ああ……」

ミチルは思わず溜め息をついたが、それに対しては何も言おうとしなかった。

「真っ直ぐ下向いてたんすか？　鼻とか口が塞がるようなことは？」

すかさず、伊月が質問を挟む。

（なかなか、いい質問をするようになってきたじゃない）

そう言いたげに、ミチルが伊月に視線を投げる。伊月は、ちょっと自慢げに、鼻の下をまだ綺麗な手袋の指先で擦《こす》った。

刑事は、今度はノートを見ずに答えた。

「真っ直ぐ下っちゅうよりは、左のほっぺたを絨毯につけた感じで……ええ。身体が動いてないんで、バスタオルも下に敷いたタオルケットも、呼吸を妨げるようなことはなかったようです。バスタオルは身体を緩くくるんどっただけで、胸を締めつけるとか、そういう感じではなかったと」

「そうですか……」

「子供があまりにも動いてないんで、母親が慌てて抱き起こしたんですが、もう息はなかったそうです」

「吐物《とぶつ》は？」

ミチルは、机の上に置かれた母子手帳に手を伸ばしながら訊ねた。

「特に。唾液らしきものがすこしバスタオルを濡らしていたくらいですね。ほら、うつ伏せやったから」

「……はあ、そうですか……」

ミチルはどこか憂鬱そうに溜め息を一つつくと、母子手帳のページをパラパラとめくった。

「この子が第一子なのね。……で、妊娠中や分娩時に、特に問題はなし。妊娠満三十八週で分娩、生下時体重二千七百六十グラム、身長四十六センチ。ちょっと早く生まれて小さいけど、まあ、悪くはないわ。その後の健康診断でも、特に問題はないようだし……」

ミチルは母子手帳を刑事に返し、そしてふと思い出したように訊ねた。

「ご両親は、煙草を吸うかしら？　それから、この子の死ぬ前のコンディションは？　風邪気味だったってのは、さっき聞いたけど」

刑事は、またもノートを開く。

「煙草はですね、両親共に吸うそうです。本数はそれぞれ、一日に一箱くらい。妊娠中も禁煙してはいなかったようですよ」

「それで、風邪の程度は？」

「風邪っぽいかなあ、とは思っていたらしいですが、医者へ連れていくほどでもなかったと。鼻水が少し出るくらいで、熱もほとんどなかったそうです」

雑然としたノートだが、どこに何が書いてあるかは、おおよそ記憶しているらしい。

「すげえ、滅茶苦茶細かく、遺族に訊《き》き込んでくれてるんですね」

伊月が感心したように、長い首を伸ばしてそのノートを覗き込んだ。刑事は、照れ臭そうに、へへ、と笑い、そして、ミチルを見てこう付け足した。

「だってまあ、伏野先生がここに来られて、あんなことがあっちゃねえ」

「……いったい、何をやらかしたんですか？」

伊月に訝《いぶか》しげな目つきで見られて、ミチルは投げやりに答えた。

「だってさ、私たち、遺族の人に直接話を訊きに行くってことが、まずないじゃない？　警察の人が訊いてくれたことを頼りにやらなくちゃいけないのに、大事なことを何一つ確認してくれてなきゃ、困るの当然でしょ」

「そりゃそうですけど……で？」

「最初の頃は、私もずいぶん舐められてたから……。こっちが質問しても、『そんなこと訊いてません』の一点張りでさ。『今までそんな細かい質問、されたことない』とか言われちゃって。遺族にあれこれ訊いてきて、って言ってもなかなか動いてくれなくてねえ」

そこで口を噤《つぐ》んだミチルに代わり、刑事が頭を掻きながらこう言った。

「ありゃ、自分がここの署に転勤してきて、すぐの頃でしたかねえ。こういうふうに、我々が先生にご説明しているところでしたわ。都筑《つづき》先生は黙って見てらしてて、伏野先生があれこれそりゃあ細かく質問されててねえ。僕の同僚がつい、『うるせえ姉ちゃんが来たなあ』って言った瞬間に……」

「あああ、それは言わなくていいって！」

ミチルが大慌てで両手を振る。

伊月と陽一郎は、キョトンとして顔を見合わした。

「……森君、知ってる？」

「いいえ。伏野先生、何かしたんですかあ？　……あ、清田さんが」

せっせと解剖準備を進めつつ、清田は向こうを向いて、肩を震わせている。教室の生き字引である彼は、もちろん「その件」についてもよく知っているらしい。だが、そこで何も言わないのが、教室で長く生きてきた彼の処世術なのだ。

「何です？　この際だから言っちまいましょうよ。この人、何したんです？」

「あーもう、そんなことはどうでもいいから！」

「よくないっすよ。先輩のことなら何でも知りたい、健気《けなげ》な後輩なんですから、俺」

伊月がジタバタするミチルを押しのけるようにしてしつこく訊ねると、刑事はニコニコと人のよい笑顔を浮かべて、清田に声をかけた。

「清田さん、あれ、もう塞いでしもたんかな？」

メスに刃を取り付けながら、清田はごく簡潔に答える。

「いや、まだあのまま置いてますよ、記念に」

「記念にって、清田さあん！」

ミチルが抗議の声を上げるのと同時に、刑事の手がヒョイと衝立《ついたて》に伸びた。陽一郎の机の傍《かたわ》らにかけられたカレンダーをめくり上げ、「あったあった！」と妙に嬉しげな声を上げる。

「……何が？」

カレンダーの下を覗いた伊月は、思わず驚きの声を上げた。

「何だこりゃ？」

ベニヤ板を張り合わせて作られた衝立の、ちょうどカレンダーに隠された部分に、

直径十五センチほどの大穴が空いているのである。

「あああああ」

頭を抱えてしまったミチルを無視して、伊月は刑事に訊ねた。

「これ……まさか、ミチルさ……いや、伏野先生が？」

「ええ、うるせえ姉ちゃん呼ばわりされた瞬間に、伏野先生が、拳骨《げんこつ》でバーンとね」

刑事は、懐かしそうに目を細め、しげしげとその大穴を見て、何度も頷いた。

「いやあ、驚いたな、あん時ぁ。何にも言わずに、いきなりこの板突き破っちゃった

んだから。同僚も腰抜かしましたけど、都筑先生も相当吃驚しておられたようでした

なあ」

「すっげー」

伊月は呆れた顔つきで、穴を覗き込んでみた。穴の向こう側にあたる部分には、色あせた青い手術着が見える。そういえば、そこにはいつも予備の手術着が掛けられているので、伊月は今まで気づかなかったのだ。

「だからさ、昔の話だってば。ちょうどその時、調査官も来てたもんだから、あちこちに話が広まっちゃって……」

ミチルは、辟易《へきえき》して話を中断させようとしたが、刑事はなおも言葉を継いだ。

「だけどねえ、それっきり何にも言わずに……文句も罵倒の言葉もなく手袋はめて、何もなかったように解剖してる伏野先生に、僕は感心しましたねえ。えらい男前やなあって」

「……男前。よかったですねえ、伏野先生」

陽一郎が、無邪気に微笑する。

ミチルは黙って、バサリとカレンダーを戻すと、思いっきりムスッとした顔で解剖台のほうへ行ってしまった。

赤ん坊の遺体を包んでいるバスタオルを、仏頂面で、しかし丁寧な手つきで剝がしていく。清田が、赤ちゃん用の小さな枕を手に、慌てて手伝いに駆け寄った。

「……怒らせちゃいましたかねえ」

刑事がおそるおそるミチルの様子を窺《うかが》うのに、伊月は軽く笑い飛ばした。

「あの人、こういうことでは怒らないっすよ。照れてるだけだって」

そう言いながら、伊月は手術用のゴム手袋を指に馴染《なじ》ませるために、両手をギュッと握り合わせた。手袋の裾を、手術着の袖口にキチンと被せ、その上から腕カバーをつける。

最初はおっかなびっくりだったこの作業も、今はほとんど無意識のうちにやってしまえるようになった。人間、一ヵ月でずいぶんいろいろなことに慣れるものだと伊月は感心しつつ、自分も解剖台へと向かう。

「あ……これ」

陽一郎がスケッチ用のボードを差し出したが、伊月は、台の上の赤ん坊を一目見て、首を横に振った。

「今日は要《い》らないと思うぜ。外傷はたぶんねえし」

「おやおや。最近、とみにしっかりしてきちゃった伊月先生だから、今日は外表所見を任せてみようかな〜」

どうやらミチルの仕返しの対象は、伊月一人に絞られたらしい。さして怒ってはいない口調だが、皮肉はたっぷりこもっている。

「そんじゃあ、任されてみようかな～」

軽い口調で受け流し、しかし内心ではドキドキしつつ、伊月はミチルから、ステンレスの定規と鉤《こう》付きピンセットを受け取った。

まずは、清田と写真係の警察官が、遺体の両側面から写真を一枚ずつ撮影する。

その間、伊月はじっと台の上の遺体を見ていた。まるまる太った、いかにも元気そうな男の赤ちゃんである。顔つきも少しも苦しそうでなく、まるで眠っているようだ。

それが終わると、伊月はミチルに手伝ってもらい、遺体の身長を測った。いつも成人の身長を測定するときに使う木の棒ではなく、一メートル長のステンレス定規を使う。

「身長六十三センチ、体重六千七百グラム」

遺体を台に乗せる前、清田が前もって測っておいてくれた体重と共に、陽一郎に記録させる。

「もとが小さくて生後五ヵ月だから、まあ順調な育ちっぷりかな。見るからに元気そうな赤ん坊ですよね」

そう言いながら、所見が取りやすいように、赤ん坊の頭を枕に乗せ直そうとした伊月は、思わずビクッとして動きを止めてしまった。

手の中の頭の小ささ、指先で感じられる皮膚のきめ細かさ、そして桜貝の貝殻のような頭蓋骨の薄さに、伊月は大きなショックを受けたのだ。

一人っ子の伊月は、今まで一度も赤ん坊を抱いたことがない。親戚の赤ん坊も、可愛いというよりはグロテスクな猿のように思えて、「抱っこしてみる？」と言われても手を出さずにいた。

法医学教室に入ってから、赤ん坊の解剖は、今日で二体目である。だが一体目はもう一歳を過ぎていて、体つきも顔つきも、ずっとしっかりしていた。

それに、その日は陽一郎が休みで、伊月は移動式の小テーブルを解剖台の傍に持ち出し、自分は赤ん坊に指一本触れることなく、筆記役を務めていたのである。

視覚が与えた「小さい」という感覚は、触覚によって、何百倍にも強められた。頭も、目も口も、手も足も、すべてが信じられないほど脆《もろ》く、儚《はかな》い。

「あー。何かこれから、滅茶苦茶ひでえことするみたいな気がしてきた、俺」

伊月の呟きに、二枚重ねたゴム手袋がちょうどいい感じでおさまるよう、指先を引っ張っていたミチルは、首を傾げて斜めに伊月を見た。

「そう？」

「何か、べつに好きでやってるわけじゃないのに……仕事で仕方なくやってんのに、赤ん坊の解剖に限っては、妙な罪悪感覚えますよね。……って、ミチルさん、そんなことないです？　ないかな。もう赤ん坊たくさん解剖してますもんね」

「あるわよ」

あっさり肯定して、ミチルは赤ん坊のぷっくりした頰にくっついた抜け毛を、指先でつまみ上げ、捨てた。その、普段の彼女からは想像できないほどの繊細な所作に、伊月は驚いて目を見張る。

「何だかさ、我ながら凄く惨《むご》いことしてるような気になることもあるし、実際『人でなし』って遺族に責められることもあるし」

顔を上げたミチルは、どこか暗い目をしていた。だがそれはほんの一瞬のことで、すぐに彼女は、いつものようにニッと笑い、伊月に言った。

「だけどさ、老若男女、人種を問わず、お仕事は差別なく手加減せず、よ。躊躇《ため》らっても、解剖終わらないもの。はい、所見言って」

「……そうですね」

伊月も気を取り直し、あらためて通常の解剖と同じように、遺体の死後硬直から、検案を開始した。赤ん坊は筋力が弱いので、死後硬直も非常に弱い。それでも指にかかる抵抗の度合いから、硬直は全身で高度であると、彼は判断した。

次は頭部。頭皮に損傷がないか、十本の指と目を使い、しゃがみ込んで調べる。

「頭皮は清潔？」

「……清潔だと思いますよ。ブツブツはできてないし、フケもない」

「じゃあ、大泉門《だいせんもん》は？」

ミチルは、自分も身体を屈《かが》め、伊月に検案のポイントを教える。

陽一郎の向かいの椅子《いす》に掛け、所見をいちいち几帳面にメモする刑事を気にしながら、伊月は声を潜めてミチルに訊ねた。

「大泉門が、何です？」

途端にミチルの眉間に縦皺が寄る。彼女も、小声の早口で囁いた。

「あんたねえ。こないだの赤ちゃんの時、何聞いてたわけ？」

負けじと伊月も囁き返す。

「あん時ぁ、言われたこと書きとめるだけで必死でしたよ！　何言われたかなんて、覚えてるわけないでしょうが」

「情けないわねえ、もう」

ミチルは呆れたようにそう言いながらも、赤ん坊の小さな頭に軽く触れ、伊月に検案のコツを教えてやる。

「大泉門、ちゃんとわかるでしょう？」

「はあ、これっすよね。うわ、ホントにペコペコしてる」

前頭部と頭頂部の境目あたりをそっと触って、伊月は素人のように驚きの声を上げた。

産婦人科の講義で、生まれたばかりの赤ん坊は、頭蓋骨が大人のように堅固なドーム型ではなく、鱗《うろこ》のように薄くしなやかな構造をしているということは習った。つまり、頭蓋冠を構成する骨のパーツ同士が固着しておらず、軟らかい膜で連結されている状態なのだ。

その理由は、出産時、狭い産道を胎児の大きな頭が通るためである。胎児の頭蓋には、脳を守りつつも、骨のそれぞれのパーツが少しずつ重なり合い、ある程度産道の狭さに対応する機能が要求されるのだ。

生まれてからは、骨の各パーツは徐々に癒合《ゆごう》して、ヘルメットのように硬い頭蓋冠を作り上げる。パーツとパーツの境目が、俗に言う「縫合」である。癒合は一生進み続けるので、最初ははっきりしている縫合線も、だんだん不鮮明になってくる。頭蓋骨からの年齢推定に、縫合線は欠かせないチェックポイントとなるわけだ。

だがまだ乳幼児の頃は、大泉門とよばれるパーツ同士の隙間のようなものがあり、このため、前頭頭頂部正中に、前後に長い菱形の軟らかい——つまり、骨がまだなく、膜の手触りしかない——部分が残っている。伊月が今触っているのは、ちょうどその部分なのである。

「そこが盛り上がっていたら髄膜炎や脳炎、妙に凹んでいたら脱水……大泉門を見るだけでも、赤ちゃんの死ぬ直前のコンディションが推測できることもあるわ。そうそう、成長が正常なのに、大泉門の開大がいつまでも大きいままっていうのも、何らかの異常を疑うポイントね」

「なるほど……」

伊月は感心しつつ、目の前の赤ん坊の大泉門を子細に観察してみた。大きさは今の伊月にはよくわからないが、計測した開大部の大きさについてミチルが何も言わないところを見ると、おそらく正常域なのだろう。表面も特に、凹んでも膨らんでもいないようだ。

「赤ちゃんの検案をするときは、何よりもその子がちゃんとケアされてたかどうかを見ないと駄目よ、伊月先生」

「っていうと？」

「承諾解剖っていっても、油断しちゃ駄目ってこと。犯罪性がないとしても、『過ち』がないとは限らないから。だから保護者が責任を果たしてるかどうかを確認するのは、とても大事なことなの。積極的に暴力を加えてなくても、やるべきことをしないっていうのも十分虐待のうちに入っちゃう……わけよ、一応」

「ああ、なるほど」

ピンセットをカチカチ鳴らしながら、伊月はミチルの顔をチラリと見た。どうも、言葉のキレが今日は少し鈍い。やはりミチルにとっても、赤ん坊の解剖はかなり気の重い仕事なのだろう。

それでも彼女は、手慣れた様子で、検案ポイントを次々と示していく。

「普通の所見を取りながら、追加ポイントをチェックするの。皮膚の色調はどうか、皮膚が清潔かどうか……それは見ればわかるわね。それから、手足の爪をきっちり切ってもらってるか、そしてもちろん、外傷がないかどうかも」

「ふーむ……」

唸《うな》りながら、伊月は遺体の検案を続けた。

結膜も口腔《こうくう》粘膜も蒼白で、溢血点《いっけつてん》はない。鼻腔内にも口腔内にも、吐物や血液は入っていなかった。

「伏野先生、この唇んとこ……黒いの、出血ですか？」

見れば、赤ん坊の薄く開いた唇は、全体的に黒く硬い感じになっている。まるで、擦り剝いた部分が瘡蓋《かさぶた》になった感じの硬さと色だ。

だがミチルは、笑って首を振った。

「あ、それ違う。赤ん坊は皮膚粘膜が薄いから、死後はすぐに乾燥が進むの。怪我したみたいに見えるけど、間違えないようにね」

「ああ、そうか……。ヤローの陰嚢《いんのう》がさっさと乾燥して黒くなるのと同じっすね」

納得した伊月は、全身をくまなく観察し、そして言った。

「特に損傷らしきものはないですよね。死斑も、背面に高度暗紫赤色、指圧にて消退せず」

「……ってことは？」

「うつ伏せで死んでたのを仰向けにしたら、死斑が完全に移動したわけだから、少なくとも死後四、五時間以内に、死体を仰向けにしたってことですよね。それに、指圧で消退しないんだから、死んでから今まで、半日以上は経ってる」

伊月はそう言って、陽一郎の机に歩み寄り、彼が妙に可愛い丸文字で書いた記録を見ながら続けた。

「直腸温は、午後三時十分で三十七度……か。母親の供述に、矛盾する所見はありませんね。硬直も、直腸温も」

「そうね」

ミチルは、伊月が何か見落としていないかと、遺体をもう一度子細に見ながら頷いた。

「少し発熱していたとしても、赤ん坊は体温の低下が成人より早いから。赤ん坊が昨日の午後一時から二時の間に死んだと言われても納得できるわ」

外表の検案を終えた二人は、清田に主な所見の写真撮影を頼み、そして解剖に取りかかった。

ゴム手袋の上から濡らした軍手を重ねつつ、伊月は訊ねた。

「そういや、都筑先生は？」

こちらは、もっと薄手の白い綿手袋をはめたミチルが答える。

「教授殿は、昨日の夕方から出張中よ。名古屋に行ってるから、昼には戻るって」

「ああ、そういや会議が何とかって言ってましたっけ。それじゃ、今朝はこのメンバーで、まったりいくわけだ」

「そういうこと。さて、やりますか」

ミチルは、両手でメスを持ち、じっと立ったまま、伊月を見て言った。伊月も慌てて、メスを持ち、ミチルの向かいに立った。

こうして二人の医者が向かい合ったとき、先に遺体に礼をしたほうが切開線を入れる。べつに規則があるわけではないのだが、そういう不文律が、ここにはあるようだった。

ミチルが礼をする気配を見せないので、伊月は仕方なく自分が先に頭を下げた。

「では……始めます」

ミチルも、黙礼する。警察官たちも、各々のポジションで、小さな遺体に手を合わせた。

大人の死体には、もう何度もメスを入れたことがある。だが、赤ん坊の身体に切開線を入れるのは初めての経験である。伊月は、おっかなびっくりの体《てい》で、メスの刃を赤ん坊の頸部に当てた。

（うわ……）

大人とは違う、薄くて柔軟な皮膚。まるまる太った赤ん坊だと思っていたが、淡黄色の皮下脂肪は、水っぽくて予想外に層が薄い。腹壁を傷つけないように、伊月は注意深くメスを下腹部まで進めた。

「皮下、損傷なし。筋肉は……うわっ、紙みたいに薄いな」

「まだ、そんなに運動していないものね」

皮膚を剝離し、胸筋を切除してから、腹腔《ふくくう》を開き、肋骨を切り開いて、胸腔を露出させる。手順は成人の解剖と何ら変わるところはないが、なにしろすべてのものがミニサイズだ。

いつもはちょこまか動き回り、あれこれと補助をしてくれる清田も、相手が赤ん坊だと手持ち無沙汰なようで、雑巾を洗う係の若い警察官の前掛けを直してやったりしている。

胸腔内を開くと、胸の中央部、すなわち心臓を包む心囊《しんのう》に張り付くようにして、ふっくらと盛り上がる薄いピンク色の器官があった。成人ではあまり見られないものである。

「……これは？」

「胸腺《きょうせん》。免疫系に関係してるから、小さな子ではこんなふうに大きいわね。大人でも、たまに残ってる人はいるけど、ほとんど脂肪に変わっちゃってるから」

「ああ、なるほど。これが胸腺か……」

軟らかい胸腺の被膜下には、溢血点が多く見られた。それもほかの臓器に見られる溢血点と同じように、急性死の所見の一つだとミチルが言った。

「それと、この子の胸腺は、いかにも大きくて厚みもあるでしょう？　小さな子供でこれが小さくペラペラに萎縮していたら、それは虐待を疑う根拠になるの」

どうして、と訊ねようとした伊月に、ミチルは素っ気なく「たまには自分で調べなさい。どこにでも書いてあるから」と言った。伊月は素直に「はい」と言いつつも、心の中で思いっきり舌を出す。

胸腺の状態を写真に収めた後、心嚢を開く際に傷つけてしまわないように、胸腺を心嚢から剥離させ、めくり上げる。そうしておいてから心嚢を開き、心臓を摘出した後、各臓器を取り出しにかかる。流れるように、作業は進んだ。

小さな、まるで玩具のような臓器である。清田に手伝ってもらってそれらを一つ一つハサミで切り離しつつ、伊月は思わず溜め息をついた。

伊月の手は、男としてはそれほど大きなほうではない。指は長いが、手のひらは人並みくらいのはずだ。その手のひらの上に載せた赤ん坊の腎臓は、あまりに小さく、そして切なくなるほどに「綺麗」だった。

「何かさあ、よく言うじゃないですか、『子供は小さな大人ではありません』って。だけど……内臓見てたら、小さな大人そのものっすよね」

清田は、コミカルな丸眼鏡の奥の細い目を更に細めて、

「えらい感傷的になってはりますな、今日は」

とからかうような口調で言った。伊月の白い顔に、途端にサッと血が上る。

「……べつに」

ぶっきらぼうに言って、伊月は黙々と作業を続けた。

今まで、遺体のあまりのグロテスクさにゾッとしたことはあっても、胸が締めつけられるような思いをしたことはなかった。だが今回は……。

(何か、嫌な感じだよなあ……)

そんな気持ちを振り切るように、伊月は声を張り上げた。

「すいません、写真お願いしまーす！」

3

伊月と清田は、取り出した臓器を必要ならばカメラに収め、それから大きなステン

レスのバットに入れておく。

ミチルは、それら臓器を一つ一つ取り出しては重量と大きさを計測し、長い菜切包丁のような形だが切れ味はメスと同じという脳刀で、割《かつ》を入れる。

そして、ミチルが断続的に言う所見を、陽一郎がもれなく書きとめ、検案書を書くときに備える。

そんな、キャッチボールというかバケツリレーのようないつもの作業がひととおり終わっても、ミチルは浮かない顔をしていた。

内臓を赤ん坊の身体に戻し、シート状の脱脂綿と油紙でカバーした後、大人用より少し細い糸で、細かく縫合していく。

黙々とその作業を続けるミチルの横で、使った器具を洗剤をつけたスポンジで綺麗に洗い上げていきながら、伊月は、ミチルのどこか憂鬱そうな横顔を窺った。躊躇いがちに声を掛けてみる。

「あの……ミチ……じゃねえ、伏野先生」

「……はい？」

皮膚を縫う手は休めず、ミチルは無愛想に返事を寄越す。動かない横顔の目元が、少し険しい。彼女のこういう顔つきは、考え事で頭がグルグル回っている何よりの証拠だ。

「あの、俺もしかして見損ねたり聞き逃したりしてるかもしれないですけど……『急死の所見』以外、何かありました？」

「……ないのよ」

ミチルは、またボソリと答えた後、気を取り直したように再び口を開いた。

「溢血点、暗赤色流動血、諸臓器鬱血……絵に描いたような急死の三大所見だけ。肉眼的に、先天性奇形らしきものはなかったし、風邪気味といっても、肺炎の所見もなさそうだったでしょう？　気道の中に吐物も痰《たん》も詰まってはいなかったし、ほかに明らかな疾患も見られなかったわ」

伊月は頷いて、言った。

「……ですねえ。それに、さっき聞いた両親の話、条件揃《そろ》ってますよね。両親の喫煙、うつ伏せ寝……ついでに言えば、若い母親ってことか」

「何の条件ですか？　それ」

刑事が、背後から遠慮がちに問いかける。

ミチルが答えないので、伊月は代わりに刑事に言った。

「ＳＩＤＳ……ええと、乳幼児突然死症候群、の危険因子って言われてるものが、今あげたようなものなんですよ」

刑事は、ポンと手を打って頷いた。

「ああ、今、けっこうよく聞きますな、その病気。何や、原因わからんままに子供が死んでしまう、とかいう……」

「そうそう。……もっとも、解剖して、中毒とか感染症とかいろいろ調べて、他の可能性を除外しないと、つけちゃいけない診断名なんだけどね……。伊月先生の言うとおり、確かに危険因子はたくさん持ってるわね、この子」

ミチルは、縫い終わりの顎の先に小さな結節を作りながら、独り言のような口調で言った。きっと頭の中で、所見の一つ一つを思い出し、洩れがないかひたすら考えているのだろうと伊月は推測し、洗い上げた器具をヒビテン液に浸けてから、今度は石鹸液とスポンジを持って、赤ん坊に近づいた。

小さな小さな身体をスポンジで丁寧に洗い上げてやりながら、伊月はミチルに訊ねた。

「でも、細菌培養だのなんだのって、検査全部してたら時間かかるでしょう。今はどうするんすか……？」

「う～ん」

赤ん坊は伊月に任せ、ミチルは陽一郎の机に歩み寄った。外表および解剖記録を見返しながら、ボソボソと答える。

「書き方はいろいろあるんだと思うけど……。今のところ、死因になるような損傷や先天奇形や疾患が見つからないこと、子供のコンディションがけっして悪くないこと、両親がこの子の世話をきちんとしていたこと……それを考えると……」

「事件性っていうか、犯罪性ゼロってことですよね、先生」

記録を整理しつつ、陽一郎がボールペンの先で、机をコンコンと叩く。

ミチルは頷いて、

「検案書いこっか、陽ちゃん」と言った。

「はい、どうぞ」

陽一郎は、解剖記録の最初のページを開いた。そこが、本物の死体検案書より一回り小さな、下書き用の検案書になっているのだ。

赤ん坊の名前や生年月日など、考慮の余地がない確定項目には、すでに陽一郎の丸く可愛らしい文字が書き込まれている。

ミチルはそれを目で追いながら、まだ空白の欄を埋めるべく言葉を並べていった。

「死亡した場所は自宅。住所は間違いなく写してね」

「はーい」

陽一郎は、警察の書類をめくりながら、慎重にペンを走らせる。

「先生も、あっち行きはったらええんですよ。こっちは僕がやっときますよってに」

清田は伊月に気を遣い、器具の消毒作業を中断して声を掛けた。しかし、伊月は苦笑混じりにかぶりを振った。

「いや、何か、最後まで面倒みてやりたいから」

薄い唇をちょっと歪め、伊月が照れ臭そうにボソリと口にしたそんな言葉に、清田は今度はからかうでもなく笑顔で何度も頷き、自分の作業に戻っていった。

とはいえ、伊月もミチルがどんな検案書を書くつもりなのか、興味はある。彼は赤ん坊の身体を洗いながら、ミチルと陽一郎の会話にじっと耳を傾けた。

「死亡日時は……まずは昨日の日付。それから時間は……」

「お母さんは、午後十二時四十五分から一時の間に寝付いて、二時五分頃に目が覚めた、んでしたよね？」

自分の聞き書きを見ながら、陽一郎は刑事に確認を取る。

「そうですわ、はい」

刑事も、自分のノートを見ながら頷いた。

「直腸温はこれです」

陽一郎が指し示した箇所を見ながら、ミチルはちょっと考え、そして言った。

「直腸温が、午後三時十分に三十七度……だったよね。お母さんが子供が死んでるのに気づいたときは、まだ温かかったのよね？」

「ええ。母親がその後救急を呼びまして、午後二時十分に救急隊が到着し、死亡確認しとります。……その時はまだ、死斑も硬直もなかったようです」

「警察の検視の時は？」

「午後三時過ぎより検視を行っておりますが、その時も、うっすら背中に死斑が出てきたくらいで、硬直はまだ……」

刑事の言葉に、ミチルは頷いた。

「赤ちゃんだものね、硬直はわかりにくいわ。風邪気味ってことは、少し発熱していた可能性も高いし……。何にしても、そもそも死亡した時刻はかなり限定されてるし……」

「ですね」

陽一郎が、控えめに、しかしいいタイミングで相槌を打つ。

「死斑のことを考慮すると、赤ちゃんはお母さんが目を覚ます直前に亡くなった、って考えるべきね。午後二時頃。そうしましょう」

陽一郎は、早速ペンを走らせる。

「それから……直接死因……」

死因の欄まで来て、ミチルは一瞬黙り込んだ。そしてちょっと肩を竦め、再び口を開いた。

「迷ったときは、師匠に倣《なら》おう。……『乳幼児突然死症候群の疑い』……括弧《かっこ》して、検査中、って書いて。『疑い』だから、発症から死亡までの時間は書かなくていいわ」

「……乳幼児突然死症候群の疑い（検査中）……と」

陽一郎は、何とも言えない幼い筆跡で、しかし実に正しく、ややこしい漢字を少しも間違えず、迷わずに書いていく。

もしかすると、自分より陽一郎のほうが、医学用語をたくさん知っているかもしれないと伊月はふと思った。

「その、乳幼児突然死症候群、ってのが、都筑先生に倣う……ってことっすか？」

石鹸の泡を、今度は水で洗い流してやりながら、伊月は声を張り上げて訊ねた。

「そういうこっちゃなくて、書き方の話だわよ」

ミチルも、首をねじ曲げて少し大きな声で答える。

「はっきりした結果が出るまで、死因のところに『検索中』とか『調査中』とかしか書かないポリシーの人も多いのよ。だけど、都筑先生は、できうる限り何か書け、って。無理する必要はないけど、可能性の高い死因があるなら書いたほうがいい、って方針なの。特に、承諾解剖の時は」

「なるほどね。……承諾の時は、基本的に犯罪性がないんだから、遺族の心情を慮《おもんぱか》ってできるだけ死因をその日に出しておけ、ってことですか？」

「うん。……さてと、陽ちゃん、それでお清書出しちゃって」

ミチルは短く肯定して話を打ち切り、検案書の仕上げを陽一郎に指示した。

伊月は、洗い上げた赤ん坊の身体をタオルで拭き、清田に手伝ってもらって、ベビー服を着せてやる。

警察が遺族から預かってきたというそのベビー服には、真っ白のレース飾りがたくさんついていて、とても可愛らしかった。

きっととっておきのお出かけ着だったのだろう。そう思うと、伊月は胸が痛んだ。縫合がなるべく見えないようにと、上までキッチリとホックを留めてやる。

同じ布地の帽子を被せてやると、赤ん坊は、まるで眠っているように見えた。あとは、葬儀会社の人が、もっと綺麗にして納棺してくれることだろう。

ほんの少しだけホッとした気持ちで、伊月は小さな溜め息をついた……。

4

ミチルと伊月が基礎研究棟に入ると、ちょうど一階の遺族控え室から陽一郎が出てきたところだった。

「遺族の方は？」

ミチルが小さな声で控え室を指して問うと、陽一郎は小さな身体でちょこまかと二人の前まで駆けてきて、細く高い声で訊ねた。

「あのね、ご両親が来られてます。……検案書はお渡ししてきましたけど、今日は説明なさいますか？」

「うん。今日のは、きちんとお話ししておかないとね」

ミチルは真面目な顔で頷き、ふと振り向いて伊月の顔を見上げた。

「一緒に来る？　今から、遺族の方に、解剖結果の説明するんだけど」

通常、「読んで字のごとし」な死因の場合は、都筑もミチルも陽一郎に事務処理を任せ、遺族と直接顔を合わせないことにしている。

それはべつに面倒くさいとか煩わしいとかいう理由ではなく、被害者、加害者のいずれにも傾かず、完全なる中立の立場をできる限り守るためである。

被害者……つまり、遺族と会い、言葉を交わすことにより、被害者サイドだけに裁判において何らかの点で有利な情報を与えてしまう可能性がある。同情から、無意識に被害者の側に立って事件を考察してしまう可能性も、ないとは言えない。そういった危険を避けるために、検案書に関する説明は、よほど難解な死因でない限り、警察に任せることになっていた。

だが、今回のような承諾解剖の時には、刑事事件として立件されることはまず考えられない。それならば、遺族に会っても問題はなかろうというわけなのだ。

「俺も行っていいんですか？」

伊月が訊ねると、ミチルは小さく肩を竦めて言った。

「黙って聞いていてくれるなら、いいわよ。いつかは伊月君もしなくちゃいけないことだし、私なんかの説明でも、何かの参考になるかもしれない。それに……」

「それに？」

眉をひそめる伊月の二の腕を、ミチルはちょっと悪戯《いたずら》っぽく笑ってポンと叩いた。

「あんまり当てにはしてないけど、用心棒が控えていてくれるのは悪くない感じだわ」

二人が遺族控え室に入っていくと、パイプ椅子に腰掛け、机に突っ伏していた遺族が、反射的に立ち上がった。

まだ若い男女である。どうやらこの二人が、死んだ赤ん坊の両親らしい。

「本日、お子さんの解剖を担当させていただいた伏野と申します」

ミチルがそう言って軽く頭を下げると、二人のうち、父親のほうが、ミチルに礼を返した。母親は、ハンカチで目元を押さえ、真っ赤に充血した目で呆然とミチルを見ているだけである。

彼らはまだ、子供のような面だちをしていた。父親は、ジャージの上下、母親は、長袖のだぶだぶのシャツにイージーパンツという格好をして、二人とも髪を金髪に近いところまで脱色している。

着替える元気などなく、部屋着のままで来たのだろう。泣き腫らした目が、ショックの大きさを何より雄弁に物語っている。

「お掛けになってください」

ミチルはまず、二人を再び並んで座らせ、自分もその向かいに腰掛けた。ほとんど無視された状態の伊月は、白衣の襟元などを直しつつ、部屋の扉にもたれかかっていた。まるで、本物の用心棒の体である。

（こいつら、喪服とかちゃんと持ってんのかな……。葬式、出してやれんのかな）

憔悴しきった若い夫婦を見ていると、伊月はそんな心配をせずにはいられなかった。

ミチルは、二人の顔を交互に見てから、机の上に放置されたままになっていた検案書を二人の前に広げた。

左側に死亡届、右側に陽一郎が清書した検案書を配置して一枚にコピーしたそれには、ミチルのサインと今日の日付が書き込まれ、実印と教室印が捺《お》されている。

「……よろしいですか。よく聞いてくださいね」

ミチルは目元に気遣いの色を滲ませ、しかし極めてビジネスライクな口調で言った。

「今のところ、断言はできません。ですが、お子さんの死因は、『乳幼児突然死症候群』ではないかと、私どもは考えています。……この病気のことを、これまでにお聞きになったことはありますか？」

母親のほうは、ただ項垂《うなだ》れているだけで何の反応も示さないが、父親は、比較的しっかりした様子で、ミチルの指さした死因の欄をじっと見て、そして頷いた。

「聞いたことは……あります。ええと……何か、赤ん坊が理由がわからんまま死んでしまう病気とか……。どっかの芸能人の子供が、それで死んでたん違うかったかな」

ミチルは頷き、噛んで含めるような口調で言った。

「そうです。乳幼児突然死症候群というのは、考えられるほかの死因がすべて否定されたとき、初めて診断することができる、『どうして死んだかどうしてもわからない』状態のことなんです。……ですから、そういう疾患があるわけではありませんし、診断基準が確定しているわけでもありません。ここまではよろしいですか？」

父親は、もそりと頷いた。

「それじゃあ……この『疑い』ってのは何ですか？」

「それは、まだすべての検査が済んでいないという意味です。お子さんの体内で、肉眼では捉えられない感染症や中毒が起こっていなかったかどうか、調べてからでないとはっきりした診断は下せないんです。ですから後日、死因が変わってくるかもしれませんが、今のところ、その可能性は低いと考えています」

「……この病気って、何で……」

「原因はウイルス性疾患だとか、小さな先天性奇形とか、遺伝疾患とか、いろいろ言われていますけど、はっきりした病態も原因も、まだ何もわかっていないんです。あくまで症候群ですから、病因が一つでない可能性も大いにあります」

ミチルは、もう一度両親の顔を覗き込むように見て、一語一語区切るようにして言った。

「ですから、お子さんが乳幼児突然死症候群で亡くなったとすると……たとえ、お母さんがずっと起きてついていても、助けられなかったかもしれません。原因がわからないんですから、治療法がまったくわからない、誰にもどうすることもできない病気だと思ってください」

父親は、不安げな目でミチルを見た。

「そんなら、こいつが寝てしもたんがアカン、ちゅうわけやないんですね？」

探るような、それと同時に縋《すが》るような目つきに、ミチルはしっかりと頷くことで答えた。

「そうです。お母さんが不注意だったわけではありません。とても不幸な出来事だったと、そう思っていただくしかないと思います」

「おい、聞いたやろ。お前のせいちゃうんや、やっぱり」

父親は、ホッとしたように、口元に笑みさえ浮かべて、妻の肩を揺すった。

それまでじっと俯《うつむ》いて机を見ていた母親の目に、少し生気が戻る。口紅も引かないかさついた唇から、ボソボソと言葉が漏れた。

「……じゃない……？」

伊月には聞こえなかったその言葉は、ミチルにはちゃんと届いていたらしい。もう一度頷き、今度は母親のほうを見て繰り返した。

「あなたのせいじゃありません。私たち、子供を見れば、すぐわかるんです。その子が、大事にされていたかどうか、可愛がられていたかどうか。お宅のお子さんは、まるまる太って、肌もとっても綺麗でした。爪も切ってもらってる。……あなたは、一生懸命お子さんを育ててきた。そうでしょう？」

「……はい……」

母親は、大きくしゃくり上げる。腫れて爛《ただ》れた瞼から、新しい涙がボロボロとこぼれ落ちた。

（……可哀相だな……）

そんな陳腐な言葉しか、思いつけない。伊月は、胸がズキリと痛むのを感じつつ、黙ったまま扉にもたれ、三人を見ていた。

ミチルは、いつもの口調とは明らかに違う、淡々と諭《さと》すような調子で言葉を継いだ。

「これは、本当にどうしようもないことだったんです。可哀相ですけど、あなたにもご主人にも、どうすることもできなかった。赤ちゃんもきっと、自分に何が起こったのか、わからなかったでしょう。……赤ちゃんが、寝付いたときとほとんど体勢が変わらないまま亡くなってたと聞きました。そうですね？」

母親は、何度も頷く。

「寝てるのかと……思った……くらい」

「赤ちゃん、きっと苦しむ暇もなかったと思いますよ。だからこそ、お母さんも気がつかなかった。……自分を責めないでくださいね。ご主人も」

「わかってます」

父親は、しゃくり上げる妻の肩に腕を回し、しっかりと抱き寄せた。

「な、聞いたやろ？　俺が言うたとおりやん。お前は悪うない。あいつ、病気やったんや。……可哀相やけど、そうやったんや」

「せやけど……！」

幼い顔をクシャクシャにした母親は、夫にもたれかかって、激しく嗚咽《おえつ》した。

「せやけどと違う。誰のせいでもない。……な。誰もお前のこと責めへん」

（ああ……そうか）

伊月は、ハッとしてミチルを見た。

（承諾解剖って、そういうことなんだよな。犯罪性が薄いのに、赤ん坊を解剖しちまったのは、赤ん坊のためでも警察のためでもなくて、両親のためなんだ……）

これから先も、おそらく夫婦としてやっていくであろう若い二人の間に、埋められない溝を作ってしまいそうな疑惑や罪の意識を残さないために、ミチルは今、ここで話しているのだ。

「世界でいちばん偉い医者にも、原因のわからない病気です。今はそんなふうには思えないかもしれないけど、落ち着いてから、私の言ったことを思い出してください。赤ちゃんが亡くなったのは、不幸な病気だったってこと。それは、誰のせいでもないんだってこと。……いいですね？」

まるで暗示でもかけるように、ミチルは両親が揃って頷くまで、「誰のせいでもない」という言葉を繰り返した。そして、母親が少し落ち着き、何とか泣きやむのを待って、伊月に目配せすると、父親だけを部屋の外に呼び出した。

伊月は、どうしていいかわからず、ただ、母親の様子を見守りつつ、扉の向こうから微かに聞こえてくる会話に耳をそばだてた。母親にはその声が聞こえていないらしく、無闇に鞄を掻き回してティッシュを探し出し、洟《はな》をかんだりしている。

ミチルは、父親に対して、「乳幼児突然死症候群」で子供を亡くした親たちが作ったサークルの資料を渡しているらしかった。民間組織なのだが、何かの役に立つかもしれないと、そう説明する声が扉越しに何とか聞き取れた。

そして、伊月に説明したように、乳幼児突然死症候群の危険因子についても、彼女は父親に説明することを忘れなかった。

――決してそれが原因ではないけれど、この症候群を起こしやすい「危険因子」というものがあるんです。うつ伏せ寝と喫煙。これだけは、ご両親の努力で、取り除くことができる危険因子です。特に喫煙は、赤ちゃんの健康にいいものじゃありません。それはわかるでしょう？

父親が何か訊ねているらしかったが、男の声は低いので、伊月には聞き取れない。しかし、どうやら次の子供のことを訊いたらしいと、ミチルの返答で推測できた。

「原因がわからないわけですから、次のお子さんが大丈夫だと保証することはできません。ですが、私たちの経験の範囲内では、お子さんが二人続けて乳幼児突然死症候群で亡くなった、という方はまだおられません」

（何か……難しいんだなあ、こういうときの説明って）

伊月が思わず溜め息をついたその時、扉が開き、ミチルと父親と、そして警察官のひとりが一緒に控え室に入ってきた。

「先生の説明聞いて、安心しはったか？」

警察官に問われて、母親はこくりと頷き、立ち上がった。

刑事は頷き、そして言った。

「ほな、これから署のほうへ来てもろうて、役所に書類出す手続きのこととか説明するしな。旦那《だんな》さんと一緒に来てや」

「あの、うちの子は……？　抱いて帰りたいんですけど」

母親はしきりに我が子の亡骸《なきがら》のことを気にしたが、刑事は、あっさり「アカン」と言った。

「葬儀屋が綺麗にして、ちゃーんと納棺して家に連れて帰ってくれるからな。そのほうがええ。上手に服着せてもろて、お棺に寝て車で帰ってきたほうが、子供も気持ちがええわ」

「……でも……」

「お母ちゃんが抱いて警察来たら、みんなジロジロ見るで。可哀相やろ、そんなん」

警察官にしてみれば、こんなことには慣れっこなのだろう。手際《てぎわ》よく母親を諭し、控え室から連れ出してしまう。

父親も、出ていきがてら、ミチルと伊月に礼を言った。

「どうも……いろいろお世話になりました」

「いいえ」

ミチルは静かに会釈《えしゃく》を返し、伊月も何だか居心地悪そうに頭を下げる。

「……いっちょ上がり」

寄り添って廊下を歩いていく若い夫婦の背中を見送り、ミチルはパチンと控え室の灯りを消した。ふう、と息を吐き、前髪を掻き上げる。

「お疲れさんです」

伊月が声をかけると、ミチルは腕時計を見て言った。

「あ、もうお昼じゃない。ねえ、さっさと教室帰って残りの仕事片づけて、ご飯行こうよ」

「賛成」

伊月も長身を少し屈め、控え室の鍵を閉めた。

「何か気疲れするよね、こういうのって。遺族に説明って嫌いよ。何だか適当なこと言って、丸め込んで帰すみたいでさ」

エレベーターを待つ間に、ミチルは爪先で床を蹴りながら、ボソリと言った。伊月は躊躇いながらも訊いてみる。

「さっきのことですか?」

「うん。臨床の医者と違って、普段はあんまり遺族と話さないからかな。慣れないことすると……」

ふと、ミチルの言葉がとぎれた。エレベーターの所在を示すパネルを見ながら話を聞いていた伊月は、訝しげに顔を上げる。

ミチルの顔は、窓のほうへ向けられていた。解剖棟の辺りに誰かいるのかと、伊月も同じ方向に目をやってみた。

たまに遺族が解剖室に入り込もうとして騒動になる、と聞いたことがあったので、もしやそれではないかと思ったのである。

だが、窓の外には誰もいない。葬儀会社の車は解剖室の搬入口に停まっているが、周囲に人の姿は見えない。伊月は、黙ってミチルの表情を窺った。

(……何だ?)

ミチルはどこか呆けたような顔つきをしていた。だがその目は、確実に、硝子の向こうに何かを捉えているらしかった。

瞬《まば》きすら忘れるほどの凝視はしかし、エレベーターの到着を知らせる無粋な電子音に遮られた。

「……あ……」

ミチルは微かな声を漏らし、そしてパチパチと何度も目を瞬《また》かせる。急に夢から覚めたときのような、奇妙な顔をしている。

「どうしたんですか？　ぼけーっと何もないとこ見ちゃって」

伊月に顔を覗き込まれ、ミチルは気まずそうに苦笑し、首を振った。

「何でもない。ちょっと放心してたみたい。ゴメン」

口振りも笑顔も、もういつもの彼女のものである。

(やっぱり、さっきのでくたびれてんだな。……この人も意外と繊細なとこがあるんだ)

ホッとした伊月は、開いたエレベーターへと顎《あご》をしゃくった。

「昼間っから夢の世界に行っちゃわないでくださいよ。吃驚するじゃないですか。さて、行きますか」

「行きましょう。お腹空いちゃった」

そう言って、伊月について軽い足取りでエレベーターに乗り込もうとしたミチルは、さっき見ていた窓の外に、ほんの一瞬視線を走らせた。

しかし、あまりに素早いその動作に、伊月は少しも気づかなかった……。

間奏　飯食う人々　その一

ミチルと伊月がエレベーターを降りるとすぐ、法医学教室から賑やかな話し声が聞こえてきた。

「あれ？　都筑先生、帰ってきたみたいね」

「ホントっすね。……それと客かな。学生が来てるのかも」

二人は一瞬教室の前で顔を見合わせ、そして勢いよく扉を開けてみた。

「ただいま帰りました～」

伊月の声に、それまでさんざん盛り上がっていた話し声が、ぴたりと止まる。

急に静かになった室内にいたのは、秘書の住岡峯子と都筑壮一《そういち》教授。そして何故か、地元T署の新米刑事、筧兼継《かけいかねつぐ》であった。

「お二人とも、お疲れさまです。都筑先生がお帰りですし、伊月先生には嬉しいお客様のお越しですにゃ」

峯子が、部屋の奥を向いて笑いながら言った。

「おう、お疲れさんやったな」

「お疲れさんです。お邪魔してます」

奥の机でお茶を飲んでいたらしい二人に同時に声を掛けられて、ミチルと伊月は目を丸くして顔を見合わせる。

「ちょっとご無沙汰しまして」

筧は立ち上がって、二人にぺこりと頭を下げた。ただでさえ長身の筧なのだが、硬そうな短い髪が頭のてっぺんに突っ立っているせいで、更に背が高く見える。

少々沈みがちな気分を引きずったまま帰ってきたミチルと伊月には、筧の屈託ない笑顔が、妙に眩しく見えた。彼がいるだけで、周囲の空気が活気づくような気がする。

「いらっしゃい。久しぶりね、筧君。今日は、伊月君に会いに来たの？」

ミチルに問われて、筧は立ったまま、大きな手でポリポリと頭を掻いた。

「いやあ、そらタカちゃんの綺麗な顔拝むんは楽しいんですけど、今日は仕事で伺いました。厚かましくお茶ご馳走になってます。すいません」

臆面もなくそんなことを言って、大きな口を横一直線に引き延ばすようにして笑う。目尻《めじり》にできる笑い皺《じわ》と、セサミストリートのマペットのようなその口元が、なんとも人懐《ひとなつ》っこい男である。

「お前なあ、いちいちそういう引っかかる言い方をするなって言ってんだろ」

伊月は後ろで結んだ髪をほどきながら、弓なりの眉を顰めて文句を言った。

伊月と筧は、小学校時代の同級生である。伊月が五年の終わりで兵庫県に転校して以来ずっと会わなかったのが、先月、伊月がO大学法医学教室に入ったのがきっかけで、偶然再会したのだ。

大学院一年生の伊月と、刑事課に配属されてまだ日が浅い筧。二人とも文字どおりの新人であり、しかもほとんど同業の立場で、再び顔を合わせることとなった。

こうなれば、これから共に励まし合って……と言いたいところだが、伊月には、筧に対して少々引いてしまうようなところがあった。

というのも……。

「何でや？　タカちゃんみたいな別嬪《べっぴん》さん見るんは、楽しいもんやで」

こんなことを、真顔で……いや、満面の笑みで言ってのけるのが、目の前の筧という男なのである。

小学四年生の時、筧はまるで押し掛け女房のように、伊月の「友達になる」と宣言した。

そしてその言葉どおり、伊月が転校するまで、筧は伊月の親友であり、用心棒であった。いわゆる虐《いじ》められっ子であった伊月にとって、昔から身体の大きかった筧は、最高の守護神だったのだ。

それから十五年のブランクを経てもなお、筧は当時の決まり文句そのままに「タカちゃんは、僕が守ったるわ」としょっちゅう口にする。

「あのよ、確かに、ガキの頃の俺は細ッこくてなよなよしてたけどな。今はこれでも、肋軟骨くらい楽〜にパキパキッと切れるんだぜ」

そこで「肋軟骨」が出てくる辺り、伊月も法医学教室にどっぷりとなじんできたらしい。しかし、峯子言うところの「入れ墨シャツ」の二の腕は、筧のそれに比べれば、未だにうんと細くて貧弱なのである。

「だから、もうお前にいちいち守ってもらわなくても大丈夫なんだっての」

そんな台詞も、今ひとつ説得力に欠ける……と思ったのは、伊月の隣に立っていたミチルだけではなかったらしい。そこに居合わせた人間皆が、伊月と筧を見比べ、プッと吹きだした。

「もう、諦めて守っていただけば？　伊月君」

ミチルはクスクス笑いながら、伊月の背中をバンと叩き、それからふと思い出したように筧の顔を見た。

「そういえば筧君、仕事でって、何？　また、お使い？　こないだの事件の写真持ってきてくれたとか……」

「あ、違うんですわ」

それまでニコニコしていた筧は、急に太い眉を八の字にし、頭を掻いた。

「すいません、解剖入りまして。……みんな忙しいんで、僕だけ先にご遺体を入れに来たんです。ついでに、これ持って行けって課長に言われまして」

テーブルの上に置かれた菓子折りをちょいと指し、いかにも申し訳なさそうな表情と口調で、筧は言った。

「えええ、解剖？」

ミチルはうんざりした声を上げ、伊月は椅子を引き寄せ、ドカリと腰を下ろした。怠《だる》そうな顔つきで、長い前髪を両手で掻き上げる。

「おいおい、俺たち、その解剖を済ませて上がってきたところなんだぜ、筧」

筧は、広い肩を小さく狭めて「堪忍」と言った。

「ここに来て、それ聞いてなあ。そんで、悪いなーとか思っててんけど」

「仕方ないわよ、一日二体なんて、珍しくもないんだし。で、署の人たちが来るまで、ここで待ってるの？」

ミチルは白衣を脱ぎながら、恐縮しきりの筧に訊ねた。

「はい、さっき都筑先生にお訊きしたら、昼休みは会議あるから二時から始めるっちゅうことやったんで、署《カイシャ》のほうにはそう連絡しました。僕、戻っても邪魔なだけやから、解剖の準備でもお手伝いせえて、上司に言われてます」

「あー……二時からですか？　先生が？」

ミチルが時計を見ながら訊ねると、都筑はお茶を飲み干して答えた。

「うん、次のは僕が鑑定医で令状とってもらってる。そろそろ基礎教授懇親会が始まるから、それ終わってからしようと思っててんねん。ま、二人ともゆっくり昼休みとっときいな。『オンとオフ　メリハリつけて　いい仕事』っちゅう諺《ことわざ》もあるしな」

「……先生。それ、諺じゃありませんよう」

素早くツッコミを入れて、峯子は都筑の前に会議の資料を綴じたバインダーを置いた。

「はい、もう会議が始まっちゃいます。遅刻しないように行ってください！」

「あーはいはい……。もう、年寄りばっかりの集まりなんか退屈やー」

ブックサ文句を言いながらも、都筑はバインダーを小脇に抱え、貧弱な背中を心持ち丸めて教室を出ていく。

「『年寄りばっかり』ですって。自分はいつまでも若いと思ってるんだから」

峯子は呆れたようにそう言いながら、テーブルに残された茶器を片づけた。伊月は、テーブルに頬杖をつき、横目で峯子を見て言う。

「仕方ねえよ、ネコちゃん。普段、俺たち若者にまみれてるからな。勘違いもするって」

「まみれてる……ってなんか嫌な表現」

峯子は白衣の袖をまくり上げ、洗い物を始めた。流しに向かったまま、ミチルたちに声をかける。

「お昼、食べてきたらどうですかあ？　しんどい解剖だったんでしょ？　気分転換に……筧さんも一緒に行ってきたら？」

どうやら、一足先に帰ってきた陽一郎は、峯子と都筑に今朝の解剖について十分な情報を提供していったらしい。

道理で、都筑が解剖のことをあれこれ訊ねなかったわけだ、と納得しつつ、伊月はよいしょ、と重い腰を浮かした。

「俺、豚カツ食いたい。次の解剖に備えて、ガツーンと」

「ガツーンとカロリー補給ね。了解」

ミチルは脱いだ白衣を椅子の背に引っかけ、まだ巨体を小さくしている筧を見て笑った。

「筧君もお昼、行こうよ。いつも行く店で豚カツ奢るから」


それから二十分後。ミチルと伊月、そして筧は、大学の近くの豚カツ屋にいた。

普段は、学食やパン屋で昼食を済ませてしまうミチルと伊月なのだが、やはりヘビーな一日が予想されるときは、充実した昼食を摂りたくなるのだ。

「どうもすいません、僕まで一緒に。解剖の準備に来てんのにこんなことしとったら、上司に怒られてしまいそうですわ」

モグモグと一口カツを頬張りながら、筧がもそりと頭を下げると、ミチルは「いいじゃない」と軽く受け流した。

「ご飯食べるのも準備のうちよ。……それはそうと、筧君が持ってきたT署の解剖って、どんなの？」

さすがにほかの客をはばかって、後半は小声になる。筧も、口の中のものを飲み込んでから、声を潜めて答えた。

「あのう、これまた申し訳ない話なんですけど、実は……」

「何だよ、ややこしい奴か？　こないだみたいに、全身百ヵ所刺された死体とかじゃねえだろうな」

整った細面を惜しげもなく崩して、口いっぱいにご飯を頬張ったまま、伊月が眉間に縦皺を寄せて筧を見る。

「ああ、そうと違うねんけど……」

筧は、慌てて手を振って言った。

「また、赤ん坊やねん、タカちゃん」

「げ、赤ん坊！」

思わず大声を上げてしまった伊月に、店じゅうの視線が集中する。伊月は思わず頭を低くして意味もなく大量のキャベツを口に放り込みつつ、ひそひそ声で言葉を継いだ。

「また、突然死っぽい奴かよ？」

筧は、曖昧に頷く。

「うーん……。課長はそんな感じのこと言うとったわ。僕はよう事情知らんのやけど、少なくとも、遺体に傷はなかったみたいやで。ああ、せやけど司法解剖やから、何かややこしい事情があるんかもしれへんわ」

「げげ……『ミチルの法則』大当たりじゃん」

伊月の不明瞭な呟きを聞き逃さなかったらしい。ミチルはむくれたように頬を膨らませ、ボソボソと言った。

「だって、ホントのことなんだもん」

筧だけが、子犬のように首を傾げる。

「……何ですか、その『ミチルの法則』て」

プイと横を向いてしまったミチルに代わって、伊月が妙に嬉しげに答える。

「ミチルさんが時々、ボソッと言うことがさ……妙に当たるんだよ。マーフィーの法則みたいにな」

「へえ」

筧は面白そうに身を乗り出した。

「たとえばどんなん？」

「たとえばだな……。今言ってたのが、『同じ種類の解剖は続く』っての」

「うわ、早速今日、大当たりやん！」

「そうなんだよ。だから『法則』っての。……ほかには何があったっけ……」

伊月はちょっと考え、そして笑いながら言った。

「『学会前に解剖ラッシュがある』とか、『アル中の人は身離れが悪い』とか」

「なんや、凄いなあ、それ」

筧は素直に感心して、ご飯のお代わりを店員に頼んでから、ミチルに視線を向けた。

「ほかにはないんですか？　伏野先生の法則って」

「そんなにたくさんはないわよ、真理だけなんだから」

どこまでも素直な筧には、伊月に対するような邪険な態度はとれないらしい。ミチルは、苦笑混じりにそう言った。

「あー、筧には優しいんでやんの」

いじけたように伊月が混ぜっ返す。ミチルが何か言い返そうとした時、筧が唐突に、

「あ！」と大きな声を上げた。

「何？」

「何だよお前？」

ミチルと伊月は、吃驚して、筧の面長の顔を見る。

筧は、太い眉を上げ、ギョロリとした目で伊月を見て、こう言った。

「そういやタカちゃん、こんなとこにいててええのん？」

「え？」

伊月は、目をぱちくりさせる。

「何だよ？　俺がここで飯食ってちゃいけねえ理由でもあんのか？」

筧は、ちょっと困ったように首を傾げ、お代わりのご飯をモグモグと頬張りつつ、ミチルと伊月の顔を交互に見た。

「あれ？　僕の勘違いやったっけ。……今日、医師国家試験の合格発表あるんちゃうかと思てたんやけど」

「……あ」

伊月はハッと顔色を変え、ミチルは「ええっ？」と目を見開いた。ポシェットから手帳を取り出し、今日の日付を確認した彼女は、「ほんとだ！」といかにも懐かしそうに言った。

「うわー、もうそんな時期なんだ。私が免許取ってから、もう六年目かあ。……って、そういうこと言ってるんじゃなくて、伊月君、解剖なんてしてる場合じゃないわよ。発表見てこないと」

「いや、俺はいいっすよ。どうせ結果は、明日の朝刊に載るんだし。筧、お前また余計なことを思い出しやがって……」

伊月は、つまらなそうに再び箸を動かし始める。

「よくないわよ。さては、わざと忘れたフリをしてたのね」

「行かなあかんて」

そんな伊月に、ミチルと筧が詰め寄った。

「駄目よ、ちゃんと見てこないと。一生に一度のことなんだし、ご両親、お家で待ってるでしょ？」

ミチルの言葉を、伊月は軽く受け流そうとする。

「べつにいいっすよ。国試落ちてたって、院をクビになるわけじゃねえし。親だってそんなこと忘れてますって」

その吐き捨てるような早口に、筧は大きな口を更に大きくしてニカッと笑った。

「あ、ビビってんねんな、タカちゃん！　自信ないんやろ」

「ち……違わあ！」

図星だったらしい。伊月の頬が、たちまち真っ赤になる。

「国試ってのはな、筧。受けた奴の八割は通るような簡単な資格試験なんだよ。わざわざ電車に乗って見に行くほどのもんでもねえって言ってんだ、俺は」

ムキになるところが、ますます怪しい。筧は、悪気の欠片もない人好きのする笑顔で、更に言った。

「昔から、タカちゃん平気そうに見えて、実はめっちゃビビリやったもんなあ。そういうとこ、全然変わってへんやん。何か嬉しいわ」

「そんなことで喜ぶな！　ビビってんじゃねえ、見る価値ねえって言ってんだよ」

「嘘や。ホンマは見にいきたいけど怖いんやろ？　残念やなあ、僕、解剖なかったら、ちょこっと抜けて一緒に見にいったるのに」

「……お前なあ……」

片手でテーブルをドンと叩き、伊月が何か言い返そうとするより早く、ミチルがクスクス笑いだした。

「そうか、見に行って落ちてたらどうしようって怖がってんだ、伊月君。意外に可愛いとこあるのね」

「そうそう、タカちゃんって滅茶苦茶可愛いんですわ」

筧もニコニコと頷く。

「あのな……二人して、可愛い可愛い言うな！」

伊月は、思わずガタリと立ち上がってしまった。テーブルに両手をつき、切れ長の目で二人を睨《にら》みつけ、彼は低い声で言った。

「わーかーりました！　そこまで言うなら、見に行ってやるよ。午後の解剖、俺がいなくたっていいんすね？」

「いいよ〜。伊月君が来る前は、教授と私と清田さんと陽ちゃんでずっとやってたんだもん」

「僕も手伝うし、心配せんでええで」

ミチルも筧も、にこやかに頷く。

「じゃあ、たった今から行って来ます！　皆さんで、俺をのけ者にして、楽しく解剖してててくださいよっ。ミチルさん、金貸してください！」

「お金？」

「交通費です！」

「……ああ。はい、どうぞ」

ミチルは、肩を震わせながら、財布から千円札を一枚抜き取り、伊月に差し出した。

ムッとした顔で札を引ったくった伊月は、食べかけの豚カツをそのままに、大股に店を出て行ってしまう。

客や店員たちの視線は、肩をいからせて歩き去る伊月の後ろ姿と、その場に残ったミチルと筧の間を、行きつ戻りつしている。

そんなことはまったくお構いなしに、ミチルは伊月の皿を筧のほうへ押しやった。

「こんなに残しちゃって勿体ない。筧君、食べちゃいなさいよ。まだ入るでしょ？」

「あ、いただきます。……タカちゃん、今も小食やねんなあ。それとも、よっぽど早う見に行きたかったんかな」

筧は無邪気に笑って、伊月の残したカツに箸を伸ばす。ミチルは苦笑して、まるで大きな犬のような筧を見て言った。

「筧君って、伊月君のこと乗せるの、ホントに上手ねえ」

「タカちゃん、昔からああ見えて引っ込み思案なんです。背中押したらんと、強がるばっかしでなーんもせんから」

「なるほど」

豪快な筧の食べっぷりを見やりつつ、ミチルは感心して呟いた。

「いわゆる『割れ鍋に綴じ蓋』って奴かあ。男同士っていいな、ブランク長くても、全然変わらず仲良しさんでいられて」

「……女の人は違うんですか？」

真っ直ぐな問いに、ミチルはちょっと口を噤み、目を丸くする。

やがて、すっかり空になった自分の皿を見下ろし、その滑らかな縁を指先でなぞりつつ、まるで独り言のような口調でミチルは呟いた。

「……どうかしら。違うのかな、違わないのかな……」

自分に向けられた質問なのかどうか、いや、それ以前にそれが質問であるのかどうかすらわからない篁は、ただ黒目がちの大きな目を見張るばかりだった……。

二章　図太くできてるわけじゃない

1

その日の午後、三時過ぎ……。

「ただいま帰りましたっ」

伊月が解剖室に戻ってきたとき、解剖はまだ終わっていなかった。

都筑とミチルと清田と陽一郎、それに筧を含めた三人の警察官の視線が、一斉に伊月に注がれる。

「おかえりなさい、伊月先生。……何だか、お早いお帰りですね」

聞き書きの紙を机の上に広げながら、陽一郎が高く細い声でそう言った。吊り気味の色素の薄い目が、好奇心いっぱいの様子で伊月を見上げてくる。

「あの……どうでした？」

皆を代表する形でおずおずと投げかけられた問いに、伊月は「入れ墨シャツ」の上から直接術衣を羽織りつつ、ぶっきらぼうに答えた。

「わかんねえ」

どうやら、教室にも立ち寄らず、準備室で着替えもせずに、真っ直ぐ解剖室に来たらしい。肩につく長い髪も、結ばないままである。

「わからへんて、どういうこっちゃな？　発表、今日と違うかったんか」

メスを動かす手を止めて、都筑が解剖台から声をかけた。

伊月は聞き書きの紙に目を走らせながら、必要以上に簡潔に答える。

「いや、今日ですけど。……見てないですから」

「見てないって伊月先生……」

ミチルが咎《とが》めるように眉根を寄せた。上司たちの手前何も言えない筧は、雑巾を洗いながら、ただその大きな目を見張り、伊月を見ている。

伊月は、帽子を頭に引っかけ、上っ張りに腕を通すと、聞き書きの紙を片手に解剖台に近づいた。

「途中で友達に会ったから、俺の分も見てきてくれるように頼んで、戻って来ちまいました。こっちのほうが、やっぱ気になるから」

その言葉の真偽はわからないが、合格発表の時間を考えると、会場へは行かずに引き返してきたことだけは確かである。

「……あーあ」

ミチルは「しょうがないわねえ」と言いたげに筧と目配せを交わしたが、それ以上何も言わなかった。

「受かってたら電話してくれるって言ってましたから。……それより、どんな事件なんすか？」

清田が差し出してくれたゴム手袋を片手に持ったまま、伊月はミチルの横に立った。

大理石の解剖台に乗せられているのは、午前の赤ん坊よりやや大きめの、女の赤ん坊であった。これまたよく太って、むっちりした手足をしている。肌も、つやつやと輝くようだ。爪の手入れもキチンとされているし、外表に損傷らしきものは見あたらない。

赤ん坊のオトガイから下腹部まではすでに大きく切開され、腹腔内及び胸腔内がすっかり露出されていた。ちょうど今から、心臓の摘出にかかるところらしい。

ミチルは、伊月の持つ聞き書きの紙を横から見つつ、簡単に説明を始めた。

「生後六ヵ月の女の子。身長七十一センチ、体重七千六百グラム。妊娠四十週で生まれて、生下時の体重三千五百六十グラム。妊娠中も出生後も、特にこれといった問題はないみたい」

「父親は三十歳、母親は二十四歳か。この子も初めての子供さんなんですね。……喫煙歴はどちらもなし、と」

伊月は頷きながら、陽一郎の読みやすい丸文字に視線を走らせた。

事件発生は、今日の明け方……午前四時半頃である。

赤ん坊が目を覚まし、ベビーベッドで激しく泣き出したので、母親は起き出して、人工乳を作った。そして、リビングのソファーに座り、赤ん坊を膝の上に抱き、あやしながらミルクを飲ませていた。

「ところが、その夜は赤ん坊がそれまで二度も目を覚ましていたので、母親もその都度起こされてくたびれていた。……で……」

「赤ちゃんを抱いて、哺乳瓶を口にあてがったまま、お母さんがウトウトしちゃったのよ。朝の解剖と、おなじようなことが起こったの」

ミチルは、憂鬱そうな顔つきでボソリと言った。伊月は、紙を陽一郎の机に戻し、手袋をはめて解剖台に戻る。

「で、ハッと目を覚ますと、赤ちゃんが息をしてなかったと……そういうことですか」

伊月は痛ましげに赤ん坊を見た。外表所見を取るときに拭いたはずなのだが、何かの拍子に喉から溢れてきたのだろう、小さな唇からは、白い液体が一筋垂れている。

「うん。……哺乳瓶が口に入ったままで、かなり口からミルクが零れてたみたい。救急隊がすぐ呼ばれたけど、もう死亡していたそうよ」

「吐いたミルクが気管に入った……？」

「その疑いが濃いわね。結膜や口腔粘膜に溢血点がたくさん出てるし、胸腺の粘膜にも、ほら」

ミチルがピンセットで手際よく外表所見をおさらいしてくれる。確かに、溢血点は午前中の赤ん坊よりきつく出ている。大人と子供を単純に比較することはできないが、赤ん坊同士、しかもたった一ヵ月違いなら、十分に参考になるはずだ。

「もちろん、これは急死全般に見られる所見で、窒息と判断する決め手にはならないけどね」

「うーん……。確かに。ほかに何か所見は？」

「そうね。……ほら、爪の先にチアノーゼが出てるでしょう」

ミチルがそっと赤ん坊の手の指を開いて見せる。なるほど、驚くほど小さな爪は、どれも皆、紫色に変色していた。

チアノーゼは、血中の酸素ヘモグロビン濃度が低下していることを示す所見である。つまり、チアノーゼが出ていれば、呼吸が何らかの原因で阻害されていた可能性が高いということがわかるのだ。

「なるほど。……じゃあ、母親の過失……ってーか、ぶっちゃけて言えば、殺人の疑いで、司法解剖にしちゃうわけか」

思わず声を尖らせる伊月を宥《なだ》めるように、ミチルは声を低くして言った。

「それは、手続き上の名目が必要だからそうするだけで、本当にそうだと信じ込んで令状を取る訳じゃないわよ」

「そりゃそうだろうけど。でも司法解剖にすりゃ、親がどんなに嫌がっても、赤ん坊は解剖されちまうわけでしょう？」

ミチルは素直に頷く。

「そうね。赤ちゃんの場合は特に、喜んで解剖させてくれる親なんていやしないわ。たとえば承諾だったら、どうしてもイヤだって言われたら、検案だけで済まさないと仕方なくなることもある。でも、可哀相だからといって、『疑わしきは罰せず』ですべて片付けるわけにはいかないでしょう。だから、疑わしきは私たちが確かめるのよ。司法でも承諾でも、私たちの解剖手順に変わりはないんだし、解剖で疑いがキッチリ晴れたら、それがご両親のためにもいいと、私は思うんだけど」

「だけどそのせいで、何の罪もない親が、自分を責める結果になったら？」

伊月は、喧嘩腰の切り口上で言葉を返す。一日に立て続けで二体の赤ん坊の解剖を見て、気が立っているのだろう。

それを察したのか、ミチルはいつものように売られた喧嘩をストレートに買いはしなかった。

「罪がないかどうかは、解剖してみないとわからないわよ、伊月先生。……今さらきれい事を言うわけじゃないでしょう？　疑って疑って、すべての可能性を疑いまくるのが、私たちの仕事でしょうに」

穏やかな口調ではあったが、その目には、刃物のような鋭さがあった。思わず怯《ひる》んでしまった伊月は、横を向いて吐き捨てる。

「……酷《ひで》えな」

「すんまへん」

伊月の言葉は警察に向けられたものではなかったのだが、筧の上司である中村警部補は、心底すまなそうに頭を下げた。

刑事課にしては珍しくセンス良くお洒落な彼は、今日も紺色の出動服の上に、色鮮やかな黄緑色のブルゾンを羽織っている。

「僕らも疑いとうはないんですけど、やっぱりたまにあるんですわ。育児ノイローゼの母親が、つい子供殺してしまうっちゅうんが。被害者がもの言わん赤ん坊でしょう、僕らが犯罪を見逃したら、もうそれっきりになってしまうんです」

「だけど、夜中に何度も起こされたら、母親がヘロヘロになるのは当たり前じゃないですか！　どうせ、赤ん坊が泣くのは、昨日の夜に限ったことじゃないんだろうし。もしこの赤ん坊が窒息死したんだったら、寝ちまった母親のせいだって言ってるようなもんじゃないですか！」

「だから……窒息死じゃないかもしれないでしょっ！　何を素人みたいなこと言ってんのよ、あんたは！」

さすがにミチルが苛立って声を荒らげかけたその時、とうとう都筑が口を開いた。

「そら、みんなわかっとるんや、伊月先生。警察も、僕らも」

どんなときにも変わらない平静な口調に、憤っていた伊月も気勢を削《そ》がれて口を噤んだ。

都筑は、小さな目をパチパチと瞬《またた》かせつつ、伊月の顔をじっと見た。いつでも笑っているようなその顔からは、彼の心情を読みとることはできない。

戸惑う伊月に、都筑は言った。

「僕らの仕事は、両刃の剣みたいなもんやで、伊月先生。僕らが遺体を解剖することによって、無実を証明されて喜ぶ人もいれば、罪を暴かれて何もかも失ってしまう人もおる。そうやろ?」

伊月は……そして、その傍らに立つミチルも、無言で頷く。

「喜ばれるんも恨まれるんも、相手次第や。どんなことになっても、僕らには関係ない。ええか、伊月先生。僕らが耳を傾けるべきなんは、生きてる人間の言葉やない。目の前にいる、もう喋られへんご遺体の、言葉にならへん声や。突き詰めてったら、それだけなんやで」

「……はい」

伊月は、すっかり毒気を抜かれた顔で、やけに素直に返事をした。

「すいません」

そして、都筑にともミチルにとも中村警部補にともつかない妙な角度で、少し頭を下げる。

筧はキッチン用のピンクの手袋をはめた指先で流しの水を掻き回しつつ、ごく真面目な、そして心配そうな表情で伊月を見ている。

「ほな、続けよか」

都筑は、にま、と笑って、自分の向かいを指した。阿吽《あうん》の呼吸で、ミチルも自分のメスを伊月に差し出す。

「え？」

「代わってちょうだい。コンタクトにゴミ入っちゃった」

怪訝そうな伊月に、とてもそうは思えない悪戯っぽい笑顔で、ミチルは言う。「場数を踏んで、早く慣れてしまえ」とその目は言っていた。

「……あーはいはい。ちゃんと目ぇ洗わないと、角膜に傷つきますよ」

伊月も軽口を返し、差し出されたメスを受け取った。

口論になったときは、いつもミチルがこんなふうに和解の糸口を作ってくれる。そのことに少々の罪悪感を感じつつも、結局、毎回それを有り難く受けてしまう伊月なのである。

「ちょっと目、洗うね～」

そう言って綿手袋とゴム手袋を外し、流しでコンタクトレンズを洗いながら、ミチルは傍らでもの言いたげにしている筧の顔を見上げ、唇を少し突き出して笑った。

「大丈夫よ」

誰にも聞こえないように囁かれたそんな声に、筧も、ようやくホッとしたように破顔一笑したのだった。

2

伊月は濡らした軍手をはめ、メスを握って、都筑と向かい合わせに立った。普通、メインの執刀医は、遺体の右半身側に立つ。右利きの人間は、そちらのほうがやりやすいからだ。だが都筑は左利き、ミチルは両利きなので、伊月はいつも、遺体の右側に立つことができる。

「胸腺、見てみ。ふっくらして綺麗やろ。心嚢開けるまえに、これを外そか」

都筑がピンセットで指した胸腺は、午前に見た赤ん坊と同じくらいしっかりした実質からなっていた。淡い紫赤色の被膜下には、ハッキリした溢血点が血飛沫《しぶき》のように散在している。

「……外します」

伊月は、ピンセットで注意深く胸腺の端をつまみ上げ、メスの刃で、心嚢を剥離していく。心嚢膜を破ってしまうと内部の液が漏れてしまうので、注意が必要な細かい作業である。

息を詰めて、頸部正中下端で胸腺の上端まで綺麗に剥離してしまうと、胸腺は確かな重みを持って、ピンセットからぶら下がった。補助に回ったミチルが、タイミング良く手のひらでそれを受け取り、重量を量る。

「胸腺、四十八グラム」

「はーい」

陽一郎が、それを剖検記録に書き込み、そして机の引き出しから青いファイルを出して、パラパラとページをめくる。

「どや？」

都筑に問われて、陽一郎はちょっと得意そうにニコッと笑い、即答した。

「生後六ヵ月の女の赤ちゃんとしては、平均より少し重いくらいです」

どうやら、発達が正常であるかどうかを見るために、臓器重量の平均値を調べたらしい。午前中も陽一郎は何やらゴソゴソやっていたが、おそらく同じ調べものをしていたのだろう。

「胸腺の重さと実質の量は、赤ん坊では大事やからな。虐待のあるなしを見るのにも、免疫疾患のあるなしを調べるのにも有用な臓器やから、大事にせな」

そう言って、都筑はミチルに言った。

「補助は清田さんに任せて、伏野先生、所見と写真、頼むな」

「はいはい」

ミチルは早速、白いシートを敷いた写真台の上に胸腺を置いた。写真撮影のあと、大きさを測り、脳刀で割《かつ》を入れ、その都度所見を陽一郎に書き取らせる。

都筑がひとりで腹腔内臓器の摘出を引き受けたので、伊月は、後ろからあれこれと清田の助言を受け、頸部の筋肉を剥離していった。

赤ん坊の頸部には深い皺が通っていて、絞頸の痕がわかりにくいことがある。頸部の薄い筋肉を、伊月は一層ずつ、出血がないことを確認しつつ、剥離し、取り除いていく。頸部の筋肉に損傷はなく、伊月は清田に時折「ああ！」と奇声を上げられながらも、なんとか気管に張り付くように存在する小さな甲状腺を取り外すことに成功した。

「……ふう」

大袈裟な溜め息が思わず漏れてしまう。伊月の手はそう大きなほうではないし、けっして不器用でもないのだが、それでも、赤ん坊の臓器はどれもあまりに小さくて、指先だけでの細かな作業を強いられる。

都筑と伊月が摘出した臓器を、ミチルが一つ一つ台に載せ、脂肪を取り除き、計量、計測して所見を述べていく。

それを何とはなしに聞きながら、伊月は赤ん坊のオトガイに、深くメスを突き刺した。メスをそのまま下顎縁《かがくえん》に沿わせ、注意深く動かしていく。その後、指を突っ込んで、舌を顎の下から引き出し、肺まで一続きに摘出するのだ。

「……あ」

食道に密着している大動脈を外そうとして、伊月は思わず小さな声を上げてしまった。

「どないしました？　食道、穴空けてしもたんですか？」

部屋の隅で、ギプスカッターに刃を取り付けていた清田が、瞬間移動したのかと思うほどのスピードで飛んでくる。

伊月は慌てて、首を横に振った。

「あ、違います、すいません。何でもないっす」

「あ、そう？　手が要るんやったら、すぐ呼んでくださいよ」

清田はそう言って、また物凄い勢いで戻っていく。それを見送り、伊月はガックリと肩を落とし、嘆息した。

ちょうど、雑巾を洗ったものと交換しようとやって来た筧が、心配そうに伊月の顔を覗き込んだ。

「大丈夫か、タカちゃん？」

声を潜め、太い眉根を寄せて訊ねる筧に、伊月は唇を歪めるように笑って頷いた。

「そんな顔すんなって。何でもねえから」

「……せやったらええけど。はい、綺麗な雑巾」

「お、サンキュ」

伊月は筧から雑巾を受け取ると、血液が垂れないように受けつつ、気道と肺を写真台に運んだ。ミチルが他の作業をしているので、写真係の警察官に撮影を頼む。

（……やっぱり……そうなのかな……）

さっき気管を抜くとき、少し下向きになってしまった喉頭部から、白い液体が零れだした。甘くて少し生臭い匂い。ミルクだと、すぐにわかった。だからこそ、あんな声を上げてしまったのである。

（窒息死……なのかな……）

そう思うと、再び頭が締めつけられるような気がした。だが伊月は、そんな思いを振り切るように、帽子の耳元から垂れてきた長い髪を首を振って後ろに払い、都筑に声をかけた。

「先生、お願いします」

「お、出たか、よっしゃ」

すでに腹腔臓器をすべて摘出し終えていた都筑は、軽い足取りで写真台のほうへやって来た。

「ほな、見よか。森君、ええか？」

「はい、お願いします」

陽一郎が、ペンを片手に涼しい声を響かせる。

「舌は蒼白、咽頭内容は、白色乳様液少量、粘膜は軽度充盈《じゅうえい》……」

都筑は淡々と所見を述べつつ、薄い粘膜にハサミを入れた。銀色の刃が、細い食道を切り開く。

「食道内容、白色ミルク様液汁中等量……」

ミチルも、作業を中断して、都筑の横に立った。じっと、都筑の手元を見ているミチルの顔つきは、どこか陰鬱だった。この先「見える」ものがわかっているような顔だと、都筑の肩越しに見える彼女を見やり、伊月は思った。

「喉頭、気管気管支……ああ」

喉頭を開き、気管気管支の膜様部を切開しつつ、都筑は呻くような声を上げた。切開しただけで、零れだしてくる白い液体。ほんの少し、筋状に血液が混ざっている。

「救急隊は、もう死亡確認しかしなかったんですね？」

ミチルの問いに、中村警部補は頷いた。

「ええ。母親が逆さにして吐かせようとか、そういうことはしたようですが、あまり出なかったらしくて。両親が動転してしもうて、一一九番通報が遅れましてね。救急隊はもう、死亡確認をしただけで」

「そっか……。道理で、気管にミルクが大量に残ってるわけだわ」

ミチルはボソリと言って、コッヘルを四つ使い、気管を開いた状態で固定した。写真係の警察官が、慣れた様子で、気管内に充満したミルクをカメラに収める。

「こらあ……うーん」

気管を覗き込むように屈んだ都筑の唸り声に、伊月は少し苛ついた口調で訊ねた。

「どうなんですか？」

「……ほかの原因で死んだときにも、死戦期のどさくさで胃から逆流したもんが、気管に入ることはあるんや。せやけど、この量は半端やないな」

都筑はそう言いながら、腰を真っ直ぐに伸ばし、伊月の顔を見上げた。

「伊月先生、そうっと肺を圧迫してみ」

「肺を……こうですか？」

今度は伊月が身を屈め、右肺を軍手をはめた手で、できるだけそっと圧迫してみた。途端に、肺の内部から気管支に、微細な泡沫と筋状の血液混じりのミルクが、大量に流れ出す。

「これも写真撮ってや。伊月先生、手ぇ離さんとそのまま押さえとってな」

「……はい」

伊月は肺を押さえる手はそのままに、首をねじ曲げて都筑とミチルを見た。

都筑は、伊月の視線を無視するように、小さな目をパチパチさせて、ミチルに訊ねた。

「もう、ほかの臓器はほとんど見たんかな」

「ええ。今、清田さんが出してくれた脳の所見が終わったら、肺以外全部終わります。胃内には、ほぼ未消化のミルクが中等量入っていました。その他の臓器には、鬱血以外の所見は、特に見られません」

「そうか……。脳、見てんか」

ミチルは頷いて、小さな赤ん坊の脳の外表所見から述べ始めた。

「脳表面は充盈、脳底動脈の走行に奇形を認めず。……割面は……」

脳刀で、まずは小脳と脳幹をひとまとめに取り外し、そしてそれを薄くスライスしていく。それが終わると、大脳の切片を作り……。

「脳には著変ありませんね。肺も切ります？」

「うん。そんで、伊月先生が触ってない方の左肺は、できるだけ潰さんように気をつけて保存しよう」

「……はい」

伊月はハサミで両肺を気管支から切り離し、そして片方ずつ重さを量った。

ミチルが手を出さず見ているので、伊月は他の臓器と同じようにそれらを台の上に運び、まずは右肺に脳刀で切り込んでみた。

肺は通常スポンジ状の軟らかい臓器なので、真っ直ぐに、しかも組織を潰さないように割を入れるのが難しい。しかしこの赤ん坊の肺は、持った感じがずっしりと重く、そして妙につやつやと硬い張りがあった。そのせいで、脳刀は気持ちがいいくらいすっぱりと組織に沈んでいく。

割面は、暗紫赤色。著明な鬱血を示している。臓器鬱血は急死の所見の一つである。

そして、伊月が再び肺を圧迫すると、赤黒い割面から、赤色泡沫や血液に混じり、乳白色の液体が流れ出した。肺内の細気管支にまで、ミルクが入りこんでいるのだ。

「……窒息死ね」

その手元をジッと見て、ミチルは低く呟いた。伊月は黙って唇を噛む。何か言いたいが、どう言えばいいのかわからなかったのだ。

と、その時。陽一郎の頭の横で、電話が鳴った。ちょっとすみません、と早口で言って、陽一郎は書記の手を休め、受話器を取った。

「もしもし……今解剖中で……え……ええっ？」

甲高い声が、解剖室に響き渡った。陽一郎のただでさえ色白の頰から、見る間に血の気が引いていく。

「陽ちゃん、どうしたの？」

「どないしたんや、森君？」

「うわあ、はい、あの、すぐに！」

ミチルと都筑の問いかけをまったく無視して受話器を抱え込み、呟き込むように言ってから、陽一郎は、中村警部補の眠そうな顔を見た。

「あの、遺族の方が到着されたらしいんですけど……」

「どないしましたんや？」

いつも、妙に気障《きざ》な言動を取る中村警部補は、刑事ドラマの一幕のような大きなアクションで陽一郎に向き直る。

陽一郎は、オロオロした顔で、中村警部補と都筑を交互に見て言った。

「あの、それが……控え室で、遺族の方が大喧嘩をしてるらしくて、守衛さんが、とても止められないから警察に来てもらってくれって」

「大喧嘩？」

陽一郎を除く全員が、素晴らしいタイミングで同じ言葉を口にする。陽一郎が細い眉を顰めて頷くのを見て、中村警部補はジャブジャブとマイペースで雑巾を洗い続けている筧を怒鳴りつけた。

「おいっ、筧！　雑巾洗っとる場合やなかろうが！　はよ行って止めてこい！」

「は……はいっ」

一瞬、呆気《あっけ》にとられたような顔をした筧だが、そこは迅速な対応をもって旨とする刑事課の一員である。すぐにゴム手袋と前掛けを外し、解剖室を飛び出した。全速力で駆けていく大きな足音が、たちまち遠くなり、消えてしまう。

「喧嘩って……どういう喧嘩なんだろ」

「さあね。あ、清田さん」

脳刀を右手に提《さ》げたまま愕然としている伊月をよそに、ミチルは清田に、小さな円筒状のタッパーにホルマリンを半分入れてくれと頼んだ。そして、伊月が台の上に放り出したままの左肺をそっとホルマリンの中に浸した。約一週間固定してから、切り出して組織標本を作るのである。

「さてと。伊月先生、それじゃ、閉じましょうか」

「あ……はい」

ミチルに促され、伊月は筧のことを気にしながらも、赤ん坊の腹腔内に貯まった血液を綺麗に拭き取った。油紙を敷き、臓器を一つ一つ戻し、そして脱脂綿で、生前にできるだけ近い体型になるよう、調節する。

伊月がこの作業をしようとするときは、必ず清田が飛んでくる。そして「ああ、そこにそんなん戻したら駄目ですわ！」だの「もっとそこに綿を綺麗に詰めんと駄目です」だのとやかましく注意するのだ。

（うるせえよなあ、もう）

そう思いはするが、確かに清田の言うとおりにすると仕上がりが格段に綺麗になる。「教授三代に亘《わた》ってお仕えしてきた」と胸を張るだけあって、やはり経験というのは凄いものだと、伊月は素直に感心してしまうのだった。

3

「はー、やっと片づきました」

ものの十分ほどで戻ってきた筧は、肩で息をしながら、面長の顔に困惑気味の笑みを浮かべ、そう言った。

「おう、どうやったんや」

それまで、伊月が赤ん坊の腹部を必死で縫合しているのを呑気らしく眺めていた中村警部補は、部下の表情に顔を顰めて訊ねた。解剖室にいるすべての人間の視線が、この長身の青年にいっせいに注がれる。

筧は、紺色のTシャツの袖で額の汗を拭いながら、皆の顔をチラチラと見回して答えた。

「あの……実は、控え室に赤ん坊の両親が先に来ていたようなんですが……。そこに、父親のほうの両親が来て……」

「どないしたんや？」

ミチルと一緒に洗い物をしていた都筑が、怪訝そうに訊ねる。

篁は、魚の骨が喉に引っかかったような、どこかおかしな声で答えた。

「あの……父親の両親、つまり赤ん坊のお祖父ちゃんお祖母ちゃんが、嫁さんを責めたらしいんですわ。『お前が赤ん坊を殺したんや。お前がちゃんと見てれば、あの子は死なずに済んだんや』って。初孫やったらしいし、そりゃあ可愛がってたそうなんで、ショックが大きかったんでしょうね」

ミチルと伊月は、思わず顔を見合わせた。篁は、広い肩を居心地悪そうに揺すり上げ、言葉を継ぐ。

「それで、お祖父ちゃんがちょっと錯乱状態で……嫁さんを殴り飛ばすわ蹴るわ首絞めるわ、えらい騒ぎで……お祖母ちゃんと旦那が止めようとしたんですけど、お祖父ちゃん大暴れで……」

「それで、どうしたんだよ、お前」

伊月に問われ、筧はマペットのような横一直線の大きな口をへの字に曲げて、

「守衛さんと二人で、何とか引き離して、一応、その場を収めてきてんけど……。でもお祖父ちゃん、まだえらい怒ってるから危ないねん。守衛さんに見張ってもらってる」と低い声で言った。

「ほかの人たちは？　お嫁さん、もとい赤ん坊の母親は大丈夫なの？」

ミチルも、さすがに心配そうに問いを挟む。筧は、曖昧に頷いた。

「責められて、暴力ふるわれ放題で、嫁さんのほうは傷だらけになって泣いてるだけなんです。さっき言うたように、お祖父ちゃんはやっとのことで落ち着かせたんですけど、まだ一触即発って感じやし、お祖母ちゃんも何もせえへんかっても、お祖父ちゃんと同じ気持ちみたいやし……」

「旦那は何してんだよ？」

伊月の声が、自然と尖る。筧は、自分より少し背の低い伊月を、項垂れて上目遣いに見た。

「旦那もな……何ていうか、煮えきらへんねん」

いつもは上司がいるところでは、伊月に敬語を使う筧である。それがすっかり普段の「タメ口」になってしまっているあたり、彼も精神的にかなりのダメージを受けて

いるのだろう。

「煮えきらねえって、何が？　自分の嫁さんなのに、庇ってやらねえってことか？」

「いや、暴力ふるってるのが自分の父親やんか、せやし止めようとはしててんけど」

「けど？」

すっかり動きの止まってしまった伊月から針を取り上げ、縫合を仕上げながら、ミチルが先を促す。

「けど、ほら、言葉の暴力ってありますやん。お祖父ちゃんの『お前が殺した』とか。そういうのには、全然反論したらへんのです」

「全然、ですか？」

陽一郎が、控えめに、しかし憤りを秘めた声を上げる。筧は、自分が責められているようなしょぼくれた顔つきで「すんません」と前置きしてから言った。

「解剖済んでから話しよう、とか、まだそうと決まったわけと違う、とか……。そういう言い方するんですわ。どうも……何ていうか……」

「じいさんばあさんと同じく、旦那も嫁はんを責める気持ちがあるっちゅうわけか」

中村警部補の言葉に、筧は「はあ」とこれまた首を捻《ひね》るようにして頷く。

「そんなん、珍しいことやあらへん。人間関係なんか脆いもんやで、筧」

投げやりにそう言い捨て、警部補は陽一郎の背後でどこか放心したように突っ立っている都筑のほうを見た。

「都筑先生。……あの、死因のほうは、どないなもんでしょう？」

「うーん。そろそろ検案書書かななあ」

「はい、いつでもどうぞ」

都筑の言葉に、陽一郎が死体検案書の下書き用紙を広げる。

都筑は、天井を見上げてボソボソと言った。

「死亡の場所は自宅やな。死亡の日時は、今日の……森君、直腸温のとこ見せてんか。……うん、午前五時頃、でええわ。それから……」

伊月は、赤ん坊の身体を洗うための石鹸液を作りながら、背中でじっと都筑の声を聞いている。それに気づいたミチルは、伊月の脇腹を自分の肘で軽く小突いた。

「……見てらっしゃいよ。あとは私がちゃんとするから。耳が後ろ向きに伸びてるわよ」

「すいません」

伊月は素直にスポンジをミチルに手渡すと、都筑のほうへ歩み寄った。

「おう、伊月先生も何かあったら付け足してや」

都筑はそう言って伊月のために場所を空け、そして検案書作成を再開した。

「直接死因は窒息、その原因は、ミルクの誤嚥《ごえん》……やな。解剖所見は、急死の所見、肺内気管支を含む気道内に乳様液充満、肉眼的に明らかな奇形や発達異常を認めず。……どうや、伊月先生？」

「あ……はあ」

珍しく真面目な顔つきで、伊月は躊躇いがちにこう言った。

「あのう……窒息……は確実なんですよね？」

都筑はしばらく考え、そして頷く。

「せやな。さっきも言うたけど、他に死因になりそうな所見がのうて、急死の所見……つまりは窒息の所見がばっちりやろ。そこへ持ってきて、ああまでぎっちり気道にミルクが詰まっとったら、やっぱりそうとしか言われへんなあ」

そこでいったん口を噤んだ都筑は、目をパチパチさせて伊月を見た。

「……あの……」

「何や？　何か抜けとるか？」

都筑に言われたとおりに陽一郎が書き込んだ死因欄を見下ろし、伊月は目を伏せたまま、小さな声で言った。

「あの、朝の赤ん坊みたいに、この子も『乳幼児突然死症候群』って可能性は……ないんですかね？」

陽一郎はぴたりとペンを止め、ハシバミ色の目で伊月と都筑を見上げた。医学に関して専門的な知識のない陽一郎には、伊月の台詞にどんな意味があるのかはわからない。ただ、もめるなら欄を埋める前にしてほしかったな、と恨みがましい視線を投げかけているだけである。

「それは、どういうこっちゃな？」

都筑のいつも笑っているような顔が、ほんの少し引き締まって見える。伊月は、乾いた唇を舐めて湿してから、思い切ってもう一度言ってみた。

「窒息の所見は急死の所見と同じだから、決め手になりにくいって、さっき聞きました。……だから……えっと……今度もその可能性はないのかなあって。俺ちょっと思っただけで」

「…………」

都筑が何も言わないうちに、中村警部補が異議を唱える。

「せやけど先生、さっき見せてくれはりましたやん。肺の中の、あーんなに細い管までミルクが詰まってましたでしょ。僕ら、赤ん坊の窒息死体っちゅうんをようけ見てますけど、あんなにぎっちり詰まっとったん珍しいくらいですよ」

「はあ……やっぱそうっすよね。でも、窒息なんて書いたら、母親可哀相じゃないですか。結局、『あんたが眠り込んじまったせいで、赤ん坊がミルク吐いたのに気づかなかったんだ』って言ってるようなもんでしょう」

伊月は、視線を机に固定したまま、早口でそう言った。中村警部補への返答なのか、都筑への抗議なのか、彼自身よくわからなかった。

都筑は、じっと伊月を見据え、穏やかに問いを発した。

「そんで君は、死因が『乳幼児突然死症候群』やったらええなあ、と希望的観測で思っただけなんか？　それとも、窒息死とわかった今も、突然死症候群と死因には書くべきやと、そう言ってるんか？　どっちや？」

伊月は思わず背後を振り返った。だがミチルは、彼に背中を向けて器具を台の上に片づけており、その表情を窺うことはできない。

(だけど……聞いてんだろうな、ミチルさんも)

伊月は、ごくりと生唾を飲み、都筑の顔をジッと見て、思いきって言ってみた。

「窒息死だってわかって……司法解剖でも、これってべつに人殺しじゃないじゃないですか。不幸な事故なわけでしょ？　だったら、誰も罪に問われないなら、八方丸く収まる死因で、書類書いてやったっていいじゃないですか」

「……………」

都筑は何も言わなかった。だが、その顔が、今まで見たことがないほど苦々しい、厳しい表情に変わっていく。陽一郎や清田、そして寛が、チラチラと二人の様子を窺っている気配がわかる。

それでも、今さら「何でもないです、ごめんなさい」と逃げるわけにはいかない。

伊月は、両の拳をギュッと握りしめ、言葉を継いだ。

「だって、死んだ赤ん坊はもう戻らないわけでしょう。犯罪がどこにもないことがわかったんなら、これから生きていかなきゃならない人たちが上手くやっていけるように……」

「遺族のためになるなら、死体検案書に嘘を書いても許される。そう言ってんの？」

不意に、背後からミチルの声がした。伊月はビクリとして振り向き、強張《こわば》ったミチルの顔を見た……と思った瞬間、洗ったばかりの定規で、ピタンと頬を叩かれる。決して強く打たれたわけではなかったが、濡れた定規の冷たい感触は、伊月を仰天させるに十分だった。

「ミチルさん……」

唖然《あぜん》とした顔の伊月に、ミチルは皮肉っぽく片眉を吊り上げて言い放った。

「手袋してなかったら、素手でひっぱたくとこよ」

だが、伊月は引きさがらなかった。濡れた頰を拭いもせず、話を続ける。

「だけど俺、ホントにそう思うんですよ。だって、さっきの筧の話、聞いたでしょう。この子の母親、みんなから責められてるんですよ？　解剖結果が出たら、余計そうじゃないですか。不注意で自分の子供死なせた女って、周囲の人たちにも言われるし、きっと自分を責めますよ。この先人生長いのに……。なんか、そんなの滅茶苦茶可哀相じゃないですか。きっと死んだ赤ん坊だって、自分の母親不幸にしたいなんて思ってないはず」

「もう十分」

ミチルは、もう一度定規を、今度は伊月の口元に正面から突きつけた。

「検案書に嘘を書いていいなんて思い上がりを、誰があんたに教えたの？　私？　都筑先生？」

「…………」

伊月は、瞬きも忘れ、自分を睨みつけているミチルの顔を凝視している。

ミチルはさっきのように口調を荒くすることはなかったが、氷のように冷たい声音で伊月に言った。

「私たちは、神様じゃないのよ。遺族のこの先の人生のために検案書を書き変える？　馬鹿言わないで。いったい何様のつもりでいるの」

「……だけど……」

「だけどもクソもないわよ。じゃああんた、そんなこととして他人の人生をねじ曲げて、その人たちのこと、この先一生責任持ってフォローしていくつもり？　できるわけないでしょ、そんなこと」

「そ……そりゃ……」

「あんたは、誰かの人生にちょこっと介入して、それで自分の気が済めばそれでいいわけ？　そんな権利が私たちにあると思ってるの？」

「ミチルさん……」

伊月は、途方に暮れた顔つきでミチルを見た。彼女が淡々と言う言葉の一つ一つが、いちいち胸に突き刺さるようだった。

「もうええわ、伏野先生」

おそらく、ミチルが何も言わなければ、自分が同じことを伊月に言うつもりでいたのだろう。だが都筑は、もういつもの呑気らしい笑顔をミチルに向け、制止した。

「でも……」

ミチルは、まだ何か言いたげに抗議の声を上げたが、都筑はかぶりを振り、にまと笑った。

「あんな。あんまり長い説教は、かえって頭からはみ出してしもうてあかんのや。そのくらいでやめとき。『説教も　腹も八分が　いい塩梅《あんばい》』ってな」

例の間抜けな川柳もどきが飛び出す。もう、すっかり都筑のペースである。ミチルもやっと気分を切り替えたらしく、ふう、とひとつ息をつき、肩から力を抜いた。

「そうですね。あんまりガミガミ言うと、姑みたいですもんね」

苦笑して、さっさと片づけの続きにかかるミチルの背中を見やり、伊月は何とも心細げな顔で項垂れた。そんな伊月を慰めるように、都筑は明るい口調で言った。

「さて、ほなそれで検案書仕上げような、森君。死因は6番の窒息な」

「はいっ」

凍りついていた陽一郎も、握りしめていたペンを持ち直し、再び丸い字で紙をきっちりと埋め始める。

「状況は……『自宅居間で授乳中に死亡したと推量される』にしとこうか。伏野先生、どうや？」

「いいんじゃないですか？」

綺麗に洗い、拭き上げた赤ん坊にベビー服を着せてやりながら、ミチルが答える。

清田はさっきの騒ぎなどなかったかのように、平然と床を水で流している。

「ほな、それで森君、清書してんか。上で見るわ。客が来るんで先に上がるな、僕」

都筑はすべての項目を言い終えると、全部をざっと確認し、そして「ごくろうさん」と言い残して解剖室を出ていってしまった。

中村警部補は書類やらカメラやらを片づけにかかり、陽一郎の机の横に立ち尽くす伊月の傍には、ただ筧だけが残った。

「……そんな泣きそうな顔しなや」

伊月の耳元で、ほかの連中には聞こえないように、筧はそっと囁いた。伊月のシャープな頬が、ピクッと痙攣する。

「泣きそうな顔なんかしてねえよ、バカ！」

伊月は上擦った声でそう言い返すと、そのまま大股《おおまた》に、解剖室を出ていった……。

4

腹立たしいやら情けないやら、何とも形容しがたい思いを抱いて準備室に引き上げた伊月だが、身だしなみを整えて外に出てもなお、そのまま教室に戻るには、あまりに気が高ぶっていた。

鏡を見なくても、顔が冷や冷やして、頬の筋肉が緊張しているのがわかる。こんな顔を見せたら、峯子を驚かせ、心配させてしまうだろう。

(ちょっと……頭冷やそう)

伊月は表の階段に腰を下ろし、暮れかかった空を見上げながら、夕風に吹かれた。そうしていると、徐々に気持ちが落ち着いてくるのが自分でも感じられた。

「そうか……。そうだよな……」

冷静になってみると、さっき自分が口走ったことが、何故あんなに都筑やミチルを怒らせてしまったのか、何となくわかったような気がした。

(そうだよな。法医学者が嘘の解剖結果言うのって……そりゃあ、とんでもねえことだよな)

自分たちの立場……如何なる時も、誰の味方にもつかず、常に絶対的中立の立場を守らなくてはならない法医学者が、検案書に嘘の記載をすること。それは、自分たちの存在意義を、自ら完膚《かんぷ》無きまでにぶち壊すことであり、絶対にしてはならないことだったのだ。

(それに……俺、単純に母親が可哀相だなんて言った。本当のことを知るのと、解剖までしたってのに嘘つかれるのと、どっちが可哀相なんだか、俺なんかにはわからねえよな)

自分の言動が、いかに浅はかで偽善的であったか。それに気づくと、真っ直ぐ前を向いていられなくて、伊月は思わず、両手で顔を覆ってしまった。

「あー……俺ってバカだ」

そんな独り言が、唇から漏れる。バカだバカだと呟きながら、伊月の気分は、ズブズブとどこまでも沈んでいくのだった……。

どのくらいそうしていたのだろう。

「……うわっ」

急に背中にのしかかった重みに、伊月は肺を潰されそうになって悲鳴を上げた。

「ちょ……っ、何するんですかあ」

猫背になった伊月の背中に、ミチルがどっかりとお尻を乗せて腰掛けていたのである。

「えへへ。こんなところで、しょぼくれ坊主やってやんの」

ジーンズにパーカという軽装に着替えたミチルは、伊月の背中に容赦なく体重をかけ、からかうような調子で言った。その顔は伊月からは真後ろになって見えなかったが、きっと笑っているのだろうと容易に想像できた。

こんなふうにされると、意地っ張りの伊月も、いつまでも落ち込んではいられないのである。

「誰かさんに虐められたから、いじけてたんですよ」

おどけた調子で答えると、ミチルはクスクス笑って、片手で伊月の背中をポンと叩いた。

「そっか、いじけちゃったかー。じゃあ、是非ともお姉さんが腕によりをかけて浮上させてあげなくちゃね。何と言っても今日は、伊月君のスペシャル・デイだから」

その言葉に、伊月は「へ?」と首をねじ曲げた。

「スペシャル?　何がです?」

「さっき、ネコちゃんから内線電話があったのよ」

ミチルは、身軽に腰を浮かせると、今度は伊月の正面に回り込んでしゃがんだ。そして、伊月の顔を覗き込むようにして、とびきりの笑顔でこう言った。

「医師国家試験、合格おめでとう！」

「……え」

しばしの沈黙の後、伊月は突然、バネ仕掛けの人形のように飛び上がった。

「マジ？　マジですか！」

ミチルも立ち上がって頷く。

「うん。お友達から教室のほうに電話があったそうよ。よかったわね」

「いやっほう！」

さっきまでの落ち込みようはどこへやら、伊月は思わず飛び上がってしまう。気にしていないようなふりをして、やはり結果を知るのが怖かったのだ。

「みんながね、今晩はお祝いしましょうって。筧君にも、お仕事終わったら合流するように言っておいたわ」

「おおっ、そうこなくっちゃ」

すっかり復活したらしい伊月の笑顔を見上げ、ミチルは言った。

「ご遺族には、さっき都筑先生が説明に行ったたって。ちゃんと、お祖父ちゃんお祖母ちゃんも、納得されたそうよ。不幸な事故で、誰も悪くないんだって」

「……どうやってそんなの納得させたんだろう。死因、窒息なのに」

「さあ。ずいぶん根気よく説得してくださったんじゃないかしら。結局のところ、それしかないもの。だけど都筑先生は、時々『魔法』を使うから……知りたければ、あとで直接訊けば？」

ミチルはあっさり言って、伊月の背中を押した。

「さて、教室帰ろうよ」

「そうっすね。とっとと仕事片して、飲みに行かなきゃ」

伊月は幾分軽い足取りで、基礎研究棟に入った。廊下の向こうに、去っていく遺族たちの後ろ姿が見える。

（ほんとに……赤ちゃんの死、どうやって乗り越えていくんだろう……）

そんな思いを胸にふと振り返った伊月は、「早く教室へ帰ろう」と言っていたミチルが、入り口の前で立ち止まっているのに気づき、眉を顰めた。

ミチルは、さっきと同じような妙に陰鬱な表情で、暗さを増した駐車場脇のスペースをぼんやりと見ていた。

伊月は、そっと扉を開けて、ミチルの横に立った。手摺りに両手をかけ、自分も同じあたりに視線を巡らせるが、やはり何も見あたらない。

ミチルの横顔には、恐怖と、そして懐《なつ》かしさのようなものが混ざり合った、何とも不思議な表情が浮かんでいる。

「何……見てんです？」

伊月の問いに、ミチルはしばらく沈黙した後、訊ね返してきた。

「何も……見えない？」

そう言われて、伊月は薄暗がりに目を凝らす。ミチルの指は、すうっと駐車場と奥の建物の間あたりの空間を指さした。

「あの辺。何もない？」

伊月は、男にしてはやや華奢な肩を竦めて答える。

「俺に見えるのは、コンクリートだけですけど。ほかに何か見えて……ってーか、何かあるんですか？」

「……ううん。いい。だったらいいの」

ミチルはふいと身体の向きを変え、そのまま基礎研究棟に入ってしまう。伊月は慌てて後を追った。

エレベーターに乗ってから、ミチルはボソリともう一つ問いを発した。

「あのさ、伊月君。あの辺で、子供見たことない？」

「子供？　ああ、ありますよ」

それを聞いたミチルの目元が、ピクッと痙攣する。彼女は、掠れ気味の声で訊ねた。

「……どんな……子供？」

伊月は、両手の指先をレザーパンツのポケットにちょっと突っ込み、肩をそびやかして答えた。

「どんなって、ミチルさん。駐車場の向こう、病院の付属保育所でしょ？　親に連れられた子供、いくらでも通るじゃないですか」

伊月が無造作に答えると、ミチルは一瞬、酷く失望したような顔をして、しかしすぐに少し笑って頷いた。

「うん。……そうね。そうだよね」

「それがどうかしましたか？」

「ううん、訊いてみただけ」

ミチルの笑顔は、どこか奇妙な歪みを帯びていたが、その時の伊月はただ、「妙なこと訊く人だなあ」と思っただけで、それ以上追及しようとはしなかった。

その時の自分の「あっさりさ加減」を、伊月は後に、たっぷりと後悔する羽目になるのである……。

間奏　飯食う人々　その二

午後七時。

法医学教室の面々は、駅前のビアレストランに集っていた。

「このたびは、まあおめでとうさん。ほな、とりあえず飲もか」

まずは都筑教授のそんな簡潔な祝辞と音頭で、皆がビールのジョッキを掲げ、伊月の医師国家試験合格を祝って乾杯する。

「おめでとうですにゃ」

「おめでとうございまーす」

「おめでとう」

峯子や陽一郎、そしてミチルと軽くジョッキを合わせてから、伊月はあらためて、都筑に頭を下げた。都筑も、ニコニコと小さい目をイルカ形に細めてジョッキを上げる。

「よかったなあ。君、どうも肝心なとこで鈍くさそうやから、今年は院生やりながら試験勉強もやらさなあかんかと思うとったで」

「俺もそれがいちばん怖かったです。……とにかく、これからもよろしくお願いします」

「うん。これからが肝心や。伏野先生によう教わって、頑張ってな」

がちん、とジョッキを合わせ、一口ぐいとやってから、伊月は上唇についた泡を指先で拭いつつ、いつもの憎まれ口を叩いた。

「はー、ざっくばらんな宴会でよかった。俺、いきなり抱負とか語れって言われたらどうしようかと思ってたんだ」

「え？　語りたかったら今からでも聞くわよ」

すかさず、ミチルが混ぜっ返す。

「いや、いいっす。語ると実行しないといけないですからね」

伊月はあっさり逃げようとしたが、いざというときに鋭い一言を発する陽一郎が、よく通る高い声でさらりと言った。

「でも、伊月先生がいちばんに約束しないといけないことって、『朝は九時までに来る』ですよねえ」

みんながどっと沸く。伊月は思わずガクッとテーブルに伏せ、そして垂れ下がった長い髪を両手で掻き上げながら、文句を言った。

「ちょっと待てよ、森君。解剖は九時半開始だろ？　それに間に合えばいいじゃねえか。そりゃ俺、ちょっと遅刻することはあるけど……」

「遅刻してない日を数えるほうが早いです」

陽一郎は、ニコッと笑って、延髄《えんずい》斜め切りの台詞を吐く。伊月はふてくされたように陽一郎を横目で睨んだ。

「はいはい、そりゃごもっともですよ。だけど、九時までにってのは早すぎるぜ」

「何言ってんですか！　私や陽ちゃんは、八時半出勤ですにゃ！」

峯子は、軟《やわ》らかそうな唇を尖らせ、腰に両手を当ててみせた。教職員である都筑やミチルと違って、事務職や技術職の峯子と陽一郎は、出勤時と帰宅時にタイムカードを押さなくてはならないらしい。

「だって俺、院生だから、給料貰ってないもん」

うそぶく伊月の長い髪を軽く引っ張って、ミチルはやり返す。

「私だって、院生時代は貰ってなかったわよ。だけど、末っ子が早く来て解剖準備するのって、体育会系の基本じゃない？」

「ううう。俺って今日、この席の主役じゃないんですか？　酷いっすよ。虐められてばっかり……」

伊月がそうこぼしたとき、店の入り口のほうから、狭い通路を両側の客に謝りつづけながら中に入ってくる、大柄な青年の姿が見えた。

それが誰だかわかった瞬間、伊月の顔がパッと明るくなる。彼は大きく片手を上げ、その人物に合図した。

「おーい！　こっちだよ、こっち！」

その声に、キョロキョロしていた青年はハッと店の奥に目をやり、そこに見慣れた人々の顔を認めると、大きな口を開けて笑い、手を振りながらやってきた。言うまでもなくそれは、T署の新米刑事、筧兼継である。

「はー、よかった。そんな奥にいてるから、この店違うんかと思うたわ。……すんません、遅うなりまして」

ジーンズにチェックのコットンシャツという私服に着替えた筧は、そう言って一同にぺこりと頭を下げた。店内が暗くてよくわからないが、後ろ手に何か持っている様子だ。

「こっち来いよ」

伊月が自分の隣にスペースをつくって呼ぶと、筧は頷き、そしてやおら大きな背中に隠していたものを取り出して、伊月の前に差し出した。

「タカちゃん、合格おめでとうさん！」

「うわあっ」

途端に、辺りにふわりと広がる甘い香り。それは、大きな大きな花束であった。鼻先で揺れる深紅の薔薇に、伊月はただ呆然とするばかりである。

「何かお祝いの品、って思ってんけど、タカちゃんお洒落やし、形の残るもん買うて『センス悪い』言われたら悲しいやん。せやし、花にした」

「う……あ……ありがとうな」

ミチルに促され、伊月は渋々立ち上がった。とんだところで、花束贈呈式と相成ってしまう。

「おめでとうございまーす！」

「おめでとう！」

教室の連中ばかりでなく、店員や他の客たちからも、訳も分からず盛んに歓声と拍手が送られ、伊月はその白い顔を真っ赤にしながら、頭がすっぽり隠れてしまうほど大きくて重い花束を受け取った。

「うわあ、全部薔薇じゃない、この花束。五十本はあるわね。ずいぶん高かったでしょう」

ミチルが感心したように言うと、伊月の隣に腰を下ろした筧は、照れ臭そうに笑って頷いた。

「一生に一度のことやし、いつまでも覚えててほしいから。奮発しました」

「こんなとこでこんなことされたら、忘れたくても忘れられねえよ」

憎まれ口を叩きながらも、伊月はまんざらでもなさそうに、まだ開ききらない軟らかいつぼみを、指先でそっとつついてみた。それだけで、強い匂いがぷんと鼻先に漂う。

「すっごーい！　綺麗！　いい匂い！」

峯子が感嘆の声を上げると、陽一郎もうんうんと頷く。

「やっぱり、伊月先生にはお花が似合いますよねえ。僕も、一度でいいから、そんなの貰ってみたいなあ」

「ちょっと陽ちゃん。ふつう、男の子は女の子にお花をあげるほうですにゃ」

「あ、そっか」

峯子と陽一郎のとぼけた会話に、みんながドッと沸く。そのうち、筧の生ビールと一緒に注文していた料理も次々と運ばれ、賑やかな祝宴が始まった。

宴会など、始まってしまえば当初の目的などどうでもよくなるものだ。当初の主役は確かに伊月であったが、すぐに普通の飲み会と何ら変わらない状態になってしまう。あちこちで埒もない話に花が咲いている。

伊月は、向かいにいるミチルにそっと声をかけてみた。

「……ミチルさん」

「なあに？」

顔に似合わず、余り酒が飲めないらしいミチルは、乾杯のときにビールを舐《な》めただけで、あとはずっとウーロン茶を飲んでいる。

かたや伊月は、オレンジブラッサムの助けを借りて、思い切ってぺこりと頭を下げ、言った。

「すいません。今日、俺、何かミチルさん怒らせてばっかで」

それを聞いて、ミチルは小首をかしげて屈託なく笑った。

「そうだっけ？」

「そうですよ。朝昼、一回ずつ怒らせました」

「ありゃ。それは失礼しました。ずいぶんヒステリックなババアだと思った？」

まさか、本当にあの大爆発を忘れているわけではあるまい。伊月は小さく肩を竦め、グラスについた水滴で指先を濡らしながら答えた。

「別に、ヒステリックだとは思いませんでしたけどね。ただ、ミチルさんも意外に熱いなあって。ビビりましたよ、ちょっとばかし」

ミチルは何も言わず、目の前の唐揚げに手を伸ばした。こういう席では、飲めない人間はひたすら食べているしかないが、ミチルも例外ではないらしい。さっきから、峯子や陽一郎と賑やかに喋りながら、着々と皿を空にしていた。

唐揚げをもぐもぐ頬張りながらも、ミチルがじっと自分の言葉を待っているので、伊月は仕方なく口を開いた。

「でも……怒られても仕方ないようなこと言っちまったんですよね、俺。特に午後のは」

「検案書に嘘書くって話？」

ミチルはさらりと言う。伊月はもう一度肩を竦めることで、答えに代えた。

「そうね……」

ミチルは少し困ったように笑って、背もたれに深く背中をもたせ掛けた。

「虚偽検案書作成って、刑法で裁かれるくらいの重い罪なのよ」

「刑法？　じゃあ、実刑喰らうくらい？」

「そう」

「ホントかよ？」

その問いは、反対側の隣でおとなしくビールを飲んでいる、刑事の筧に向けられたものだった。筧は、ちょっと考えてから、こくりと頷いた。

「うん。確かそのはずやで」

「おっかねえ」

「おっかないのよ。……そして、それくらい死体検案書って大事なものなんだと思うの。だってそうでしょう、私たちの書いた検案書で、死んだ人は人生の幕を引くのよ。『終わりよければすべてよし』ってよく言うけど、終わりが酷かったら、それまでしてきたことも全部台無しにされるような気がしない？」

「そりゃ……確かにね」

「私ね、伊月君がもし、すべての責任を自分で負って、それでも嘘を書くって言うなら、あんなに怒らなかったわよ」

ミチルの言葉に、伊月は前屈《まえかが》みの姿勢のまま、首だけ彼女のほうへ捻じ曲げて訊ねた。

「っていうと？　俺が無責任だったたってことですか？」

「そうじゃないけど。でも伊月君はまだ、他人の褌《ふんどし》で相撲を取ってる状態でしょ。表現はまずいけど」

それに関しては、伊月も素直に頷かざるを得ない。

「まあそうですね。俺、今日医者になったばっかの新米だし」

「だけどそのうち、都筑先生か私が鑑定医になってる解剖を、伊月君に任せてみることがきっとある。独り立ちする前の練習としてね。そんな時、伊月君に今日の昼みたいなことをされたら、都筑先生はどう思うか知らないけど、私はたまらないわ」

ミチルは、本当に嫌《いや》そうに眉を顰め、ウーロン茶を一口飲んでから言葉を継いだ。

「私ね。初めて自分の名前で検案書を書いたとき、物凄く怖かった。何度も何度も読み返して、考え直して、それでもまだ不安だった。本当にこれでいいのかしら、何か間違ってはいないかしらって。変よね。それまで何度だって、都筑先生が忙しいとき、先生の代わりに解剖やって、検案書を書いてきてたのに」

「何がそんなに怖かったんです？」

答えのわかっている問いを、伊月は敢えてぶつけてみた。ミチルは、照れ笑いとも苦笑ともつかない笑みを口元に浮かべ、また新しい唐揚げを口に運んだ。

「検案書のいちばん下のところに、自分の名前を書くのが。これで、この解剖については、どんなミスも自分の責任なんだなって思うと、怖かったなあ……。だってそうでしょ？　とうとう裁判所の証言台で、弁護士に虐められる立場になったんだなって思ったらもう……」

「ぶっ」

思わず伊月は小さく吹き出した。

彼も一度、都筑が証人喚問のために出廷するのに同行し、傍聴席で裁判の一部始終を見学したことがある。

そのときの弁護士の質問といったら、それはもう微に入り細を穿ったもので、ただ聞いているだけの伊月でさえ、辟易するほどの「重箱の隅突き」であった。

べつに手抜き解剖をしているわけではないが、「そんなところまで普通は見ないって」というポイントまで、「これは見ましたか、あれは確かめましたか」と訊ねてくるのだ。それに満足な答えが提示できなければ、鬼の首を取ったように「ほら見なさい、こんないいかげんな解剖をして」と言われるのは必至である。

都筑は例によって、平常心というかのらりくらりというか、弁護士を煙《けむ》に巻くような返答でその場を乗り切っていたが、聞いている伊月はハラハラしどおしだった。

なるほど、あの証言台にいざ自分が立つとなれば、きっと無様《ぶざま》なほど緊張してしまうだろう。

「確かに……そりゃ怖いや」

「でしょう。そのときに、初めて気がついたの。それまで私、自分はずいぶん解剖に慣れてきたと思ってたわ。よっぽどややこしい症例でなければ、もう一人でできるって。だけど、それって大間違いだった。私があんなに気楽に検案書を書けたのは、あとで都筑先生がそれが正しいかどうか判断してくれてたから。すべての責任を、引き受けてくれることがわかってたからだったの」

話し込んでいる二人に気を遣ってか、峯子が伊月に大根サラダの鉢を差し出す。それを受け取り、プチトマトを齧りながら、伊月は頷いた。

「つまり……俺が昼間あんなことを言えたのは、俺が無責任な立場にいるからってことか」

「それにね。こういうことを言っちゃいけないのかもしれないけど……」

ミチルは少し歯切れの悪い口調で、「飲めないとさ、食べてでもないと話しにくいよね」と言い、サラダを自分の皿にどっさり取った。和風ドレッシングのかかった千切りの大根をちょっと食べてから、彼女はこう言った。

「結局、私たちは慈善事業で法医学をやってるんじゃないってことなのよね。死んだ人や遺族のことを気の毒に思うのは人間として当然のことだけど、そこで流されちゃいけないと思うの」

「同情は心の中だけにしろってことですか？」

伊月は、皮肉な口調で言って、筧の皿からポテトフライをつまみ上げた。さっきから筧は何も言わないが、じっと二人の会話に耳を傾けているらしい。

「はっきり言えばそう。……っていうかさ、昼間も言ったけど、私たちの仕事って、誰かが死んで、その死因がわかって、その死にまつわるあれこれが片づくところまでなのよ。その後、残された人たちがどんなふうに生きていくか、それを心配するのは勝手だけど、所詮、私たちの守備範囲外のことだわ」

「そりゃ……そうですね」

ミチルは、背もたれから上体を浮かせると、伊月の顔を覗き込んで言った。

「自分の責任でできる範囲の仕事を、自分の首を懸《か》けて精一杯やる。それでいいんじゃないかしら。っていうか、それすら十分にできない私たちが、他人の幸不幸を自分の秤《はかり》で量ってどうこうするなんて、まだまだ早すぎるわよね」

伊月に語ると言うよりは、自分に言い聞かせるような口調だった。伊月は、思わずミチルに訊いてみた。

「もしかして、ミチルさんも昔、俺と同じことを？」

「……さあね」

ミチルは、いたずらっぽい口調でそう言うと、にっと笑って立ち上がった。

「ネコちゃん、私もジャンバラヤ食べる！」

そう言いながら、峯子や陽一郎の席のほうへ行ってしまう。

伊月は、その背中を横目で見送ると、さっきミチルがしていたように、ズルズルと椅子から半分ずり落ち、頭から背中の上半分までを背もたれにグッタリと預けた。

「逃げられちゃったところを見ると……さては、狢《むじな》ちゃんか」

そんな呟きに、筧がギョロリとした大きな目を更に丸くする。

「狢ちゃん？」

「『同じ穴の狢』って奴」

伊月は気怠そうにグラスを上げ、通りかかったウェイトレスに飲み物のお代わりを注文した。そして、少し離れた席で、清田とギネスビールについて盛んに話し合っている都筑教授のほうを見て言った。

「都筑先生がさ、言うんだ。ミチルさんと俺はそっくりだって。そう言われたときは全然似てねえと思ってたけど、確かに似てんのかなあって思うときがあるな、最近」

筧はウェイトレスからグラスを受け取り、伊月の前に置いてやりながら、ニコニコと目尻に皺を寄せて笑った。

「めっちゃ似てるやん。っていうても顔違うで、性格」

「……何か、今の俺みたくへこんだことあるのかな、あの人も」

「まだへこんでるのんか？　タカちゃん」

筧は面白そうに訊ねる。伊月は、ブーツの爪先で、筧の脛《すね》を軽く蹴飛ばした。

「うるせえ。これでも俺は、繊細にできてんだよっ」

へえ、と筧は面白そうに、太い眉を持ち上げた。

「えらい素直になったんやなあ、タカちゃん。昔は、つらいことあっても全然平気なふりしてたのにな。そういうとこがかっこよかったのに、今、ヨレヨレやん」

「て……てめえは、二言目には昔の話しやがって……！」

ほっそりした顔を心なしか赤くした伊月が、嬉しそうに笑う筧の襟首《えりくび》を締め上げようとしたそのとき、筧の腰辺りから、妙にポップな『太陽にほえろ！』のテーマが流れ出した。携帯電話の呼び出し音である。

解剖室で流れる警察官の携帯呼び出し音は、未だけっこうな割合で、この『太陽にほえろ！』のテーマである。伊月は常日頃から「こいつらベタすぎ……」と思っていたのだが、どうやら筧もその「ベタ」に含まれていたらしい。

「あ、電話や、ゴメン」

筧は伊月の手を片手で押しのけ、ベルトに着けたケースから、スマートホンを取り出した。やや旧型なのは、これがおそらく官給品だからだろう。

「はい、筧です。……え？　はあ……あああ」

スマートホンを左耳に当て、右耳を大きな手のひらで塞いだ筧は、店内の喧噪に負けまいと、大声を張り上げた。本当は店を出ていきたいところなのだろうが、狭い通路を再びほかの客を押しのけて通過するのは、どうにも気が引けるらしい。

呼び出し音のせいで、てんでバラバラに喋っていた法医学教室の面々の視線は、筧に集中した。それに気づかない様子で、彼は長身をピンと伸ばして喋っている。どうやら、上司からの電話らしい。

「わかりました。僕、ちょっと酒入ってますけど、大丈夫ですし。ええ、すぐ。……ああはい、お伝えします。はい」

通話を終えた筧は、もの問いたげな伊月に、眉をハの字にして情けない笑みを見せると、峯子と陽一郎の前をやっとの事で通り過ぎ、ミチルと都筑の前に立った。

「筧君？」

「どないしたんや？」

二人に不思議そうな顔で見上げられ、筧は短くて硬い髪を片手で掻き回し、ピョコンと頭を深く下げた。

「すいません、僕、失礼せんとあかんようになりました。管内で轢《ひ》き逃げがあったらしいです。人手が足らんから刑事課から手伝いに出たれって、上司から電話かかってきました」

「轢き逃げ？」

ミチルと伊月の声が重複する。都筑は、ジョッキを置き、小さな目をパチパチさせて筧を見上げ、頷いた。

「仕事ご苦労さんやな。頑張りや」

「はい。……それで……」

筧はまた一つ頭を下げ、そしていかにもすまなそうに一同を見回して言った。

「も一つすんません、そんで……交通課のほうが、明日の朝イチで解剖お願いすることになるやろうと、そうお伝えするように言ってました。もちろん、ちゃんとした話は、あとで科捜研から行くと思うんですけど」

「あ、そうか！　轢き逃げは司法解剖か」

伊月が顔を顰める。ミチルは、都筑と顔を見合わせた。

「ってことは、被害者、亡くなったの？」

ミチルに問われて、筧は頷いた。

「ええ、どうもそうらしいです。詳しいことは、僕もよく聞き取れんかったんで、わからへんのですけど……」

「あらら……解剖だって、陽ちゃん」

「また朝から忙しいですね、峯子さん」

峯子と陽一郎の会話が、一同の気持ちを代弁している。

「ホンマにすんません」

筧は、皆の非難を一身に受ける形で、その場に立ち尽くしている。都筑は、笑いながら立ち上がり、そんな筧の二の腕をポンと叩いた。

「ま、はよう行っておいでえな。暇やったら明日、解剖まで君がついてきてくれたらええねんで」

「は、はいっ、それは上司と相談します。失礼します！」

筧は自分の席に戻ると、鞄を取り上げた。

「……じゃあ、徹夜のままで、明日の朝まで仕事か？」

ちょっと心配そうに訊ねる伊月に、筧は笑顔のままで頷いた。

「うん。せやけど、徹夜なんかもう慣れっこや。心配要らん」

「心配なんかしてねえや。でも、気をつけろよな」

ぶっきらぼうだが心のこもった親友の言葉に、筧は大きな口を引き延ばすような笑顔を見せ、そして店を走り出ていったのだった……。

三章　幻の消えた先に

1

翌朝、九時三十分。

解剖室には、珍しくメンバー全員が揃っていた。さすがの伊月も、解剖があることを前夜のうちに告げられていては、平気な顔で遅刻するわけにいかなかったのである。

「うわあ、今朝は伊月先生が最初からいる！」

陽一郎にフォローの仕様もない素直な驚きの言葉をくらい、やっと昨日の「自己嫌悪によるへこみ状態」から復活しかけていた伊月は、今度はふてくされモードに突入してしまった。

わざと陽一郎の机から離れ、収納棚から器具を出している清田と一緒に、メスに刃を付けたりし始める。

「……あ、いじけちゃった」

その背中を見遣《みや》り、陽一郎はクスクス笑いながら聞き書きの紙を広げた。

彼の向かいに腰掛けているのは、T署交通課の主任である。昨夜の事件発生から夜通し働きづめなのだろう。ジャガイモのようなゴツゴツした顔には、濃い疲労と皮脂が浮いていた。

「お世話んなります」

そう言って都筑に頭を下げてから、彼は脂っぽい肌理《きめ》の粗い頬を、節くれ立った手でゴシゴシと擦った。

「いやあ、忙しいときはホンマに風呂《ふろ》に入る暇もありませんで。むさ苦しゅうて申し訳ないです」

そんなことを言いつつ、今度は右肩を大きな拳できつく叩く。バンバンと、乾いた音がした。

「そうやなあ。僕らは事故の知らせだけ聞いて、後は家帰って風呂入って布団で寝たけど、君らあれからずっと現場やろ？」

都筑が労《いたわ》ると、主任は「はあ」と苦笑いして頷いた。

「そら、僕らは現場と署と病院と、行ったり来たりですわ。それでも、若いもんは元気ですな。一晩走り回っても、ケロリとしてます。……と言うても、ご存じでしょう？　あれはうちの人間違《ちご》うて刑事課のんですけどね。うちにも若いのは四人おるんですけど、昨夜はほかの事件にかかりっきりでして……」

彼の視線の先には、もう一人の警察官と共に、搬入口から灰色のビニール袋に入った遺体を運んでくる筧兼継の姿があった。

通常、刑事課の刑事が、交通課の解剖を手伝いにくることなど滅多にない。しかし、彼が伊月の友人で、しかも解剖に慣れていること、そして主任曰く、

「こいつ、ペエペエの頃、特別警ら隊を志願して、刑事課だろうが交通課だろうが、事件と聞けば入り浸ってましたからね。こっちも気安いし、こいつの上司がまた気持ちよう寄越してくれるんですわ」……というような理由で、昨夜からずっと、貸し出され中らしい。

「筧君は手際がいいから、来てくれるとこっちも助かるわ。交通課の若い子は解剖に不慣れだから、仕事いちいち教えなくちゃいけなくて、正直言うとめんどくさいの」

ミチルは笑いながらそう言って、清田と伊月が遺体を解剖台に乗せるのを手伝って

いるのを確かめてから、主任のほうへ向き直った。

「さて、交通事故の解剖はそうでなくても時間がかかるから、さくさく始めましょう。状況説明、お願いします」

「はいはい」

主任は、膝の上にあった茶封筒から、ガサガサと書類を取り出した。

「地図です。令状はもう出てますけど、今ちょうどこっちへ向かってる途中やと思います。そんで、ええと、状況ですな」

陽一郎は手描きをコピーした現場の地図を受け取ると、聞き書きの紙の上に被さるように、大きく広げた。ミチルと都筑は、それを覗き込む。

地図に描かれていたのは、ＪＲの地元駅近くの道路である。

駅から大学に来るには、大きく分けて南北二本の道があるのだが、現場は北側の道のほうだった。

南のほうは商店街を通り抜ける賑やかな道だが、北のほうは線路に沿ってずっと走っている、どちらかと言えば寂《さび》れた道路である。車道は両方向一車線ずつで、基本的に真っ直ぐな道路だが、駅前ではかなり蛇行している。商店も疎らで、夜になるとかなり暗い。

地図には、あっさりしたミリペン特有の線で、駅に比較的近いカーブの終点近くに、倒れている人間のシルエットが小さく描かれていた。

主任は、それを太い指先で指し示しながら、説明を始めた。

「発生は、昨日の午後七時五十分頃……と考えられとります。出だしからはっきりせんことで恐縮ですが、通報者は、すでに道路に倒れ、死亡している状態の被害者を発見しております。その時間が午後七時五十五分なもので。おそらく、その直前だろうと。また、事故の目撃者かもしれない人物も、一応おりまして……」

「おいおい。はっきりせんなあ。目撃者がおるんやったら、そっちの言うことのほうが、発見者より確かなん違うんか？」

都筑は、小さな目を瞬《しばたた》かせて訊ねる。同じツッコミを入れようとしていたらしく、ミチルも大きく頷いた。

主任は、額の冷や汗を拭くような仕草をして、煮え切らない口調で言った。

「あー、実はその、事故の現場を見たというのが、まだ子供なんですわ。小学生の……ええと、二年か三年か、それくらいの女の子なんでねえ。どうも、泣くばかりではっきりしたことが聞けんので、参考にはでききんのです」

遺体を解剖台の上に乗せ、血だらけになってしまった手袋を洗ってから、伊月はミチルの隣に近づいた。そろそろ、拗ねていないで説明を聞いていないと、ひとり取り残されてしまいそうな気がしたのだ。

「へえ、子供か。じゃあ仕方な……ん？」

そんな言葉で一座に加わった伊月だが、ふと傍らのミチルの表情にギョッとして口を噤んでしまう。ミチルは、さっきまでの笑顔はどこへやら、ぎこちなく強張った顔をしていたのだ。

「伏野先生？　どうかしました？」

陽一郎の問いかけにも、返事はない。その沈黙の不自然さに、皆、訝しげにミチルを見た。

「ちょっと……伏野先生っ」

仕方なく、伊月が肘で軽くミチルの二の腕をつつくと、彼女はハッと我に返ったように目を見開いた。

「あ……何でもない。ごめんなさい、先を続けてください」

主任も不思議そうな顔をしながらも、頷いて話を再開する。

「ま、事故なんか見たら動揺するんは仕方ないんで、また今日、改めて話聞く予定なんですがね。そういうわけですんで、今んところ、どうも状況説明いうても上手いこといかへんのですけど」

「ふうむ……まあ、わかることだけ詳しゅうに話したってえな」

都筑が、話を促す。

「はあ。ま、とにかく被害者の身元はわかってます。佐竹正彦《さたけまさひこ》さん、六十八歳、無職です。……ええと、この方、線路向こうに息子夫婦と住んでるんですが、仕事も定年退職したし、することないしで、日がな一日駅の近くをウロウロしてはるんやそうですわ」

それを聞いた都筑が、何とも複雑な表情をする。

「何や、侘びしい余生やなあ。金は持ってたんかな」

「うーん、そこまでは訊けてへんのんですけど、競馬やったり酒飲んだりしてたという話ですから、まあそこそこは……。年金も入りますしね」

「うーん。この人、轢き逃げされたのは確かなんですか？」

伊月の問いに、主任は力無く首を振った。

「そうとも言い切れへんのです。すんまへん。……この際、目撃者らしき子供は脇に置いて、発見者の……これは帰宅途中の会社員なんですが、その人の話によると、被害者は、駅から大学へ向かうほうの車線に、こう、道路の方向に直角に、仰向けに倒れていたそうです。一目見て、もうアカンと思ったそうです……まあ、あれではね」

主任の言葉に、一応はさっき篁たちが解剖台に載せた遺体に目を向ける。

「ああ……ま、確かに」

伊月の言葉が、全員の心情を代弁していた。

そう体格の大きくない、そして年齢よりずっと老けて見えるその遺体の首は不自然に折れ曲がり、顔面や頭部はあからさまに変形している。胸腹部のラインも相当に不自然で、左下肢はぐるんと一回転捻られている。

これを見て、生きていると思う人間はまずいないだろう。

「まあしかし、いきなり警察に通報というのもどうかと思ったらしくて、すぐに現場近くの眼鏡屋に駆け込んで店主と相談の上、一一九番通報したわけです。ですが、救急隊到着時はすでに死亡しており、死亡確認だけして、こちらに引き継いだと……。流れとしては、そういうことですな」

ミチルは、腕組みして呟いた。

「うーん、でも、見かけがあんなでも、外傷が死亡原因だとは限らないものねえ。死んでから轢かれたってことも、ままあるわけで」

「そういうことですわ。で、まあ一応、轢き逃げ疑いで我々交通が担当なんですが、病死という可能性も、捨てきれないわけでして……」

ミチルの言葉に、主任は我が意を得たりと頷く。彼の希望としては、病死であってほしいのだろう。

何らかの原因で、被害者が道路に倒れた状態で死亡しており、それを偶然通りかかった自動車が轢過《れきか》していったのであれば、轢き逃げと言っても被害者を死に至らしめたわけではなく、死体を損壊及び遺棄しただけだということで片づくからである。

もっとも、それは交通課にとって、後の処理が比較的簡単になって嬉しいと言うだけのことであり、遺族にとっては、遺体を惨い状態にされたことには変わりはないのだが。

ミチルはふと思い出したように、主任のほうへ向き直った。

「それはそうと、道路にブレーキ痕なんか残ってないんですか？　部品の破片とか」

「それがねえ、道路にブレーキ痕が見られんのです。今のところ、当該車両の部品とおぼしきものも見つかっておりません。鑑識がまだ現場に出とりますので、後ほど見つかる可能性はまだありますが」

「……直腸温は？」

主任は、大きな体のわりに小さなメモ帳を手に取り、目当てのページを繰り当てた。

「えー、午後九時三十分で、直腸温は三十五度三分、室温は二十度です」

「……じゃあ、死亡時刻は遺体発見の直前と考えていいですよね？」

伊月の言葉に、ミチルも頷く。

「そうね。……この方の既往症なんかは訊いてます？」

「あー……すいません、忘れてました。ちょっと訊いてみます」

主任は、ポケットから携帯電話を取り出し、その場で遺族に電話をかけた。

「もしもし、あ、T署のもんですけど……。ちょっと亡くなったお父さんのことで、もう少し訊きたいことあって。うん。今解剖始まったばかりやから、まだまだ時間かかるねんけど。……お父さん、なんか大きい病気とか……あ、ない。ちょっと血圧高いくらい……そうですか。はい、どうもありがとうさんでした」

通話を終えた主任は、「そういうことですわ」と、ごつごつした顔をミチルに向けた。

伊月とミチルは、ちらと顔を見合わせる。

「高血圧、かあ。ありふれてるけど、血圧が高いってことは、脳か心臓にくる可能性がありますよね。つまり病死するベースがあるってことだ」

「そういうことね。年齢的にも、その可能性はなきにしもあらず……」

「だけど……酒に酔って道路に寝てたところを、車が轢いていった可能性も……ありますよね」

主任は、うーんと、肯定とも否定ともつかない唸りかたをした。

「そうですなあ。まあ、酒は好きで、飲んだらすぐ酔っぱらうと、家の人も言うてはりましたし」

「じゃあ、今日の検査項目はとりあえず、血液型とアルコールですね」

陽一郎が、忘れないように、と先に検査用紙に項目を記入する。

ふう、と溜め息をついて、ミチルは両手の指を組み合わせ、二枚重ねたゴム手袋を馴染ませた。そして、伊月と都筑を見て訊ねた。

「じゃあ、そろそろ始めてもいいでしょうか？」

二人が頷いたのを確かめ、彼女はいつもの一言を口にした。

「では、写真から。清田さん、お願いします」

その言葉が終わるか終わらないかのうちに、技師長清田の小さな身体が、カメラと踏み台を持ってすっ飛んでくるのも、また、解剖室のいつもの風景であった……。

2

交通事故の解剖は、単なる病死の解剖に比べ、概して非常に時間がかかる。それも、死体にメスを入れるまでの、外表を検案するのに要する時間が長いのである。だいたいの交通事故症例において、損傷は遺体の全身に及ぶ。

たとえば、車両に轢過された遺体を例にとって考えてみれば、損傷は、タイヤが乗り上げた部分だけにできるわけではないのだ。

ある程度のスピードをもってタイヤが人体に乗り上げた場合、回転するタイヤの動きに伴い、人体もある程度動く。場合によっては、人体のほうも、何回転もしてしまうことがある。

その際に、路面により擦過傷や打撲傷を負ったり、車体の底面にある部品等で損傷を受けたりするので、そういう場合、全身がいわゆる「擦り傷・打ち身だらけ」になっていることが多い。

もちろん、それらの損傷が直接死因に関係していることは少ないのだが、だからといって、ひとまとめに「全身打撲擦過傷」の一言でまとめるわけにはいかない。

いや、検案書に記載するときはそれでいいとしても、外表所見を述べる際には、たとえ砂粒大の表皮剝脱であったとしても、その正確な位置とサイズを記録しておかなくてはならないのだ。

もちろん、今回も例外ではない。

仕事にとりかかってすでに二時間が経過しているが、彼らはまだ、メスを握ることができずにいた。

原因の一つには、今回、都筑が、

「そろそろ練習がてら、伊月先生にひとりで所見取ってもらおか。晴れて医師免許も手にしたわけやしな」と言いだしたことがある。

確かに都筑の言うとおり、いつまでも「見ているだけ」では何事も上達しない。しかし、何もこんなややこしい症例の時に「練習」させなくてもいいじゃないの、と言うのが、ミチルの心の叫びである。

だが、結局のところ、この事件の鑑定医は都筑なので、彼の決定に口を挟む権利はミチルにはない。そこで彼女は、いつもは伊月の仕事であったところのスケッチ係を引き受けていた。

一方の伊月は、ミチル愛用のステンレスの定規を片手に奮闘中であった。

もう一ヵ月余り、都筑やミチルが外表の検案所見を述べるのを、スケッチ係として絵に起こしてきた彼である。ミチルに助けられながら、何例かは外表所見を取ったこともある。

（ちょっと傷が多いだけで、どうってことねえな）

当初、伊月はそう思っていた。

しかし、自信満々で検案に取りかかった彼は、たちまち途方に暮れてしまった。使うべき言葉も表現も本当は知っているはずなのに、いざ自分一人でやろうとすると、どの傷から始めるべきか、身体のどの部位からの距離を測るのがいいのか、損傷の形状をどんなふうに表現すればいいのか、まったくわからないのだ。

それればかりか、死後硬直や死斑といった、いわゆる「お決まり」な所見の取り方まで失念し、陽一郎に「そんな用語、ありませんけど……」と突っ込まれる始末である。

結局、ウロウロと動き回り、やたらとあちこちに定規を当て、さんざん逡巡したあげくに口にした所見を、背後に立っている都筑に、やんわりと、しかし完膚無きまでに修正される。さっきからずっとその繰り返しなのだ。

肝心の都筑が辛抱強く伊月の「練習」につきあっているので、誰も表立って文句は言わない。だが伊月は、一同の心の声がダイレクトに聞こえてくるようで、いたたまれない気分を味わっていた。

ふと見れば、雑巾を絞り終えてすることがない筧は、シンクになみなみと溜めた湯を指先で跳ね散らかしつつ、気の毒そうな視線を伊月に投げかけてくる。

何度も書き直しを強いられている陽一郎は、だんだん情けない顔になっていく。消えないようにボールペンで筆記する決まりなために、せっかく綺麗に仕上げようとしている記録用紙が、取り消しの二重線だらけになっていくのが悲しいのだろう。

そして、陽一郎と同様に……しかしこちらは絵と数値の両方の訂正を強いられるミチルは、だんだん眉間の縦皺を深くしていく。彼女もまた、いつものように助け舟を出したい気持ちを、グッと抑えているに違いない。

ただ清田と写真係の警察官だけが、「そういうことなら先に写真を」とばかりに、撮影用の五センチ定規を手に、損傷部位を、あちらこちらと調子よくカメラに収めて回っていた。

前面を検案し終わると、次は筧に遺体を横向きに保持してもらい、伊月は背面の検案にかかった。

「背面損傷あり。……えぇっと……ここは……尻……」

「臀部《でんぶ》、よ」

堪《たま》りかねたミチルに小声で突っ込まれて、伊月は思わず赤面した。いくら何でも、医者が「尻」はまずい。わかっていても、緊張して言葉が思い出せないのだ。筧も今のを聞いたかと思うと、穴でも掘って頭から埋まっていたいと、伊月は切実に思った。

「うう、臀部全体……に、線状の表皮剝脱。線は……ええと……右上から……左下へと……？」

思わず疑問文のように語尾を上げ、伊月は探るような目を都筑に向けた。都筑は小さな目をせわしく瞬き、苦笑混じりに頷いてくれる。あくまで鷹揚な上司のスタンスに、伊月はちょっと安心して、先を続けた。

「じゃねえ、左下方向に走っている。って続けてくれよ、森君」

「はあい」

背面の損傷を言い終えれば、長かった外表所見を終えることができるのだ。自然と声の調子が高くなる。やっと聞けたいつもの伊月らしい口調に、陽一郎はホッと安堵したようにペンを走らせた。

「あと……両下肢背側に、臀部の損傷とほぼ同方向に走る、線状表皮剝脱が多数散在……左脛腓骨骨折《けいひこっせつ》……はさっき言ったよな」

陽一郎は、紙をペラペラめくりながら頷く。

「ええ、もう書いてます」

「オッケー。……じゃあ、これで外表は終わりか……」

いつの間にか、額にじっとりと汗が浮いていた。伊月はそれを術衣の袖で拭いつつ、恥じ入るように顔を顰め、主任のほうを見やった。

「……すいません、時間取っちまって」

陽一郎の向かいの椅子に腰掛け、こくりこくり船を漕いでいた主任は、その声にビクッとして目を開け、慌てたように伊月に頭を下げた。

「す、すんまへん、ちょっと寝てましたっ」

その正直すぎる告白に、皆が一斉に吹き出す。さっきまで室内に澱んでいた、どことなく刺々《とげとげ》しい空気が、それで払拭されたような気がして、伊月はホッと胸を撫で下ろした。

「疲れた？」

ミチルは、使ったスケッチ用紙をホルダーから抜き出しつつ、からかうような口調で訊ねた。伊月は、珍しく正直に頷く。

「俺が言った所見を、都筑先生がそのまま鑑定書に使わないといけないって思ったら……なんか、滅茶苦茶緊張しちゃって。言葉は出てこねえし、おまけに、どの傷から見ればいいかわかんなくなるし、それに……」

伊月は、目の前に横たわる悲惨な遺体を見つめて、肩を竦めた。

「身体じゅう傷だらけだから、一つの傷をどこからどこまでで取ればいいのか、境目がくっついちまってわかんねえし……」

「ぶっ。……意外と几帳面なんだ、伊月先生」

ミチルは笑って、スケッチを陽一郎の机の上に置いた。そして、彼がそっと差し出した一枚の紙を持って、解剖台のほうへ戻ってきた。

「何ですか、それ」

伊月と都筑が、寄ってきて覗き込む。

「どうせ、損傷を言うのが精一杯で、どんな損傷がどこにどういうふうにあったか、全然覚えてないでしょう。陽ちゃんが、きちんと一覧表にまとめてくれたの」

「おおっ、冴えたことするやんか、森君」

都筑が賞賛すると、陽一郎は白い顔をほんのり赤くして、小さくかぶりを振った。

「いいえ、どうせ伊月先生が考え込んでる間、暇でしたから……」

どうやら、伊月がもたついている時間を、陽一郎は目一杯有効利用していたらしい。ミチルの持っているレポート用紙には、丸っこい小さな字で、ビッシリと外表所見がまとめられていた。

「……助かるよ、森君」

少々気分を害しつつも、伊月は素直に礼を言って、所見をひととおり見直してみた。

「頭部顔面粉砕骨折、頭部顔面挫裂創、頸椎骨折あるいは脱臼の疑い、左鎖骨及び胸骨骨折、左肋骨多発骨折、骨盤骨折、左右脛腓骨骨折及び、左右下腿挫裂創……それからあとは、やたらめったら皮下出血と表皮剝脱……」

伊月が読み上げる傍らで、ミチルが両手で損傷箇所に触れ、いちいち確認していく。さっきまでスケッチ係だった彼女は、手を汚すことができなかったのである。

「わー……頭ベコベコになってる……。背面には、確か表皮剝脱しかなかったわよね、伊月先生」

「そうです。右上から左下方向の擦過傷」

伊月が頷くと、ミチルは遺体の頭部の右側に立ち、左足のほうを向いて、右腕を上げてみせた。

「方向的には、こんな感じ？」

「そうそう。……ちょうど、そのくらいの向き」

「ってことは、背面の傷は、轢過されたとき、身体が動いて、路面に強く擦り付けられてできた損傷と考えられるわよね」

「そうっすね」

「ってことは、この人は仰向けに寝転がってたわけで……そして、おそらくはこんなふうに、四輪車に轢過された……」

ミチルは、さらに左腕も上げる。

「こんな向きでね。だいたい前後輪は同じ軌跡をたどったと考えると、片方は、頭部右側から顔面を通って、胸部左側に斜めに抜けた……」

「そんで、もう片方は、両下腿を、これまた斜めにへし折って通り過ぎてったってわけですね」

「そう思うんだけど……どうですか、先生？」

「なるほど。そんな感じやなあ。逆方向に轢いてった可能性もあるけどな。つまり、足から頭へ」

都筑も、コキコキと首を鳴らしながら、ミチルの背後に立ち、同じ角度で遺体を眺めて唸った。主任もそれに倣い、なるほど……と呟きながら、小さなメモ帳に何やらせっせと書き込んでいる。

「せやけど、トラックとかの重い車体ではないみたいやなあ」

都筑はそう言って、遺体のへしゃげた顔面を見た。鼻骨や頬骨といった、出っ張った小さく細い骨が滅茶苦茶に砕け、下顎骨が骨体部のほぼ中央で割れているため、随分生前の人相とは変わってしまっているはずだ。しかし、「誰だかまったくわからない」というほどには、損傷は酷くなかった。

ミチルも頷く。

「そうですね。まだ個人識別が、顔でできる程度だし……せいぜい、普通乗用車か軽自動車って感じかな……」

「……なるほど……」

伊月はただ感心して、二人の会話に耳を傾けている。

相変わらず、解剖が始まるまではあまり仕事のない筧も、伊月と一緒になって大きく頷く。普段、交通事故の死体は扱わない刑事課の彼にとっては、非常に興味深い話なのだろう。

「……あの、ほなやっぱしこれ、轢き逃げなんですか？」

遠慮がちな筧の質問に、伊月はミチルと都筑を見た。それは、彼が訊きたいことでもあったのだ。

「ふむ。まあ、結論は、解剖が全部終わった時点で出すとしてやな……」

都筑は相変わらず呑気らしい口調でそう言いながら、遺体の左側に回り、胸部を指さした。

「まず、これ……型取っとき」

「え？」

伊月は目を丸くして、都筑が指す先にある大きな皮下出血を見た。

「型、ですか……？」

「うん。ここに、ちょこっとだけタイヤ痕あるやろ。型取っといたら、何かの役に立つかもしれへん」

「タイヤ痕？」

伊月は吃驚して、目の前の皮下出血に顔を近づけてみた。ミチルも、隣で同じことをする。どうやら、彼女にしても意外な言葉だったらしい。

「あ、ホントだ」

「え？　俺わかんねえ。……どれ？」

「これだわよ」

ミチルは、人差し指の先で、ぐるぐると皮下出血の中をパーツ分けしてみせた。

「ちょっと、境界が不鮮明だからわかりにくいけど……この辺は何となくわかるでしよ？　ここに、タイヤの溝模様がほんのちょこっと入ってる」

「あ！」

「うわ、ホンマや！」

「はー、なるほど！」

伊月と筧と主任が、同時に驚きの声を上げる。確かに、言われてみれば、皮下出血の一部に、僅かに山形の溝模様が残っていたのだ。

ミチルは、陽一郎のほうを見た。

「陽ちゃん、あれ……」

「はい、用意しました」

陽一郎が、ミチルに透明のビニール袋を切り開いてシート状にしたものと、油性マジックを手渡す。

ミチルはそれを皮下出血の上からあてがい、マジックでタイヤ痕のシルエットを写し取り始めた。ただでさえ不明瞭なものであるだけに、たびたびシートを外し、確認してからまた描く……という、時間のかかる作業になる。

その間に、都筑は下腿の骨折部位を、伊月と筧に示した。

「ここ見てみ」

伊月と筧は、二人並んで、仲良く都筑の指さす左下腿の骨折部位を見た。右下腿はただ「折れているだけ」だが、左下腿は、骨折したうえに、そこから下がほとんど一周、ぐるんと捻《ねじ》れたままである。

「これ、発見時からこうやったんやろ?」

「はあ、そうですわ。できるだけ、発見時と同じ格好で持ってきたつもりです」

主任が、もそりと頷く。

都筑は、その捻れた左下腿を指して、伊月に問うた。

「伊月先生。この足、どっち向きに捻れとる?」

伊月は切れ長の目を見開き、足をしげしげと眺め、そして自分の左手を足の捻れと同じ向きにくるんと回してから答えた。

「内から外に向かって、ですよね」

「せや。っちゅうことは?」

どうも都筑は、この症例を、伊月を鍛えるのに徹底活用するつもりらしい。伊月は助けを求めるようにミチルを見たが、彼女はタイヤ痕を写すのに必死で、伊月には注意の欠片も払ってくれそうにない。

仕方なく、伊月はしばらく考えてから、ああ、と手を打った。

「そうか。やっぱり、頭から足方向へ轢いてったって証拠だ！」

「せや」

都筑は満足そうに頷いたが、主任と筧はキョトンとしている。

「……タカちゃ……やない、伊月先生、何でです？」

筧の問いかけに、伊月は少し自慢げに答えた。

「つまりさ、この両足は多分、前輪が轢いてったときに折れたんだ。で、その後当然、後輪が来るわけだろ？　右足のほうは、たまたま同じ箇所を通り過ぎてっただけだけど、左足は、何かの拍子にタイヤの回転に巻き込まれたんだ。ズボンが引っかかったのかもしれねえな。それで、タイヤの回転と同じ方向に、ぐるんっと……」

「あ！　ほな、内側から外側へってことは、言い換えたら、右から左へ通り過ぎたタイヤと同じ回転ってわけやな！」

筧も、大きな拳で、もう一方の手のひらを打った。

「ああ。だから、車はこの人の右斜め上から左下へ向かって走り過ぎたんだ」

「そして、この人はその時、たぶんまだ生きてた」

その言葉は、タイヤ痕を写し終えたミチルのものだった。彼女は、仕上げに鎖骨のラインや乳頭といった、身体のどこからそのタイヤ痕を採取したかを示す目印を書き入れると、シートを主任に手渡した。

「私たちには必要ないものですから、そちらでお役に立ててください」

「あ、こりゃどうも。恐縮です」

主任は恐縮しつつ、それを持参のジュラルミンケースの中に、大切にしまい込む。

伊月は、不思議そうに首を傾げ、ミチルを見た。

「どうして、被害者が轢かれたとき生きてたって言うんです？」

「伊月君が今見てる部位が、それを教えてくれてるんじゃない？」

「……俺が今見てるところ？」

伊月は再び、骨折箇所に目を向けた。

「ああ、そうか。生活反応……」

「どこに？」

筧が、伊月の視線を追う。伊月は、右下腿の骨折部位を少し手で押し開いて、筧に見せてやった。

「ほら、軟部組織の中にも、筋肉内にも、はっきりした出血が見られるだろ？　それに、さっき伏野先生が取ってたタイヤ痕、あれは皮下出血だったじゃないか。そして、ここと
か、ここ……」

伊月の手が、全身に散在する表皮剝脱を指し示す。

「こういった表皮剝脱にも出血を伴ってて、それに周囲に皮下出血があるだろ？　こういうのが全部、生活反応さ。……ってことは、轢かれたとき、この人は生きてた」

「あるいは、死にたてやった、っちゅう可能性もあるな。けど、だんだん死体の見方がわかってきたみたいやん、伊月先生」

都筑はそう言って拍手の真似事をすると、ミチルと伊月の二人に言った。

「さて、外表で見るべきもんは見たな。さっきも言うたとおり、何にせよ結論は全部が終わってからや。書類が揃い次第、メス、入れさせてもらおか」

二人が返事をしようとしたその時、搬入口の磨り硝子に人影が映り、ノックが聞こえた。皆、一斉にそちらを見る。すぐさま清田が扉に駆け寄り、鍵を開けた。

細く開いた扉から、紺色のブルゾンとズボンが見えた。警察官の出動服だ。

警察の人間とわかり、清田は大きく扉を開いて訪問者を迎え入れた。

「失礼します。遅うなりました、令状です」

野太い声でそう言って入ってきたのは、中年男と、二十代とおぼしき若い男の二人連れだった。どちらも交通課の警察官らしい。裁判所からの鑑定処分許可状を持ってきたのだ。

「ごくろうさん」

都筑はねぎらいの言葉をかけ、そして陽一郎の手に渡った令状の文面をざっと確認した。

「よっしゃ、これで令状も来たし、心おきなく解剖にかかれますな。解剖してから、やっぱり令状出ませんでした、とか言われてももう戻せへんよって」

清田が、珍しく軽口を叩き、皆、笑いながら解剖の準備にかかった。ミチルと伊月は、それぞれ綿手袋と軍手を、手術用のゴム手袋の上に重ねる。

令状を持ってきた警察官たちは、溜め息をつき、荷物置き用のベンチに二人揃ってどっかと腰を下ろした。

「みんな夜通し走り回ってますんで、疲れてるんですわ……」

主任は、彼らのための言い訳を口にしながら、苦笑いを都筑に向け、そして盛んに頷いている中年の警察官に訊ねた。

「そういえば、目撃者のほうはどうなったんや？　話聞けたんかな。僕、あんまり状況詳しゅう話されへんかって、肩身狭いねん」

「ああ、それですけど」

中年男は、大袈裟な溜め息をつき、いかにも大儀そうに立ち上がった。

「実はですね、まあとにかく平日なんですが、捜査上必要やということで、学校と両親に了解とって、目撃者やっちゅう小学生を署に呼んで、話聞いとるんですけどねえ」

「おう、どうや？　一晩経ったら、ちいとは落ちついとるやろ」

「それがもう……」

中年の警察官は、また一つ溜め息をつき、都筑を見て言った。

「まったく要領を得んのですわ、先生」

都筑は、不思議そうに目をしょぼつかせる。

「どないしたんや？」

「それがもう。八歳の女の子なんですがね、母親と一緒に来てもろうたんですが、『現場見た』と断言するわりには、なあんも覚えとらんのですわ。なあ？」

中年の警察官は、まだベンチにグッタリと座ったままの若い警察官に話を振った。

「何も覚えてない？　ショックが強すぎたってことですか？」

伊月の問いに、その若い警察官は、うんざりした表情で頷く。

「この人が令状取りに行ってる間、僕は署でその女の子に話聞いとったんですけどね。『車見たんか？』て訊いたら、『見た』ってきっぱり答えるんですわ。そのくせ、『どんな車やった？　形は？　色は？』って訊いたら、今度は首捻って『わからへん』ですわ。質問変えて、『ほな、轢かれたおっちゃんはどうしてた？　道で寝てたんか？　歩いてたんか？』って訊いても、また『わからへん』……もう僕ら、頭抱えてましてん」

「何にも覚えてない……ってことですか？」

伊月が問うと、若い警察官は、上体をグッタリと屈め、大きく開いた腿《もも》の上に両手を置いただらしない姿勢で、投げやりに頷いた。

「もう、アホちゃうかと思いますわ。ホンマの話、ちいと頭足らんの違うかな。それか、大嘘吐きか。一緒に話聞いとったお母ちゃんも、最初は一生懸命、『頑張って思い出しや』言うて励ましとったんですけど、しまいにゃあ、『アンタ、ほんまは見てへんのん違う？　嘘なんやったら、今のうちに正直に言いや。謝るんやったら今のうちやで』って言いだしましてね」

「そら……でも君、子供のことやし……」

都筑は困ったように眉毛をハの字にして言ったが、若い警察官は、どこか傲慢な態度で、大きくかぶりを振った。

「いやあもう、ありゃあ嘘やと思うなあ。僕、交通課やから、『刑事の勘』とかはないですけど……でも、あんなに何も覚えてへんはずないですわ。アレは嘘ですわ、嘘」

「無駄足か。こんな大変なときに、見栄っぱりな子供に引っかかってる場合違うのになあ。えらい時間の無駄させられたやん」

主任も、呆れたように頭を振る。

「そうですねん。『嘘言うたらあかんねんで』って言うたらシクシク泣きよるし、もう、始末悪いですわ。今、まだほかのもんが話聞いてますけど、あの調子やったら、夕方まで引っ張っても何も聞けるはずないて思いますよ。……どうせ、何も見てへんとこから目撃証言とっても、嘘を重ねるだけやし、こっちも信用なんかできへんし」

伊月と筧は、思わず顔を見合わせた。

筧が、大きな二重のドングリ眼に困惑の色を浮かべる。何か言いたそうなのだが、他部署のことゆえ、口出しすることは躊躇われるらしい。

伊月にしても、目の前の若い警察官の態度や口振りには、心に引っかかるものがある。だが、事情聴取はあくまでも警察の仕事であり、それに対して口を挟むというのも、何か筋違いな気がした。

(だけどなあ……そういう言い方ってねえよな)

そんな割り切れない思いを、伊月が飲み下してしまおうとしたその時……。

ガシャーン!

解剖台を挟んだ向こう側で、突然、硝子が砕けるけたたましい音がした。

伊月は驚いて振り返り、そして、更に驚愕してポカンと口を開けたまま硬直した。

解剖台と遺体の上には、硝子の破片が散らばり……そして、その向こうには、土台だけになったメスシリンダーを握りしめ、強張った顔で立ち尽くしているミチルの姿があった……。

3

「ミ……ミチルさん……?」

伏野先生、と呼ぶことも忘れ、伊月はおそるおそるミチルに声をかけた。都筑も陽一郎も清田も筧も、そして警察官たちも、皆呆気にとられた顔つきで、ミチルを凝視している。

ミチルは無言のまま、手に残ったメスシリンダーの残骸を、思い切り床に叩きつけた。

分厚い硝子が砕け散る金属的な音に、陽一郎が怯えたようにヒッと息を呑《の》む。

「ミチルさん……」

伊月の呼びかけにまったく注意を払わず、ミチルは仮面のように硬い表情のまま、台を回り込み、若い警察官の前に立った。

「……？」

充血した目を見開き、まだ上体は屈めたまま顔だけを上げて、若い警察官はミチルの顔を見る。何が起こっているのかまったく理解できていない様子だ。だがそれは、皆同じことである。

「……の……」

ミチルの唇から、嗄《しわが》れた声が漏れた。

「……は？　何すか？」

若い警察官は、鬱陶しそうに目を眇《すが》めた。ここに来るのが初めてである彼は、ミチルが法医学教室のナンバー2だとは夢にも思っていないのだろう。何とも横柄な態度で、彼女を見返した。

「おい、二宮《にのみや》……」

さすがに主任が窘《たしな》めようとしたが、若い警察官は、相変わらずの様子でミチルを見ている。

だが、ミチルは彼の態度に腹を立てていたわけではなかった。

「……その子……小さな部屋に呼んだの……？」

さっきよりは少し大きな声で、しかし独り言のような調子で漏れたその言葉に、若い警察官……二宮は、わけがわからないといった顔つきで上司である主任をチラリと見、それからミチルに視線を戻して答えた。

「そうですけど？　まあ、取調室ってわけにもいかないっすから、会議室に呼びましたけどね」

「……それで……みんなで取り囲んで、その子のこと……責めたのね」

「責めたってえか……そりゃ、きついことも言いますやん、何とかして事件のことを思い出してほしい一心で」

ミチルは、まるで幽霊のように青ざめた顔で、抑揚なく言葉を継いだ。

「嘘吐きって……言ったのね……」

「言いましたよ。だって多分ホントのことですからね」

二宮は、吐き捨てるように言った。

「だから、それが何すか？」

「…………」

気配を感じ取ったのだろう、筧が、「あ……」と微かな声を漏らして身じろぎした瞬間、ミチルの平手は、二宮の頬をしたたかに打っていた。

「ミチルさんっ！」

伊月が驚きの声を上げる。

「あんたに何がわかるのよ！」

ビンタを喰らったショックで、顔をわずかに傾げたまま、二宮は凍りついている。

物音一つしない解剖室の中に、ミチルの声だけが響き渡った。

「嘘吐き？　よくそんなこと言えたわね！　子供は、あくまでも目撃者なんでしょう？　警察に協力してくれてるんでしょ？　どうしてそんな酷いこと言えるの！」

いつもの彼女からは考えられないほど激しい口調で、ミチルは二宮を詰《なじ》った。

「せ、先生、えらいすんまへん。こいつ、口の利き方知らんもんで……後であんじょう言うときますし……」

　主任がオロオロと割って入ろうとしたが、ミチルはその主任の肩をぐいと押しやると、なおも二宮に嚙みついた。

「何とか言いなさいよ。事故を見ちゃった子供がショックで思い出せないかもしれないってこと、理解できないの？　どうして嘘だとか、馬鹿だとか、そういう酷いこと言えるの？　あんたたちに、そんな権利あるの？」

（ミチルさん……どうしたんだろ……）

　伊月は、状況が把握できないまま、その場に縫い止められたように立っていた。

「……なあ……伏野先生、どうしたん、タカちゃん」

「俺もわかんねえ。……あんなミチルさん、見たことねえもん」

　傍らの筧が顔を寄せて囁いたが、伊月も首を振るばかりである。

　やっとショックから立ち直ったらしい二宮のほうはといえば、徐々に怒りがこみ上げてきたらしい。今までの怠そうな態度が嘘のように、彼は勢いよく立ち上がった。その四角い顔が、見る見る紅潮していくのが、誰の目にもわかった。

「あんたにそんなことを言われる覚えはないわい！」

　ずいぶん上背のある二宮は、ミチルを見下ろしてそう怒鳴り返すと、それまで被っていた制帽を床に投げ捨てた。まさにこちらも「逆ギレ」状態である。

「こっちかて、仕事でやってんねんぞ！　はよ犯人あげなアカン思うて、必死なんじゃ！　ええ加減なことしか言わへんガキなんぞ、締め上げられて当然なんや！」

陽一郎は、そのあまりの剣幕に、思わずギュッと目をつぶってしまう。だが、ミチルは少しも退《ひ》かなかった。

「そんな勝手な大人の理屈で、子供を傷つけて！　それがその子の将来に、どんな影響与えるか、あんたわかってんの？」

「そんなこと俺らの知ったことかい！」

「あんたみたいな……！」

二宮の顔を、殺気すら湛《たた》えて睨みつけているミチルの顔が、フッと歪んだ。語尾が、細かな震えを帯びる。

両の拳をギュッと握りしめ、ミチルは両目に涙をいっぱい溜めて、しかし心の中をすべて吐き出すような声で叫んだ。

「あんたみたいな人がいるから……！」

(うわ、また殴るぜ、この人は……)

伊月が、今度こそ止めなくては……と思ったその時、それまで完全に沈黙を守っていた都筑が口を開いた。

「そこまでや」

いつもと同じようでいて、そのくせ激昂《げきこう》しているミチルをハッとさせるほど、凛《りん》とした声だった。

「だって先生……」

ミチルは都筑を訴えかけるように見たが、都筑は静かにかぶりを振った。

「ここは、解剖室や。……言い争う場所と違うで、伏野先生。まして暴力を振るう場所なんかやない。……警察の人も、まあ落ちつき」

穏やかな物言いではあったが、ミチルにも二宮にも、それ以上の発言を許さない迫力が、都筑の声と表情にはあった。

呆気にとられていた伊月がふと気づくと、筧がそっと術衣の袖を引いている。そちらに目を向けると、筧は大きな口を引き結び、複雑な表情で伊月を見ていた。同じように困惑の眼差しを返し、伊月は都筑がこれからどう場を収めるのか、はらはらしながら見守った。

しかし都筑は、どことなく困った笑顔で、あっさりとこう言った。

「昼休憩しようや」

「き……休憩、ですかあ？」

陽一郎が、おずおずと訊ねた。確かに、時刻はいつの間にか昼時になっていた。

「うん。ちょっと空気変えようや。飯食ったら、気分もようなるやん。……な。そうしよう。だいいち、硝子片づけへんかったら、怖くて歩かれへん。それに、『空腹で隣の人を取って喰い』なんてことになったら、怖い怖い」

「ぷっ……」

こんな緊迫した状況で、人を笑わせることができるというのは、たぐいまれなる才能と言ってもいいだろう。

遠慮がちにではあったが、ミチルと二宮を除いた一同は、都筑の相変わらず下手な川柳もどきに、思わず小さく吹き出してしまう。

清田が、何事もなかったかのようにいつもの人のいい笑顔を浮かべ、言った。

「そうですね、休憩しましょう。その間に僕、綺麗に掃除しときますよってに」

「……掃除は、私が」

やっと幾分我に返ったらしいミチルは、小さな声でそう言ったが、清田は、

「ええんです、僕がやりますよって、先生は先に上がってください」と、さっさとモップを持ち出した。

主任のほうも、二宮の背中を抱くようにして、搬入口のほうへ押しやる。

「お前も、徹夜で疲れてるんやもんな。ちょっと、学食で飯食うてこい、な」

まだ、あからさまに怒りの色を顔に残しつつも、上司の命令には逆らえない二宮は、黙ってプイときびすを返すと、何も言わずに荒々しい足音を立て、解剖室を出ていく。

部屋の隅に隠れるように立っていた中年の警察官も、それについて出ていった。きっと、彼が二宮の宥め役を買って出るのだろう。

「ほれ、伏野先生も上がり。伊月先生もな。みんな、飯や飯。続きは一時半からにしようや」

都筑がパンパンと手を打ったのを合図のようにして、皆、手袋や前掛けを外し始める。都筑は陽一郎と一緒にさっさと解剖室を後にした。主任も、額の汗を拭きながら、いそいそと出ていく。

「……な、タカちゃん」

「ああ」

筧に促され、伊月は棒切れのように突っ立っているミチルの肩をそっと叩いた。

妙に頼りなげな目つきで、ミチルが見上げてくる。伊月は戸惑いながらも、ちょっと眉を寄せて笑ってみせた。

「教室、帰りましょうよ」

「……うん」

頷いたものの、ミチルはギュッと唇を噛んだまま、まだ動けずにいるらしい。伊月は、わざと大きな溜め息をついて、ミチルの目の前で、両手の指をワキワキと動かした。

「ほーら、とっとと店じまいしないと、俺がこの手で、前掛けのヒモ、解いちゃいますよ〜」

おどけた口調でそう言うと、ミチルはやっとふうっと息を吐き、少しだけ笑った。

「わかった。……戻る」

伊月はホッとして、チラリと筧のほうを見た。セサミストリートに出てくるマペット、「バート」そっくりの顔をした心優しい新米刑事は、心底ホッとしたように、ニコッと歯を見せて笑った……。

4

真っ先に教室に戻った陽一郎は、待っていた峯子と、昼食に出ていった。どうやら今日は、近所に新しく開店したフランス料理屋の格安ランチを食べにいく約束をしていたらしい。

もちろんその前に、都筑は陽一郎に堅く口止めすることを忘れなかった。陽一郎は、けっして峯子に解剖室での出来事については話さないと約束させられたうえで、外出を許されたのである。

都筑は教室のテーブルで愛妻弁当を広げ、ミチルは、一応、出勤途中で買ったらしいコンビニのおにぎりを鞄から取り出していた。食欲はなさそうだったが、都筑に「飯食いや」と言われては、「嫌です」とも言えなかったのだろう。

遅れて戻ってきた清田も、さっき学食に行くと言って出ていった。

(俺は……どうしようかな)

伊月は自分の席に座り、机の上に両足を投げ出していた。

長靴で立ち続けた後は何となく足が浮腫《むく》むような気がして、こうして上げておくと気持ちがいいのだ。

（筧は……あいつは、上司と飯食うだろうし）

昨夜、酒のつまみを食べ過ぎたせいか、はたまた気合いを入れて早起きしたせいか、……いや、やはりさっきの出来事のせいで、まったく空腹を感じない。

（みんな帰ってくるまで、昼寝すっか……）

背もたれにグッタリと体を預け、伊月はしょぼつく目を閉じた。

昼休みだけ点けているテレビが、どこか他県の殺人事件のニュースを流している。一家四人の心中事件……つまり、法医学教室的には、三体の司法解剖、一体の司法検案となるであろう事例だ。

（大変だよなあ、どこもかしこも）

そんなことを思うともなしに思いながら、伊月がまどろみ始めたその時……。

それまで、黙々と弁当を食べていたらしい都筑の、間延びした声がした。

「で、どないしたんや？」

少し遅れて、ミチルの気のない返事が聞こえる。

「何がです？」

取りつく島もないような声音だったが、都筑は気を悪くした様子もなく、相変わらずのんびりした調子で問いかける。

「何か君、ここんとこ、えらい変やん。……更年期にはちょいと早過ぎるやろ？」

「……私を幾つだと思ってらっしゃるんですか」

それに対するミチルの返事は、今すぐにでも会話を打ちきりたいような冷たい響きを持っていた。

（……何だかなあ。ミチルさん、滅茶苦茶変だわ、やっぱ）

伊月は、眠い目を無理矢理こじ開け、耳をそばだてた。二人とも、伊月がそこにいることを知らないようだ。

どちらかが、席を立って魔法瓶の湯をカップに注ぐ音がした。食後のお茶でも淹れているのだろう。

「私……そんなにイライラしてますか？　更年期って言われるくらい」

「してるやん。可哀相に昨日なんか、伊月先生がサンドバッグにされてるように見えたで。ま、さっきのんは、相手が警官やから、たいしてこたえてへんとは思うけど」

（俺？　そうそう、俺可哀相だったぜ）

伊月は声を出さずに、心の中で都筑に喝采を送る。

ミチルは、いかにも心外だと言わんばかりに尖った声を上げた。

「サンドバッグだなんて……。私、八つ当たりしたつもりじゃなくて、ただ」

「それはわかってるねん。昨日も今日も、君の言うことは、何も間違ってへんかった。せやけど、いつもの君やったらああいう相手をとことん追い詰めるようなものの言い方はせえへんやろ。いきなり怒鳴りつけもせえへんし」

「……そうでしょうか」

「少なくとも、ここにいてるときの君は、頼れる姉さんやん。それを頭ごなしに怒られて、伊月先生、えらいへこんでたやろ、昨日。せっかく、国試に合格しためでたい日に」

「確かに、伊月君には、少し言い過ぎたなって思ってます」

あくまでフラットな都筑の語り口に、ミチルの声も、徐々に穏やかになってくる。

（べつに、本気でしょげてもらうほどのこっちゃねえよ。俺、自己嫌悪でへこんでただけなんだからさ）

本当は声に出してそう言ってやりたいところだが、それでは盗み聞きがばれてしまう。伊月は、息を殺して全神経を耳に集中させた。

「何かあったんやろ？」

「べつに、何もありませんよ」

「嘘言うたらアカン。昨日のことはええわ。まあ、伊月先生は君の後輩やから、ある程度厳しゅうするんは賛成や。けど、さっきの君はホンマに普通ちゃうかったで。いきなり人様に手ぇ上げるような、そんな人間違うやろ、君」

おそらく、そこで言葉を切った都筑は、ミチルの顔を覗き込んででもいるのだろう。だが、ミチルは何も言わなかったので、彼はまた話を再開した。

「なあ。正直に聞かせてほしいんやけどな。君、轢き逃げになんかつらい思い出でもあるのんか？　……ああ、せやけど、これまでの轢き逃げ症例のとき、君、べつにどうもなかったやんなあ」

ミチルは、低い声で答える。

「轢き逃げに……っていうか……。今日の二宮って人の、あの言い方だけは許せなかったんです、私」

「せやから、それは何でや？　どうしても言いたくないんやったらアレやけど、喋ったほうが楽やったら、言ってみぃな。『口にして　初めてわかる　道理かな』って言うやろ？」

「そんな諺、ありましたっけ。……ああ……でも……」

ミチルは珍しく、言葉を濁した。都筑は何も言わずに彼女が再び口を開くのを待っている。

やがてミチルは、ボソリと言った。

「私ね、母校ではなく、ここの法医学教室の院生になった理由、先生にきちんとお話ししてませんでしたよね」

唐突な話題の転換に、伊月は目をぱちくりさせる。きっと、ロッカーの向こうにいる都筑も、同じようにキョトンとした顔をしていることだろう。

しかし都筑は、異議を挟まずその話題に乗った。

「ん？　せやけど君、母校の法医学教室が今ひとつ近寄りがたいから、とか言うてへんかったか？　あれ嘘やったんか？」

ミチルはクスリと笑った。

「それももちろんあるんですけど……。別の理由もいくつかあったんです」

「ふーん。何や？」

「私ね……。今は兵庫県K市に住んでますけど、子供の頃、父親の仕事の都合で、二年だけここに住んでたことがあるんです」

「ここって、T市にか？」

「ええ。大学から歩いて行けるところに。大学の前、何度も通りました」

「へえ、そうか。……ほんで、それがどないしたんや」

ミチルはまた少し沈黙し、そして、幾分沈んだ声で話を再開した。

「ここの小学校に通って、友達もできて……。この町、好きだったんです。あんなことがあるまでは」

「あんなことって?」

「……私、その時小学校三年生だったんですけど、砂奈子《さなこ》ちゃんって子といちばん仲良しだったんです。家が近所で、引っ越して最初に話したのが彼女でした。小学校へ通うのも、帰るのも、毎日一緒でした」

言葉は聞こえないが、都筑は頷いているのだろう。ミチルは沈んだ声で、しかし淡々と話し続けた。

「あの日。……あれは、クリスマス間近の土曜日の夕方だったんです。もう、辺りは薄暗くて、どうにかこうにかものが見分けられるくらい。私は……JRのT駅のすぐ近くにある、お習字の教室に向かう途中でした」

「……君、習字やっとってあの字かいな」

都筑に混ぜっ返されてミチルがまた怒り出すのではないかと伊月はひやりとしたが、そこは長いつきあいの賜物か、彼女はそれを軽く受け流した。

「残念ながら、私のお習字は、毛筆でないと腕が発揮できないようなんです。それはともかく。駅から少し離れた……今の自転車置き場をちょっと大学のほうへ行ったくらいの場所で、私、反対側の通りに砂奈子ちゃんを見つけたんです」

（……昨日、轢き逃げがあったのと同じ場所じゃねえか……）

伊月は、そっと手を伸ばし、ボールペンを取り上げると、そのキャップ部分を軽く噛んでみた。何かしていないと、うっかり音を立ててしまいそうだったのだ。

「私は、大声で砂奈子ちゃんを呼びました。車の通りもあの時は少なくて、私の声はちゃんと届いたようです。……砂奈子ちゃん、気がついて、立ち止まりました。凄く嬉しそうに手を振ってくれて……。で、しばらく二人で通りを挟んで、大声で叫びながら話をしました。砂奈子ちゃんも、ピアノ教室の帰りだって言ってて……」

ミチルは、いつもの彼女の口調とはまったく違うボソボソした喋り口で、ゆっくりと記憶を辿るように話す。

それはいいのだが、早くしないとほかの教室員たちが帰ってきてしまう。伊月は、イライラとボールペンを噛みしめながら、話の早い進行を祈った。

そんな伊月の気持ちを知ってか知らずか、都筑は呑気に相槌を打っている。

「ふむ、なかなか微笑ましい光景やな。寒かったやろに」

「寒かったですけど……そして暗かったですけど、私たち、一生懸命目を凝らして、大声を張り上げて喋ってました。わけわかんないけど、子供ってそういうものですよね。……そのうち、辺りが本当に暗くなってきて、時たま通る車が、ぽつぽつとライトを点け始めて……で、砂奈子ちゃんが言ったんです。『ミチルちゃん、お習字の先生のおうちまで、一緒に行こう!』って。両手はガチガチに冷えてたし、暗くなったし、でも私たち、まだお喋りしたかったから」

「女の子の特権やもんな、お喋りは。そんで?」

ミチルはまた少し黙り、それから、まるで尋問されている罪人のような調子でこう言った。

「砂奈子ちゃんは、そっちに行くから待ってて、と言いました。近くには信号がなくて、車もあんまり通ってないし、大丈夫だろうと思って、私、待ってたんです。砂奈子ちゃんは、ピアノのお稽古鞄を提げて、あの道路を渡って来ました。……うぅん、来ようとしたんです。そしたら……」

ミチルの声が、ほんの少し上擦る。

「凄い勢いで、左側から……ちょうど砂奈子ちゃんが道路に飛び出すのと同時に、車が走ってきて……カーブの終わりだったから、全然見えなかったんです。本当です」

ミチルは、まるで今、誰かに責められているかのような、切迫した口調で本当だと強調した。伊月はそこに、ほんのわずかな違和感を感じる。

「一瞬のことでした。闇から急に湧いたみたいに、車が走ってきて……砂奈子ちゃんは玩具みたいに撥《は》ね飛《と》ばされて……」

「撥ねられたんか！」

都筑は驚きの声を上げる。だがミチルは、そのまま話を続けた。

「でもその車、すぐに停《と》まって、誰かが降りてきたんです。道路に倒れてる砂奈子ちゃんを見て、慌てたように抱え上げて車に乗せて……そのままどこかへ……」

「何やて？」

さすがの都筑も、穏やかでない話の運びに、声のトーンを上げる。それと対照的に、ミチルはますます声を低くしたため、伊月は、そうっと椅子から立ち上がり、ロッカーにへばりつくようにして話を聞かなくてはならなくなった。

「その車……砂奈子ちゃんを連れて行っちゃったんです。……私、ただぼうっとそこに突っ立ってただけでした。声も出なかった。……あたりに人気はなくて……車のブレーキ音とか急発進したときのタイヤの音が凄かったりしたから、ちょっと後で、近くのお店から人が走ってきたんですけど……」

「店の中から、誰か見てへんかったんか？」

「……ちょうど、街灯がつき始める直前だったんだと思います。暗くて、それに本当に一瞬のことだったから、私のほかには、たぶん誰も……」

「……それで、どうなったんや」

「私は何だか夢でも見ているようで……だって、目の前に砂奈子ちゃんはいなくて。もしかしたら、全部夢だったのかなって」

(目の前で、友達が轢き逃げに……か。すげえトラウマだろうな、そりゃ)

しかし、それがミチルの心の傷になったことは容易に想像できても、それだけがさっきの大爆発の理由だとは、伊月には思えなかった。

彼は、峯子と陽一郎が、そして清田が、できるだけゆっくりランチを楽しんできてくれるよう、心から祈りつつ、都筑とミチルの様子を窺った。

「急に街灯がついて明るくなって、気がついたら、私、何人もの大人に取り囲まれていました。みんな音を聞いて飛び出してきた人たちで、道路にいっぱい血が流れてるとか、タイヤの痕が残ってるとか、大騒ぎしてました」

「そんな短時間に大量の出血っちゅうことは、かなり凄い当たりやったんやろな」

「ええ。……でも私には、その人たちの『何があった』って言葉が、どこか遠いところから聞こえてくるような気がして……。その時、誰かが懐中電灯を持ってきて、砂奈子ちゃんが撥ね飛ばされたって思ったあたりの道路を照らしたのが見えました。本当に、道路が真っ赤だったんです。赤い水たまり。それを見た瞬間、目の前がまた暗くなって……気がついたら、病院で寝かされてました」

「ショックが大きすぎて、気絶したんやな」

「そうみたいです。両親が迎えに来てくれて……ううん、その前に、警察の人にたくさんいろんなことを訊かれました。名前と年齢に始まって、住所とか、電話番号とか、通ってる小学校とか、砂奈子ちゃんのこととか……それから……っ！」

伊月はギョッとして、立ったまま体を硬くした。ミチルの声が激しく乱れたのだ。

「ああ、どないしたんや。そんな、泣くほど酷いことあったんか」

都筑がオロオロした様子で訊ねるのが聞こえた。実際、ロッカー越しにも、ミチルがしゃくり上げるのがわかる。

（おいおい……泣いてるよ、あのミチルさんが）

もし自分が傍にいたら、大いに狼狽《うろた》えることは都筑以上だろう。ロッカーの裏側で息を潜めていられる幸運を、伊月は神に感謝した。

「……すみません……」

ミチルは、涙声で都筑に詫び、そしてそれでも話し続けた。

「『これは轢き逃げ事件なうえに誘拐事件の疑いがある』って、警察の人は言いました。目撃者は私だけなんだから、思い出さなくちゃいけないって。でないと、砂奈子ちゃんを捜しようがないんだって」

「……そら……そうやな」

「でも私、何も思い出せなかったんです……」

洟を啜り上げながらになってしまったので、余計に声が聞き取りにくい。伊月は、さらに足音を忍ばせ、ロッカー沿いに、彼らに近いほうへと移動した。

「両親も警察の人たちも、それから後で来た砂奈子ちゃんのご両親も、みんなして血相を変えて私に詰め寄りました。車のナンバーは、それがわからないならせめて色は、形は、それからテールランプの形は？　みんな、代わりばんこに訊いてきました。同じことを、何度も何度も。……でも、わからなかった。私、何も思い出せなかった……」

一時は低かったミチルの声が、徐々に高くなってくる。女性特有の、鼓膜を引っかくような声音だ。

「砂奈子ちゃんを捜すためには、思い出さなくちゃって……そう思えば思うほど、頭が真っ白になって……。思い出せるのは、通りの向こうからこっちに駆けてこようとする砂奈子ちゃんの顔だけ。笑ってた顔が、物凄く吃驚した顔になった……あの瞬間から先は、なんだか急に、何もかもがあやふやなんです」

　ミチルが嗚咽に負けて言葉を途切れさせると、都筑は大きな大きな溜め息をついた。

「そら……無理もないと思うけどな」

「でも……思い出さなくちゃいけないって……。轢き逃げの犯人が車から降りて、砂奈子ちゃんを抱き上げて行っちゃうところも……ちゃんと見てたけど、でも、暗かったせいもあって……なんか、影絵みたいなシルエットしか覚えてなかったんです。男だったような気がする、って言っても、そんなの何の役にも立たなくて」

　すいません、とまた言って、ミチルが洟をかんでいる。都筑がティッシュでも差し出したのだろう。そして彼女は、さっきよりほんの少し穏やかな声音で言った。

「凄くみんなに責められました。……怖かった。砂奈子ちゃんのことも心配だったけど、自分のことで精一杯だったんです。……何も思い出せない自分を支えるので必死だったんです。そして、その日は結局、何も思い出せないまま家に帰されて」

「で、どうなったんや」

ミチルが落ち着いてくれたので、都筑の声も安堵の色を帯びている。

「警察はきっと夜通し捜査していたんだと思います。……私も眠れませんでした。そして朝になって、私は小学校を休んで、もう一度警察署へ呼ばれました。……そこで聞かされたんです。砂奈子ちゃんの遺体が、H市の住宅街のゴミ捨て場で見つかったって」

「ゴミ捨て場？」

「黒いポリ袋に入れられて、生ゴミ置き場に捨てられていたのを、早朝ゴミ出しに来た主婦が見つけたんだそうです。袋がちょっと破れてて、そこから血が滴り落ちてたから、気がついたって……」

その光景を想像して、スパイのようにロッカーの裏面に背中を張り付けた姿勢の伊月は、顔を顰めた。

平和な住宅街の冬の朝。清冽な空気の中にふと混じる血の臭い。一見何の変哲もない黒いポリ袋から、ポタリ、ポタリと落ちる血……そして、灰色のコンクリートの上にジワジワと音もなく広がっていく血溜まり……。

「そんな酷いことを、小学生に話したんか、その警察の奴らは」

「……ええ。友達がこんな可哀相な死に方したのに、お前は何も思い出してやられへんのか、それでも友達か、って」

「……そらあ……むごいこっちゃな」

都筑の声も、酷く困惑した様子である。だがそのコメントに関しては、伊月も全くの同意見だった。

「私は、ついてきてくれた親と引き離されて、またひとりで警察の人に質問責めにされて……。でもやっぱり、何も思い出せませんでした。今だって、頭に浮かぶのは、煙草臭い、机のたくさん並んだ部屋と、その中にいた怖そうな刑事さんたちの、酷い言葉ばっかり」

「何言われた？」

「みんな、『何か見たやろ？』って。『テールランプが四角か丸か、それだけでもええねんで？　そんなん猿でも覚えとるわ』とか……『現場見たっていうんは嘘やろう』とか」

「そら……酷いな、ホンマに。いくら捜査に必死や言うても、子供にそんなん言うたらアカン」

「最後に『もうええわ、どうせ子供の言うことなんか、まともな証言としては取られへんねんしな』って捨てぜりふを言われて、帰されました……。結局私、砂奈子ちゃんにお別れを言うことはできませんでした。砂奈子ちゃんの遺体は司法解剖に回されてしまったし、お通夜もお葬式も、砂奈子ちゃんのご両親が私に腹を立ててるから、って言って、うちの親は連れて行ってくれませんでしたから」

（わかってきたぜ……）

伊月は、細く長く息を吐いた。さっきまでのむかつきに加えて、頭痛までしてきたような気がする。

「何で、向こうさんの親が……。ああそうか、君がもっといろいろ思い出してたら、その子が生きて帰ってきたかも、って言うんやな？　そんなん、ようある言いがかりやんか」

「いいえ」

ミチルはまた控えめに洟をかみ、そしておそらくはかぶりを振った。

「そういうわけじゃないんですけど。……ずっと後で母が教えてくれました。砂奈子ちゃんは、撥ねられた時点でもう、駄目だったんだって。……首の骨とか脱臼しちゃってて、頭が外れかけてたそうよ、って。即死に近い状態だったんです。でもやっぱり、親御さんにしてみたら、私を恨むしか気持ちの持っていきようがなかったんだろうって、母は言いました」

「ああ……なるほどな。わかってても、そう思いたかったわけや、向こうさんは」

「ええ。……でも、私の両親も、事故の話をそうやってできるようになるまでには、長い時間がかかりました。あの人たちも、事故の後、私のこと疑ってたんです。こんなに何も思い出せないのはおかしい、嘘をついてるんじゃないかって」

「そんなアホな……」

「小さい頃、私は嘘吐きな子供だったらしいですから」

くすん、と洟を啜り、ミチルはちょっと笑った。引きつったような笑い声だった。

「だから仕方がないですけど……。でも悲しくて。悔しくて、やりきれなくて。もちろん、死んじゃった砂奈子ちゃんは可哀相だけど、私だって十分酷い目に遭った……そう思ってました」

「うん。そらそうや。……それでわかったわ。今朝、君が二宮君相手にあんなにキレたわけが。思い出してしもたんやな、自分の経験を」

都筑が納得しているのと同様、伊月もグッタリと長い前髪を掻き上げ、ごく小さな溜め息をついた。

（思い出して……あの事件の目撃者の子供に、自分と同じ思いをさせたくなかったんだ。だから、あんなに怒ったのか……）

「駄目ですよね、でも。ホントは二宮さんにだって、悪意はないんだってわかってるんです。あの時の警察の人たちとは違う人だって……わかってるのに。ただ、夜通し働いて疲れてるから、あんなこと言ったんだって、わかってるつもりだったのに。でも、何だか凄く怖くなったんです。あの時の気持ちが津波みたいに押し寄せてきて……気がついたら、我慢できないくらい怒ってて……」

都筑は宥めるような口調で、うんうん、と言った。

「うんうん。わかるわかる。っちゅうか、僕には自分のこととして実感することはできんけど、君の言ってることの意味はわかったつもりや。……そんで、友達を轢き逃げした犯人は……？」

「結局、見つからなかったようです。私は次の年に引っ越してしまったから、その後のことは、よくわからなかったんですけど」

「そうか。見つからんかったか……。うん、まあその、いろいろ知らんこととはいえ、咎めてすまんかったな」

都筑は、そう言いながら、突然教授室のほうへ歩いてきた。伊月はハッと身を強張らせるが、咄嗟《とつさ》の隠れ場所はない。

解剖台帳の入った引き出しを開けながら、都筑は伊月のほうへ首を巡らした。否応なしに、視線がかち合ってしまう。
盗み聞きを叱られることを覚悟して体を小さくした伊月だが、都筑は、ミチルには
わからないように素早く片目をつぶり、左手の人差し指を、唇に当ててみせた。
（……え？）
その悪戯っぽい笑顔に、伊月はポカンとしてしまう。
（畜生、知ってたのかよ！）
どうやら都筑は、そこに伊月がいることを知っていながら、ミチルと会話し続けて
いたらしい。
（この人も、けっこう性格悪いよな。……俺にも聞いとけってか）
伊月は恨めしげな視線を都筑に返すと、また足音を忍ばせ自分の席に戻った。悔し
いが、ほかにどうしようもない。
「話して余計に辛うなったか？　せやったらごめんな」
都筑は引き出しから取り出した書類を片手に、軽い口調でミチルに声をかけた。
「いえ。……話したら、楽になりました。すいません、こんな個人的な話を、職場の
上司の先生にペラペラ喋ったりして」
ミチルも、少し明るい声で答える。

「せやけど、不思議な縁やな。……君の友達、それやったらここで解剖されたんやろ。地元の事件やし。……それで、うちに来る気になったんか、君」

ミチルは声に出して返事をせず、それ故に伊月には、ミチルが肯定したのか否定したのかはわからなかった。

(……そうなのか……?)

次の都筑の言葉でそれを判断しようと思っていた伊月だが、それはかなわなかった。元気いっぱいに扉を開けて、峯子と陽一郎が帰ってきてしまったのである。

「ただいまー!」

「遅くなりましたあ。あ、お留守番ありがとうございます」

伊月は、咄嗟に本棚の陰に身を隠す。自分の席に戻っていたことと、細身だったことが功を奏し、二人とも伊月がそこにいることに気づかないまま、都筑とミチルのいるテーブルのほうへ行ってしまった。

「あの店、凄く美味しかったですよ! 安かったし。ねえ、峯子さん」

「うん。千円で、サラダとスープとメインとデザートが食べられるし、日替わりだし。今度は一緒に行きましょうね、先生方も」

口々にそう言いながら、賑やかにランチの感想を述べる二人に、都筑は機嫌良く答えた。

「そうか。ほな、今度みんなで行こな。……さて、リフレッシュしたとこで、二人とも仕事や仕事！　その前に、歯ぁ、磨きや！」

はーい、と女子高生のような返事を二重唱で返し、二人は事務室を出ていく。

都筑は、言葉を探すようにしばらく天井を仰いだ後、片手でバリバリと頭を掻きながら言った。

「君も、顔洗ってきいな。そんで、あれやったらもう……帰ったらええねんで」

「いいえ。そこまで甘えませんって。ちゃんと仕事します」

「いや。午後からは、君、入らんでええ」

都筑は、きっぱりとミチルにそう言い渡した。

「でも……。私、本当にもう大丈夫ですから。……あの、二宮さんにもちゃんと謝りますから。だから、解剖入らせてください」

ミチルはオロオロした様子でそう言ったが、都筑は頑としてそれを拒否した。

「あかん。さっきの話聞いてしもたら、この後、君にあの死体にメス入れさせるわけにはいかへん。そんなグルグルの頭で解剖やったら、えらいミスするで。……な。今日は、もう帰り。そんで、ゆっくり頭冷やして、明日からまた元気においで」

「……すみません」

都筑に諭され、ミチルは静かな声でそう言った。だが、彼女は、「帰るのは嫌だ」

と主張した。「ひとりになるのが今はつらいから、ここでデスクワークをしている」と。

「わかった。二宮君には、僕が謝っといたるから、心配せんでええで。……そしたら、さっさと顔洗って、仕事にかかりや」

「……はい。本当に……すみませんでした」

もう一度都筑に謝ってから教室を出ていくミチルの背中をこっそり見送り、伊月は今度こそ心おきなく、深い深い溜め息をついたのだった……。

間奏　飯食う人々　その三

その夜。伊月と筧は、大学から少し離れた居酒屋にいた。

「とりあえずお疲れさん、タカちゃん」

「うん。お疲れ」

二人はそれぞれグラスを軽く合わせ、乾杯した。

伊月がO医大に来てから、二人はたびたびこうして食事を共にする機会を持った。お互い、十五年間の空白を埋めるため、話すべきことはいくらでもあったのだ。

だが、その日はいつになく、二人とも言葉少なな、沈んだ雰囲気の会食となった。

原因はわかっている。今日の出来事だ。二人ともそのことについて話したいのに、どう切り出していいかわからないまま、食事に突入してしまったのである。

口を動かしていれば、とりあえず無言でも格好はつく。二人は黙って箸を動かしながら、それぞれ今日のことを思い出していた。

あの後、午後一時半から、解剖は再開された。令状を持ってきた中年の警察官と二宮は帰ってしまい、残った警察関係者は、主任と写真係、そして筧だけだった。

作業にかかる前に、都筑は主任に懇ろに詫びを言い、そして二宮によろしく伝えてくれと念を押した。

謝罪の言葉の内容は、伊月たちには聞こえなかった。だが、おそらくはほんの少し、さっきミチルが告白した過去の事件について語られたのだろうと、伊月は推測した。

都筑と話しているうち、最初はさすがに気分を害した様子のあった主任の表情に、みるみる同情の色が濃くなったからである。

ミチルにとってはあまり話してほしくないことだったのかもしれないが、やはり謝罪の意を示すのに、ある程度は説明が必要だったのだろう。

床や解剖台に散らばっていた硝子の破片は、清田がすべて綺麗に取り去っていた。ミチルがいないだけで、あとはすべて解剖をスタートしたときと同じ顔ぶれが、再び解剖室に揃った。

「ほな、やろか、伊月先生」

「はい」

都筑と向かい合わせに立ち、伊月はふと、この取り合わせで最初から解剖を行うことが初めてであることに気づいた。今まで、ミチルがいないことなどなかったので、都筑と二人だけで解剖をしたことはなかったのである。

都筑もそれに気がついたのか、

「何か新鮮やなあ」と笑いながら、左手にメスを持った。都筑は左利き、ミチルは両利きなので、副執刀医としての伊月の立ち位置は、どちらが相手でも変わらないのが救いである。

「それじゃ……行きます」

やはり、向かいで自分のやることを見ているのが教授だと思うと、いささか緊張するらしい。伊月は、いつもよりほんの少し硬い表情で、遺体に一礼し、そのオトガイにメスを当てた……。


結局、解剖そのものは、特に問題なく終了した。

解剖の結果、被害者佐竹氏の死因は、頭部を轢過され、頭蓋が粉砕骨折したことによる脳挫滅とわかった。

また、動脈硬化も予想したほど高度ではなく、心筋梗塞や脳内出血など、いわゆる高血圧性の疾患も認められなかった。

更に、胃内容からかなりきつい酒臭がしたため、正確な血中アルコール濃度は後日測定するとしても、佐竹氏は、おそらくかなり酩酊した状態であったことが推測された。

つまり彼は、酒に酔って路上で寝ていたところを、駅から大学方面へ走行してきた車両に轢過されたのだろうと、都筑と伊月は結論づけたのである。

「お前、この後はもう、あの事件の手伝いはしなくていいんだろ?」

そう言われて、なかなか甲斐甲斐しく、居酒屋名物のチーズオムレツを二つの皿に盛り分けていた筧は、笑って頷いた。

「うん。さすがに、解剖が終わったら、自分の仕事に戻らんならんし。交通課の手伝いは、もう終わりや。明日の朝からは、また刑事課に詰めっきりやな」

「そうだろうな……。でも刑事課も忙しいから大変だろ、お前」

「うん。今、いろいろ事件あるからなあ。せやけど、毎日勉強になることばっかりやで」

「お前ってばホントに刑事の仕事好きなんだな。……お、サンキュ」

二等分すると意外なくらい小さくなってしまったオムレツに、ちょっとがっかりした顔をしながら、伊月はボソリと言った。

「犯人、見つかりゃいいな」

トロトロに溶けたチーズで唇を火傷《やけど》したらしく、ウーロン茶のグラスを口に当てて冷やしながら、筧は「ビクターの犬」のように首を傾げた。

「ああ、今日の轢き逃げの？」

伊月は、片手で頬杖《ほおづえ》をついて、物憂げに瞬きで頷く。その鼻先に、今度は予想外に巨大な薩摩揚げがどんと置かれた。

でけえ、と呟きながら、伊月は熱々の湯気の立っているそれを、箸で二つに裂いていく。そんな作業をしながら、伊月はまたぽつりと言った。

「犯人が捕まりゃ、ミチルさんもちょっとは元気出るかと思ってさ」

それを聞いた筧の顔も、心配そうに曇った。

「昼、あれから戻って来はらへんかったし、気になっててん。……やっぱり怒ってしもてたんか？」

「ちげーよ。もう怒ってないさ。ただ教授がな、頭に血ぃ上らせたままで解剖なんかするもんじゃねえって、ミチルさんを外しちまったんだ。解剖終わって戻ってみたら、教室でしょげてたぜ」

「そっかー。それにしても、えらい吃驚したわ。あの伏野先生が、二宮さんぶっ飛ばすとは思わへんかったもん。署でも、二宮さん、えらい暴れてたで」

二宮が、解剖室を出ていった時のあの勢いで、ロッカーやら机やらを蹴飛ばしている光景を想像し、伊月は軽い溜め息をつく。

「そうだよな。俺も驚いたぜ。だけどあれ、ちゃんと理由があることだったんだ」

筧は、薩摩揚げの半分をそのまま齧りながら、ただでさえ大きな目を見張った。

「理由、やっぱりあったんや。せやけど、何があったん？」

「んー……。俺も実は盗み聞きで知っちまったから、あんまりペラペラ喋っていいことじゃねえんだけどさ。でも……」

伊月は、箸で必要以上に細かくした薩摩揚げを、まるで小鳥が餌をついばむように、ひとかけずつ口に運びながら、考え考え言った。

「でも俺、なんかあの人のこと、今回は真剣に心配なんだよ。だからさ、お前にも相談したいし……」

そして、伊月は思いきったように、筧を少し怖い顔で見た。

「だから、お前が迷惑じゃなくて、それから誰にも言わねえって約束するんなら、話しちまおうと思って。それで今日、お前と飯食いに来たんだ、俺」

「……うん」

筧も、神妙な顔で頷き、背筋をシャンと伸ばした。

「僕、刑事やで、タカちゃん。守秘義務は守るて。……それに、伏野先生は、タカちゃんの姉さん格やろ？　僕にとってもそうやねん。僕かて、今日のあの人のことはホンマに心配なんや。せやし、聞かせてや」

「わかった。……実はな……」

伊月はできるだけ正確に、ロッカー越しに聞いた、都筑とミチルの会話を要約して、筧に話してやった。

うんとかいつまんだつもりでも、話し終わったときには、テーブルの上の料理はすっかり冷めてしまっていた。

「……ってわけさ」

話し終えて、伊月は両手で頬杖をつき、大きな息を吐いた。自分が体験したことでなくても、想像しただけで、彼には子供だったミチルの心がどんなに傷ついたか想像されて、胃の辺りがキリキリ痛む。

「そっか……。そんなことがあったんや」

筧も、何だか泣きそうに情けない顔で、項垂れた。

「今は、けっこう警察も変わってきてるらしいし、目撃者の子も、そこまで酷い目には遭わされへんと思うねんけど……。でも、ああ、そうやんな。友達が轢き逃げされたんと同じ場所で起こった事件で、あんなん言うてるん聞いたら、そらなあ。二宮さんの言葉で、あれこれ嫌なことを一気に思い出してしもたんやな」

「ああ。都筑先生に話しながら、ミチルさん泣いてたよ。きっと、ずっとその事件の傷、引きずったまま今日まで来たんだよな。……うちの法医学教室に来たのも、何かそのことに関係あるようなないようなこと言ってたし。まあ、そこんとこは俺、聞き取れなかったから確かじゃねえんだけど」

「タカちゃんとこの教室？　……あ！」

筧は、片手でテーブルをパンと叩いた。

「そうか。T市内で轢き逃げっちゅうことは、僕のとこで扱った事件なんやんか。うちの署の管轄やもんな」

伊月は頷き、冷えて固まってしまったほうれん草のバターソテーを、箸の先で穴だらけにしながら、こんなことを言いだした。

「ああ。……それで思い出したんだけどよ。俺がここに来てすぐの時にさ、解剖台が低すぎて腰が痛え、って文句言ったことがあるんだわ」

「うん。タカちゃん、背ぇ高いもんなあ」

急な話題転換に戸惑いもせず、筧は真面目な顔のままで頷いた。

「そしたら清田さんが、『この台は、かれこれ三十年ずっと同じものを使ってるから、愛着が湧いて今さら替えられない』って言ったんだ」

「それが、どないしたん？」

食べ物で遊んだらあかんで、と伊月の前からほうれん草の皿を取り上げて、筧は訊ねた。伊月は、手持ち無沙汰に箸を弄びながら答える。

「そん時にさ、ミチルさんが妙な顔して解剖台をじいっと見てたんだよ。……今思えばの話、なんだけどな」

「それって……」

伊月がグチャグチャにしたほうれん草を悲しげに見やりながら、筧は独り言のように言った。

「それってタカちゃん……。伏野先生、その……ええと、砂奈子ちゃんって友達が、この台の上で解剖されたんや、って思ってたんかもしれへんな。そんなん、つらいなあ」

伊月は、どこか虚ろな顔で頷き、低い声で言った。

「もし俺がミチルさんだったら……。こう考えたかもしれねえな、って思ったんだ。小さい頃、自分の心に深い傷を付けたT署の奴らに復讐するために、法医学の道に進んで、しかもわざわざO医大に就職する……。法医学の人間って、警察に対してちょっと立場強いだろ。だからさ」

「そんなアホな!」

伊月の言葉を、筧は屈託なく笑い飛ばした。

「あかんよ。そんなテレビドラマみたいなこと、あるわけないやん、タカちゃん。警察官なんて、二、三年でグルグル転勤するねんで。そら、鑑識とかの凄い技持ってる本店の人とかは、ずーっとそこにいてるけど、僕ら下っ端なんか、あっちこっち飛ばされて仕事せんなんねん」

「あ、そうなのか?」

「そうや。はなから無理無理やわ、そんな話。もう、伏野先生のこと虐めた人なんか、きっと誰もT署には残ってへんよ。残念やったな」

「なんだ。じゃあ、ハナから駄目じゃあねえか。ちぇっ。すげえドラマチックな設定だと思ったのによ」

　筧は笑いながらかぶりを振る。

「だいたい、伏野先生、復讐なんて考えるタイプ違うやん」

「違いねえ。そんなマメな人じゃねえもんな。畜生、せっかく『火曜サスペンス』の世界だと思ったのに」

　伊月も、わざと悔しそうに軽口を叩き、笑ってみせた。

　確かに、さっき自分が言ったことは、あまりに馬鹿げた考えであることはわかっている。

(だけど……ミチルさんのあの顔見たら、そんなこともあるかもなって……思っちまったんだ)

　だが、今日の解剖の後の出来事を思い出すと、伊月はどうしても笑顔を保っていることができなかった。つい、眉間に深い皺を刻んでしまう。

　筧は、そんな伊月を見て気遣わしそうに訊ねた。

「なあ。……まだ、何かあるん違うか？　何か、タカちゃん滅茶苦茶伏野先生のこと心配してるやん。昔の話だけと違うんやろ」

「うん……何かなあ……」

伊月は、らしくないほど口ごもる。筧は、もはや旨くも何ともない油まみれのほうれん草を闇雲に頬張りながら、そんな伊月の顔をじっと見守った。

「ミチルさんが……変なんだよ、最近」

筧は、頷くだけで、何も言わなかった。

筧はまだ駆け出しの刑事なので、自ら容疑者の尋問にあたることはない。だが、先輩刑事の取り調べに同席したことはある。

喋りたがらない容疑者は、問いつめるよりただ黙って待つほうが、自分からあれこれ話してくれるようになる。それが、筧が先輩のやり方から学んだ手法の一つなのだ。

(あれ、試してみよ)

筧は、ほうれん草を平らげてしまうと、次は蟹《かに》シュウマイに手を伸ばした。どうも、二人して、冷えたらまずくなる料理ばかりをオーダーしてしまったらしい。しかし、黙って座っているのは居心地が悪いので、筧はとりあえず食べ続けることにした。

だんだん口の中が油でネトネトしてきて、冷たいウーロン茶ではとても洗い流せそうにない。閉口した筧は、傍を通りかかったウェイトレスを呼び止め、お茶漬けを注文した。

「鮭茶漬け一つ……って、タカちゃんも食う？」

「ん……俺、海苔茶漬け」

ぶっきらぼうにそう言って、椅子から半分ずり落ちただらしない格好で、伊月は筧を上目遣いに睨みつけた。

「お前よう、もうちょっと親身になって話を促せよ、お巡りのくせに。馬鹿みたいに食ってんじゃねえ。こっちの喋る気をガンガン挫きやがって」

本気で苛ついている口調に、筧のほうも困惑して首を捻った。

「あれえ？　変やなあ……。こうして黙ってたら、容疑者が不安になって、自分から喋りだすもんや、って、課長が言うてたのに」

「俺は容疑者じゃねえだろうが！」

伊月は弓なりの綺麗な眉をキリリと吊《つ》り上《あ》げた。ほかの客がいなければ、テーブルの上に土足を載せそうな怒りようである。

筧は、慌てて大きな両手をあわせ、ぺこりと頭を下げた。

「堪忍！　ちょっと実地訓練してみたかってん。ごめんな」

「くそっ、俺は本気で頭グルグル回ってんだぜ？　それをお前に相談したいと思ってんのに……」

「せやから、相談してくれてええねんて！　な、話してや」

筧は態度を一変させ、テーブルの空きスペースに両手をついて身を乗り出す。伊月は、いかにも渋々といった様子で、その薄い唇をへの字に曲げた後、こう言った。

「ま、いいけどよ。……何だかさ、ミチルさんが、昨日、妙なこと言ったんだ」

「妙なこと？」

伊月は頷き、椅子から身を起こした。傍らに置いたバッグから煙草を探り出し、一本くわえる。

教室が禁煙なため、職場ではノンスモーカーで通している伊月だが、こういう神経の尖ったときには、やはり一本くらいは吸いたくなるらしい。

メンソールの煙草を吹かしながら、伊月は昨日の解剖後のことを筧に話した。

「何かな、昨日、解剖二つあったろ？　どっちの解剖が終わった後も、ミチルさんが、解剖室の裏の駐車場のあたりをじーっと見てるんだよ。何か、吃驚したような、怖がってるような、それでいて物凄く懐かしいもの見てるような顔してさ」

「何かあったん？　……あちっ」

運ばれてきたお茶漬けを受け取りながら、筧は訊ねる。

　伊月は、海苔茶漬けの上に載せられたわさびを、筧の茶椀に放り込む。実は刺激物が一切食べられないのである。

「午後の解剖が終わったあと、ミチルさんは『何も見えない？』って、何もないとこ指さして、俺に訊いたんだ。でも何も見えねえから、正直にそう答えたら『だったらいいの』って」

　筧は、ズルズルと勢いよく茶漬けを啜りながら、太い眉根をギュッと寄せた。

「……何や、僕には何の話かさっぱりわからへん。様子がちょっと変なことはわかるけど」

「だろ？　そんでその後ミチルさん、いきなり『あの辺で子供見たことない？』って訊いてきたんだよ。……で、あそこ、駐車場の向こうが、病院の付属保育所なんだよ。だから、子供なんていくらでも通るって、俺答えたんだけど」

「うん」

　伊月が茶漬けを掻き回すばかりでほとんど手を付けないのを気にしながら、筧は相槌を打つ。

「どうもそれって、ミチルさんの期待してた答えじゃなかったみたいでさ。もういい、って感じで会話打ち切られちまった。今思えば、そういうのも妙だよな。あの人、そういう、何もかもをぶった切るような話の終わり方はしねえ人だもん」

「……そうやなあ……」

お茶漬けを片づけてしまった篦は、やっと満足そうな顔をして、急須から茶碗にお茶を注ぎ、ズルズルと飲んだ。それから頬杖をつき、大きな手のひらで面長の頬を撫で回しながら、うーんと唸った。

「何かなあ……子供、子供、子供……やな。どの話にも、子供がかかわっとる。昨日の解剖も、二つとも赤ん坊やったし」

伊月も、小さく頷く。

「もしかして、……伏野先生には、タカちゃんに見えへんかった何かが見えてたってことなんかな。そんで、それが子供やったってこと……なんかな」

「わかんねえ。……だけど、も一つ話があってな」

「え？　まだあるん？」

篦は呆れたように口を横一文字に伸ばす。

「ああ。……俺、今日、ここにちょっと遅刻してきたろ？」

またしても飛躍する話題に、篦は目を丸くしながらも頷く。伊月は、左手を持ち上げ、手首にはめた腕時計を篦に見せた。

「俺、こいつを解剖準備室のロッカーに忘れてきちまったことを思い出してさ、取りに行ったんだよ。……そしたら……」

「……駐車場に何か見えたん？」

筧が、興味深そうに訊ねる。伊月は首を横に振った。

「そしたら、誰もいねえはずの解剖準備室に、ちらっと光が見えたんだよ。鍵も開いてるし。で、俺、泥棒かと思ってさ……。扉は半開きだったから、そうっと入っていって、光がついてる奥の部屋、覗いてみたんだ」

「……そしたら……？」

泥棒と聞いて、筧の顔が急に引き締まる。

だが、伊月は何とも情けない顔をして、こう言った。

「そしたら、そこにいたのが、ミチルさんだったんだ」

「……伏野先生が？　奥の部屋で何してはったんや？　奥の部屋って、そもそも何があるん？」

「奥の部屋は、ふだんミチルさんが着替えに使ってる。だけど、ほかにも、昔のホルマリン浸けの標本とか、滅茶苦茶古い本とか書類とか、滅多に使わないけど捨てられないものがしまいこんであるんだ」

「そんなとこで、先生、何してはったん……？」

「わかんねえ。棚から何か出して見てたみたいなんだけどよ。俺、つい段差に蹴躓《けつまず》いちまって。ミチルさん、ビクッてして振り向いて……」

伊月は、肩を竦めてみせた。

「まあ、腕時計探しに来たって言ったら、『私も忘れ物しちゃって』って笑ってたけど、ありゃあ、忘れ物なんかじゃねえよ。……あそこで何かしてたんだ」

「何かって何を？」

「それをお前に相談してるんじゃねえか、筧」

伊月は、ほんの少し目元を赤くして、筧を睨む。筧は、キョトンとして小首を傾げた。図体が大きいくせに、時折妙に可愛らしい仕草をする男である。

「僕に何をしろっちゅうねんな？」

「友達甲斐のねえ野郎だなあ……。ミチルさんがあそこで何してたか、興味ねえか？お前、刑事だろ？　そういうの調べんのが仕事だろ？」

筧は、困ってしまって、硬い髪をボリボリと掻き回した。

「そんなん言うても……。それは、タカちゃんが調べたらええやん。僕が勝手に大学の、しかもそんなとこ入り込んでるん見つかったら、えらいことになるやんか」

「…………」

伊月のほっそりした顔が、見る見るうちに赤みを増す。

「タカちゃん?」

伊月は、ぷいと顔を背けてしまった。筧は、わけがわからず、困惑の面持ちで伊月の名を呼ぶ。

「なあ、タカちゃんて」

「うるせえ」

伊月は明後日の方向を向いたまま、蚊の鳴くような声で言った。

「……夜中にあんな標本だらけの部屋に、ひとりで入れるもんか」

「あ……」

伊月の言わんとしていることが理解できた瞬間、筧の顔に、何とも言えない微笑が広がる。

その雰囲気を感じ取ったのか、伊月はムッとした顔で腕組みし、嚙みつくように言った。

「どうなんだよっ。来るのか来ねえのか、どっちなんだ」

筧は、こみ上げる笑いを嚙み殺すように、口元を片手で押さえながら答えた。

「行く。あんまりタカちゃんが昔と変わらへんから、嬉しなってしもてん。ほな、今から行こか？」

「……おう」

まだムッとした伊月の横顔が、しかし次の瞬間、少し安堵に緩んだ……。

「なあ、タカちゃん。鍵持ってるんか？」

「ったりめえだろ」

解剖室の前。午後九時を過ぎているというのに、戸口に佇む二人の長身の男。

言うまでもなく、それは伊月と筧である。

伊月は、バッグを探り、夕方、返さないままだった鍵を取り出した。ガチャッと大きな音を立てて、解剖準備室の鍵を開ける。

昼間はまったく気にならない扉の軋みが、夜はやけに大きく響く。

「守衛が来るとうるさいからな。灯り点けてると、見つかっちまうか……」

「大丈夫。僕、これ持ってるし」

その言葉と共に、暗闇にパッと白い小さな光が点った。互いの顔が、闇の中にほの明るく浮かび上がる。光源は、筧が手にしているペンライトだった。

「LEDやし、これやったら十分見えるやろ？」

「おお、上出来だ」

二人は、扉をキッチリと閉めると、ミチルがいた奥の部屋に向かった。

「……何か、変な臭いするなあ、この部屋」

部屋に入ると、筧が鼻をうごめかし、そんなことを言った。伊月はあっさりとその理由を教えてやる。

「ホルマリンの臭いさ。ちょっとだけ、目と鼻がつーんとするだろ？　古い容器からは、少し蒸発してるんだろうな。蓋が緩んでて」

「ああ……それでかあ」

筧は、興味深そうに、十畳ほどもある意外に広い部屋のあちこちを照らし、眺め回っている。

「うわあ……ホンマに標本だらけやん」

窓のない室内には、スチールの棚が所狭しと並べられている。そして棚という棚には、円筒形の透明な密封容器に収められたホルマリン浸けの臓器が、まるで食料庫のようにぎっしりと隙間なく並べられているのだ。

「なあ、伏野先生、どこにいてはったん？」

筧が訊ねると、伊月が気味悪そうに肩をすぼめて小声で答えた。

「手前側、奥の棚だよ。……ああ、気色悪ぃな、ったく」

本当に、不気味がっているらしい。この部屋に入ってから、伊月は文字どおり、筧の背中に「張り付いて」いるのである。

(タカちゃん、昔からえばりんぼやけど、怖がりやったもんなあ)

小学校五年のキャンプでの肝試しの時も、筧と伊月は二人でペアを組んで歩いた。

「俺がいれば大丈夫やからな!」

出発地点ではそう言って胸を張っていた伊月だが、いざ目的地の墓地に来てみれば、懐中電灯を持った筧の背中に「おんぶお化け」のようにへばりついていた。そして挙げ句の果てに、脅かし役の教師が「うらめしや〜」と現れた瞬間、筧を捨ててひとりで逃亡したのだ。

そのくせ、ゴールで待っていた伊月に、戻ってきた筧が文句を言うと、伊月はなんと、「何言ってんねん。俺が囮《おとり》になったったおかげで、お前は無事なんや!」と開き直ったのである。

(あの時と同じやったりして……。守衛さん来たら、僕、捨てられそうやな)

当時のことを思い出して、筧は声を出さずに笑う。だが彼は、ふと真顔に戻ってまた思った。

(そっか。子供の頃のことって、こんなに鮮やかに思い出せるもんなんや。楽しいこと思い出すのはええけど……つらいことは……)

ミチルの気持ちがほんの少し察せられるような気がして、筧は胸の痛みを覚える。

だがしかし、それについては何も言わず、筧は先に立って、背後から手だけを伸ばして伊月が指し示す、奥にぽつんと置いてある棚に向かって、そろそろと歩いた。

いかにも古そうな木製の棚は、三段の引き戸からなっていた。幸い、どれにも鍵はついていないようだ。

「……この棚から、何か出してたように見えたんだ」

やっと筧の隣に立った伊月は、さっきまでの怯えようが嘘のように、腰に両手を当ててそんなことを言った。あるいはそれは、あくまでも、自分で棚を開ける気はないという意思表示なのだろうか。

「そっか……。開けてみよな」

筧は苦笑しつつ、そう言って、いちばん下の引き戸に手をかけた。重い手応えを感じながらそっと引き出すと、棚の中には、ぎっしりと封筒が並んでいた。

「……?」

筧は、中段、上段も続けて開けてみた。中身はどれも同じ、端から端までズラリと並べられた大判の茶封筒である。

「これ、何やろタカちゃん?」

「さあ……」

伊月は怖々手を伸ばすと、中段のいちばん端の封筒を抜き出してみた。よく見ると、封筒の上端に、見慣れた記号が書き込んである。

——S六〇・四・十二・司六〇−三
「これ……! 解剖記録じゃねえか。昭和六十年四月十二日の、この年三例目の司法解剖ってこった」

伊月の興奮した声に、筧も、封筒を覗き込む。伊月は、慌ただしく封筒の中身を取りだした。

それはまさしく、解剖記録と検案記録、そして令状を収めたものだった。用紙は今のものとはずいぶん違うが、それでも内容は、伊月には手に取るようにわかる。

「ミチルさんが見てたのは、多分この棚だ」

伊月は中段の棚の封筒に書かれた日付を、ひととおりチェックしてみた。

「昭和六十年から、平成一年までの司法解剖の記録がここに入ってるみたいだな」

「六十年から……平成一年……」

　篁と伊月は、それきりしばらく沈黙した。

　やがて、ボソリと口を開いたのは、伊月のほうだった。

「ミチルさんさ……友達が轢き逃げされたの、小学三年生の時だって言ってたんだ」

「……ってことは……？」

　伊月は、指を折って計算する。

「ええと、あの人、今三十だろ。ってことは……小学三年生……昭和六十三年だ！　それに確か、事件はクリスマス近い頃に起きたって言ってたぜ」

　伊月と篁は顔を見合わせ、そして、同時に言葉を発した。

「砂奈子ちゃんの解剖記録！」

　その後のチームワークは見事だった。篁がすぐさま六十三年十二月の解剖記録がある辺りをペンライトで照らし、そして伊月が、片っ端から中身を出しては、死亡者の氏名をチェックしていく。

「ねえなあ……。あ、そうか！　ミチルさん、俺に気がついて、咄嗟にほかのところに突っ込んだかもしれねえ。篁、やっぱり端から見ていくぜ」

「よっしゃ」

二人は、黙々と同じ作業を続けた。そして、十分も経《た》った頃……。

「あった！」

伊月は、手にした封筒の中身を見るなり、鋭い声を上げた。

「中西《なかにし》砂奈子。これだぜ。……ミチルさん、これを見てたんだ」

「幼なじみの轢き逃げの解剖記録か。何書いてあるんや？」

二人が解剖記録用紙を開いて中を読もうとした時、表に誰かの足音が近づいてきた。守衛の巡回である。筧は、素早くペンライトを消した。室内は、完全な闇に閉ざされる。

守衛の足音は、表をゆっくりと通り過ぎ、遠ざかっていく。二人は、ほう、と息をついた。

「行ってしもたみたいやな」

「いや、この先は動物舎しかねえから、動物舎の中を見たら、あと、こっちを見回るはずだぜ。今のうちに出たほうがいい」

「せやけど、せっかく見つけたその解剖記録……」

「とりあえず、俺、今日これを持って帰る。家でじっくり読んでみるよ。それで、お前に内容を教えてやったほうがいいだろ？　今一緒に読んでも、時間がかかるだけだからな」

「……せやな」

二人は囁きあって話をまとめると、またペンライトをつけ、素早く解剖準備室を出た。施錠をすませると、警備員のいない裏門から大学を出る。

「ありがとな、筧。お前のおかげで、こいつを手に入れた」

大学から少し離れた路上で、封筒をカサカサと振り、伊月は筧に改めて礼を言った。筧は、いつものようにニコッと笑ってかぶりを振る。

「ええよ。……ほな、明日にでも連絡してな。僕にもちゃんとその解剖記録の中身、教えてや」

「ああ、わかった。じゃあ、帰るわ、俺」

そう言った伊月は、ふと腹に手を当て、顰めっ面をした。

「どしたんや？」

筧が心配そうに眉根を寄せる。伊月は、情けない声で言った。

「今頃になって腹減ってきた。……畜生、さっきやっぱり、海苔茶漬け食っとけばよかったぜ」

プッと筧は吹き出す。

「しゃあないなあ。……ミスドでも行くか？」

「おう。ここまで来たら、もうちょっとくらいつきあえ」

「……はいはい」

二人は、人影もまばらになった商店街を、ＪＲの駅の方向へ、ぶらぶらと歩いていった……。

四章　呼び合う名前が

1

翌日は、静かな幕開けだった。

伊月が寝不足の赤い目で教室に現れたとき、教授室の扉は珍しく閉ざされ、陽一郎と峯子は、奥の大きな机で、朝刊の折り込みチラシを広げていた。

「……よう」

「おはようございます、伊月先生」

「おはようございまーす。どうしたんですにゃ、伊月先生。何か、目の下にクマさん飼ってますよ？」

賑やかな笑い声を上げていた二人は、顔を覗かせた伊月に、少し驚いた顔で朝の挨拶をした。

「んー。ちょい寝不足、ってーか、昨日、ほとんど寝てねえの」

そう言って大欠伸しながら、伊月は机の上のチラシを手に取った。大学近くの商店街で、大売り出しがあるらしい。大根一本八十八円お一人様三本限り、と真ん中にでかでかと書かれている。

「大根三本も持ってられねえよなあ」

そう言ってチラシを投げ出した伊月の浮腫んで不機嫌そうな顔に、峯子は小さいがつぶらな目を見開いて訊ねた。

「主婦は大根三本くらい、持ちますよ。それより睡眠不足って、何してたんですか？DVD？　それともゲームでも？」

「……そんなんと違わあ」

ぶっきらぼうに言って、伊月は二人に背を向けた。そのまま自分の机に鞄を放り投げると、教室を出ていこうとする。

「ホントに具合悪いんですか？」

「……べつに」

峯子の問いかけにも振り返りもせず、伊月は無愛想に言って、実験室のほうへ行ってしまった。

いつものように軽口を叩かない伊月に、峯子と陽一郎は顔を見合わせる。

「どうしちゃったんだろ。風邪かしら。今日は、珍しいことばっかりね、陽ちゃん」

「そうですねえ」

「だって伏野せ……」

二人がさらに何か言おうとした時、出ていったばかりの伊月が、バン！　と勢いよく扉を開けて戻ってきた。

「おい、ネコちゃん。ミチルさんは？」

やっと自分の顔を見て声をかけられ、峯子は少しムッとしたようにふっくらした頬を膨らませて答えた。

「伏野先生は、今日はお休みですにゃ」

「休みぃ？」

伊月は、腫れぼったい瞼を押し上げ、峯子を睨みつけるようにして訊ねた。

「休みって、何でだよ？」

「何でって……。さっき電話があって、『今日は調子悪いから休む』って、それだけでしたけど？　司法解剖が入ってないのだけ確かめて、さっさと切られちゃいましたよ」

伊月の妙な迫力にたじろぎながらも、峯子は素直に答えた。陽一郎は、そんな二人を、困ったような顔をしてじっと見ている。

「伏野先生、滅多に休むことなんかないのに。鬼の霍乱《かくらん》だねえ、って陽ちゃんと言ってたとこなんですよ」

「……都筑先生は？」

「先生は、今日は証人喚問で地裁に行ってらっしゃいます。そのあと、H医大に講義に行くっておっしゃってたから……。夕方かしら、帰ってこられるの」

「そっか」

伊月は難しい顔をして黙り込んだ。峯子は、今度こそ本当に心配そうに、伊月の顔を覗き込んだ。

「どうしたんですか？　伊月先生も、何だか変」

「……何でもねえよ」

伊月は、ぷいと顔を背け、また教室を出ていこうとする。

「どこ行くんですよう。ちゃんと行き先言っておいてもらわないと、解剖が入ったときに困ります。今日は、ドクターは伊月先生だけなんですから」

峯子の小言に、伊月は鼻筋に不愉快そうな皺を寄せ、イライラした口調で言い返した。

「俺がいたって、全然役に立たねえだろ？　鑑定医じゃねえんだから」

「それだって、何かあったときに連絡がつかないと困っちゃいますう」

「……図書館！」

叩きつけるようにそう言って、伊月は今度こそ、荒々しい足音を立てて歩き去った。

峯子は、ムッとした顔で可愛らしい唇を尖らせ、

「何よあれ？　失礼だわ、医者になった途端に偉そうになっちゃってさ。ねえ、そう思わない、陽ちゃん」と、おっとりした彼女にしては最大級の悪態をついた。

しかし、いつもなら、ちょっと困った笑顔で「そうですねえ……」と首を傾げるはずの陽一郎が、酷く不安げな顔をして黙っている。

「陽ちゃん？」

「やっぱり何か……変かも」

陽一郎はそう呟くと、自分も足早に教室を出ていった。廊下を走っていく軽い足音が、すぐに遠ざかっていく。

「……何？　もしかして、清田さんと私以外、全員おかしい？　今日は、そういう日なのかしら」

ひとり取り残された峯子は、ガランとした教室を見回し、空しく呟いたのだった……。

「先生！　伊月先生ってば！」

教室のある五階から図書館のある二階まで、階段を物凄い勢いで下りていた伊月は、頭の上から自分の名を呼ばれ、足を止めた。

タンタンタン……と弾むような足音が近づき、やがて陽一郎が階段を駆け下りてきた。

「ああ、よかった。追いつけた」

陽一郎は肩で息をしながら、不審げに自分を見ている伊月に言った。

「あの……もしかして、今日、伏野先生が休んでるのって、昨日のことが何か関係あるんですかっ……？」

そう問われて、伊月は不機嫌そうに、

「知るかよ」と短く答えた。

「でも伏野先生、伊月先生には何でも話すでしょう？　僕、なんだか昨日のことが気になって仕方ないんです。あんな伏野先生、見たことなかったから」

陽一郎の優しい顔が、泣きそうに曇る。それを見ると、伊月は急に罪悪感を覚えた。そこで彼は、少し口調と表情を和らげて言った。

「あのな。あの人は俺の先輩であって、ツレじゃないわけよ。だからお互い、余計な話はしねえし、昨日のことも今日の休みの理由も、俺は何も聞いてねえの」

嘘じゃないぜ、と強い調子で付け加えると、陽一郎はやっと納得したようだった。

「そうですか……。伊月先生もご存じないんじゃ、僕が知らないのは当たり前ですよね。それに、伏野先生、本当に調子悪いのかもしれないし」

「ああ。気にすんなよ。きっと明日は元気に出てくるさ」

「伊月先生も……大丈夫ですか？」

陽一郎は、相変わらず心配そうに、伊月の顔を覗き込む。その少女めいた繊細な面差しに向かっては、いかに伊月でも、峯子に対するような荒い言葉をぶつける気になれない。

「俺はマジで、寝そびれて煙草吸い過ぎただけだよ。心配すんなって。これから図書館で昼寝して、機嫌良く戻って来っから」

「わかりました。何かあったら、電話で呼びますね」

陽一郎は、物わかりよく頷き、また階段を上っていく。

「……知ってるけど、本人からは聞いてねえもんな。嘘は言ってないぜ」

ボソリと呟き、伊月は再び歩き出した。彼は、図書館に入ってすぐのカウンターで暇そうに座っている若い女性に声をかけ、「研究用個室」を借りたいと申し出た。

昨年、全面改装されて広く綺麗になったこの図書館には、三階にいくつか、小さな「研究用個室」が設けられている。大学院生や教職員が、論文をまとめたり資料を集めたりするために作られたものなのだが、利用者は少なく、飛び込みでもけっこう借りられるのである。

その朝も、係員はあっさりと利用ノートを取りだし、伊月の前に広げた。

「所属とお名前と利用目的、お願いします」

「ああ、はいはい」

伊月は、ボールペンでグジャグジャと「法医学教室、伊月崇」と書き込み、それから利用目的で少々考えてから、「論文執筆のため」と書いた。いくら伊月でも、正直に「昼寝」と書く勇気はない。

係員も、手ぶらなうえに、とても「研究職」には見えない服装の伊月を胡散臭そうに見たが、敢えて異議を唱えようとはしなかった。

渡された鍵を持ち、三階に上がる。伊月に与えられた部屋は、「研究用個室1」だった。気配を窺ってみても、「2」にも「3」にも人が入っている様子はない。朝から個室に籠《こも》ってしまうような怠け者は、ほかの教室にはいないのだろう。

書き物用の机が一つあるだけでいっぱいの小さな部屋に入ると、伊月はブラインドを上げ、椅子に腰掛けた。

机の上に、ごついブーツの足をどっかと載せ、椅子の背もたれに力一杯もたれて、溜め息をつく。

「眠《ねみ》い……」

昨夜、解剖準備室からこっそり持ち帰った、中西砂奈子の解剖記録。

筧と別れて自宅に帰ってから、伊月はそれにサッと目を通し、寝てしまうつもりだった。だが結局、一晩中、何度もそれを読み返し、一睡もできないままここに来る羽目になったのである。

おまけに、朝一番に捕まえて話をするつもりだったミチルが予想外の欠席、しかも都筑までいないときた。

伊月は、両手で顔を覆い、そしてその手をずっと上へ動かして、長い前髪を掻き上げた。

「……仕方がねえ。先に約束を果たすか」

独り言を言って、伊月はジーンズのポケットから、スマートホンを取り出した。記憶させてあるナンバーを呼び出し、通話ボタンを押す。

ほどなく聞こえてきたのは、聞き慣れた太い声だった。

「もしもーし」

「おう、筧か？」

「あれー、タカちゃん？ おはようさん。どないしたん、朝から」

いかなるときも変わらない、筧のおっとりした声を聞いて、伊月はようやくほっとした気持ちになれた。

「お前、今、仕事中か？」

「うん。せやし、あんまりベラベラ喋ってられへんねんけど、どうかしたんか？」

「ちょっと話あってさ。昼にでも、会えねえかな。昼飯、一緒に食わないか？」

「ああ……昨日のことなんか？」

筧の声が、ほんの少し低くなる。伊月も、スマートホンを耳に当てたまま、微かに頷いた。

「うん。……とにかくさ。俺、今日は暇みたいだから、お前のいい時間にどこへでも出ていくよ」

「うーん、そう言われてもなあ……。なあ、悪いけど、手ぇ空いたら電話する、でもええかな？　できるだけ長く時間取れるようにするから」

「ああ、わかった。じゃあ、電話待ってる」

通話スイッチを切り、伊月はスマートホンを机の上に放り投げた。

窓からよく晴れた空を見上げ、彼は中西砂奈子の解剖記録のことを考えた。

昨夜から何度も繰り返して読み、もう記載事項を暗記してしまった。今は、頭の中でただグルグル渦巻くだけの情報を、誰かに話すことできっちり整頓したい。伊月は切実にそう欲していた。

それをミチルでやれば、話が早かろうと思った。だが、休みとあらば仕方がない。

都筑の帰りを待って相談してみてもいいが、ミチルの直接の上司にこのことを話していいものかどうか、伊月にはまだ判断できないでいるのだ。

問題が深刻そうであるからこそ、ミチルをいたずらに傷つけてしまうことだけは避けたい。だとすれば、伊月が相談相手に選べるのは、昨夜の泥棒まがいの行為につき合ってくれた、筧だけなのである。

「さてと……健全な精神は、健全な肉体に宿る、と。まずは、身体のほうからメンテナンス、だな」

呟いて、伊月は両手をウエストの辺りで組み合わせ、目を閉じた。窓からふんだんに入ってくる光が、瞼の裏でオレンジ色に踊ったが、もうブラインドを閉めるために立ち上がる気にはなれなかった。

仕方なく、左右の腕を両目の上で交差させてみると、何とか眩しい陽光を遮断することができた。ちょうど腫れぼったい目もほどよく圧迫されて、眠気がつのる。

壁の向こうで、誰かがコピー機を使っている物音を聞きながら、伊月はズブズブと深い眠りに落ちていった……。

それから数時間後……。

軽やかに流れる『おお牧場はみどり』の着信音に叩き起こされた伊月は、不機嫌に唸りながら、通話スイッチをオンにした。

「もしもーし」

「あ、タカちゃん？　ごめんな、遅うなって！」

慌てた調子の筧の声が、耳から頭へワンワンと響き渡った。伊月は思わず顔を顰めつつ、腕時計に目をやる。いつの間にか、午後二時過ぎになってしまっていた。四時間半も、ここで惰眠を貪っていたことになる。

「あー……いや、寝てたからいい。……もういいのか、仕事？」

スピーカーの向こうで、筧は少し早口に言った。

「うん、たぶん一時間くらい大丈夫やと思うねん。あのな、駅前の喫茶店あるやん、こないだ一緒にクリームソーダ飲んだ……あそこまで来れる？」

「ああ、すぐ行く。それじゃな」

伊月は机から長くて細い足を下ろし、のそりと立ち上がった。そして、天井に指先が付くほど大きな伸びをしてから、寝乱れた髪を片手で撫でつけつつ、小さな個室を後にした……。

2

筧が待ち合わせ場所に指定したのは、よくミチルたちが仕事をサボって息抜きするときに使う、小さな喫茶店だった。

伊月が店に入ると、筧はすでに奥の席で待っていた。

「悪ぃ。呼び出しといて遅れちゃいけねえよな。教室に寄ってたから、遅くなっちまって」

伊月が頭を掻きながら向かいの席に腰を下ろすと、筧はメニューをテーブルの上に開き、ニコッと笑った。

「ええよ、ちょっとしか待ってへん。注文もまだやねん。タカちゃん、飯まだやってんやろ？　ごめんな、えらい待たせてしもて」

「ああ、俺、今日はあんま食欲なくてな。アイスオーレでいいや」

「そうなんか？……何や悪いみたいやな、僕だけ食うたら」

筧は、水を持ってきたウェイトレスに「アイスオーレ二つとミックスサンドイッチ」を注文すると、周囲を見回して言った。

「ちょっと昼時過ぎたから、大学の人、あんまりおらんと思うねんけど、大丈夫かな」

「ああ、もうずいぶん空いてるし。問題ないと思うぜ」

伊月も店内をぐるりと見回し、知った顔がないことを確かめてから、再び口を開いた。

「ごめんな、忙しいとこ呼び出して」

「ええよ、今日はまだ事件入ってへんねん。デスクワークが溜まってるだけや。せやけどタカちゃん、どないしたんや？」

「どうって……」

「元気ないやん。あんな夜中にアホみたいにドーナツ食うたから、腹でも下したんか？」

真剣な顔で心配してくれる筧に、伊月は「そうじゃねえよ」と苦笑して、本題に入った。

「実はさ、あれから家帰って、読んだんだよ。中西砂奈子の解剖報告書……」

「それで、どうやったん？　何が書いてあったんや。タカちゃん、顔色悪いで、今日。怖いこと書いてあったんか？」

大きな体をテーブルの上に屈め、伊月に顔をグッと近づけて、筧は訊ねた。伊月は、両手で頬杖をつき、もそりと頷く。

「何ていうかな、だいたいの話は、教授とミチルさんが話してたのと同じ内容なんだ。解剖記録によれば、砂奈子の遺体は、ゴミ捨て場の特大ゴミ袋の中に、顔面にタオルをグルグル巻き付けた姿で、身体を折り曲げて入れられてたそうだ。袋が破れないように、何枚も重ねて、新聞紙も敷き込んでな」

「でも、結局破れてしもてんなあ」

「まあな。聞き書き見たら、そういう余計なことについては、やたらきっちり書いてあるんだ。ゴミ捨て場に集まるカラスにつつかれたせいで、穴が空いたらしい。遺体にも、小さな傷が付いていたみたいだぜ」

「ああ、なるほどなあ。猫とカラスはゴミ捨て場のお約束やもんな」

「うん。そして、事故に関して言えば、正面やや斜め左側から、車両とおぼしき鈍体に撥ね飛ばされてる」

「車両とおぼしき……ってことは、車両は特定できへんかったんか？」

伊月は鈍く頷いた。

「ああ。おそらく、下肢の骨折部位が、バンパーの高さだろうと……そこから、普通乗用車だろうって推定はされてるけどな。そこまでだったみたいだ」

「塗膜片とか部品の破片とか……見つからへんかったんかな」

「そこまでは、解剖記録には書いてねえ。だけど、裁判になって鑑定書提出、なんてことになったら、そっちの資料も一緒に入ってるはずだ。それがないってことは、つまり……」

「お宮かあ」

迷宮入りを指す業界用語を口にして、筧は大きな口をへの字に曲げた。伊月は、肩をヒョイと竦める。

「たぶんな。新聞記事のコピーも入ってたけど、当然、解剖記録以上のことは書いてねえし。ま、それはさておき、とにかく、車両はかなりのスピードで彼女を撥ねたみたいだな。身体の前面……胸部とか腹部にかなり酷い打撲傷ができてるし、頸椎は過進展したせいで第二椎間で脱臼してる。顔面も、ボンネットに打ち付けたんだろうな。打撲に骨折……かなり人相が変わっちまってる。さすがに写真はここには持ってこなかったけど、一緒に入ってたのを見たら、酷い形相だったぜ……っと」

そこまで話したとき、ウェイトレスが注文の品を運んできた。二人は、少し仰《の》け反《ぞ》って、それぞれの前にグラスと皿が置かれるのをおとなしく待つ。

ウェイトレスが去ると、伊月は氷を入れすぎたアイスオーレを一口飲んでから、すぐに話を再開した。

「つまり、バンパーが先に当たって、その次にボンネットに身体が半ば叩きつけられる状態になった。その後、車が急停止して、彼女は前方に吹っ飛ばされたんだな」

「……うん……」

周囲にほかの客がいないからいいようなものの、あまりサンドイッチをガツガツ食べながら話すような内容ではない。だが、それがまったく平気になってしまっている自分たちに、筧は思わず溜め息をついた。

「……何だよ？」

伊月は食欲がないと言いつつも、筧のサンドイッチを一切れ口に放り込み、左右非対称になった顔を上げる。筧は、慌てて首を横に振った。

よく考えてみれば、解剖中に平気で昼食の出前をオーダーするような法医学教室の面々である。今さらそんなことを気にしても仕方がないのだ。

「あ、何でもあらへんねん。とにかく、車が停まって被害者《ガイシャ》が吹っ飛ばされたっちゅうことは、伏野先生の目撃証言どおり、砂奈子ちゃんは、車に撥ねられて、道路上に倒れた……」

「そうだ。後頭部や背中にも、打撲擦過傷が山ほど記載されてるからな」

筧は、いつもより少しだけ迫力のない様子でサンドイッチを片づけながら、伊月に訊ねた。

「それで……死因は？」

伊月は、さすがに手を止め、真面目な顔で筧を見た。

「延髄断裂と書いてあったよ。撥ねられて、頸部が過進展したときに、ぶっちぎれたんだろうな」

「延髄って……何？」

「あのさ、お前、脳を取り出したところを見たことがあるだろ？」

覧は、こくりと頷く。伊月は、水の入ったグラスに指先を突っ込むと、濡らしたその指で、テーブルにうねうねと何やら絵を描き始めた。

「あのな。頭を横から見ると、こう、大脳があるじゃねえか。それで、大脳の下に小脳があるだろ？」

「うん」

「そんで、大脳の下側の真ん中あたりから生えてるように見えて、小脳の前を通ってる、こう、白い棒みたいなのがあるんだよ。それが下にずっと伸びて、脊髄になるんだけどな」

「あ、いつも伏野先生とかが『脳幹部』って言って切り離すとこ？」

「ああ。その切り離した脳幹部を今度は横から見ると……」

伊月は、横にまた別の絵を描き始めた。何やら、下手な芋虫のような絵である。

「まず、大脳から生えてるように見えるところが『大脳脚』、そんで、その下が『中脳』……それで、妙に膨れたところがあって、これが『橋《きょう》』だろ。で、いちばん下にあるのが『延髄』なんだ」

筧は、太い眉尻をちょっと下げ、困った笑みを浮かべて曖昧に頷いた。

「何や、タカちゃんの描く絵って、可愛いけどわかるようなわからんような感じやなあ。まあええわ、ほんで、その延髄がちぎれたらアカンのん？」

伊月は幾分ムッとした顔で、しかしそれに対するコメントは口にせずに頷いた。

「おう。この延髄ってのが、細っこいくせに、いろんなものを支配してるわけよ。生きてくのに最低限必要な働きをさ」

「たとえば？」

「呼吸だろ、心機能だろ、それから、血液循環に代謝に消化……嚥下《えんげ》とか嘔吐反射とかも、延髄の支配じゃなかったかな」

「呼吸と心機能……。それって、めっちゃ大事なとこやん」

「だから、そう言ってるじゃねえか。脳幹部ってのは、だいたいが古い脳なんだよ。どんな生き物にもあるんだ。だから、人間としての高級な機能じゃなくてさ、生き物が生き物としてやっていくために必須の機能を司ってるところなんだ」

「ああ、なるほどなあ。ほな、ここをやられたら、息とかできへんようになるんやな？　そしたら、即死か？」

「ああ、それに近いね。検案書には『短時間』って書いてあったけどな。……ほら、昔やってた『必殺仕事人』で、誰かが尖った刃物で、悪人の首の後ろんとこ刺してたろ？　ちょうどあの辺だよ、延髄って」

「あああ！　今やっと、凄くわかったで！」

失礼なくらい大喜びで大きな手をパンと打ち合わせた筧は、しかしハッと真顔になって、伊月のほうへ身を乗り出した。

「せやけどタカちゃん。それやったら、普通の轢き逃げ事故……っていうか、交通事故と同じじゃん。何でそんなにグッタリした顔してんねんな」

「うん……あの報告書、ミチルさん、全部……隅から隅まで読んだんだろうなあ……とか思うと、俺……」

「……全部、って、まだ何か書いてあったんか？」

「うん……まあ……」

伊月は急に暗い表情になり、俯いてしまった。グラスの中に残った大量の氷を、無闇《むやみ》にストローでつつき回す。

「何なんや？」

「あのな。報告書の尻尾に凄くあっさりと書いてあったんだけど。その砂奈子って子の遺体がな……」

「…………」

筧は、黙ってじっと伊月の言葉を待っている。伊月は、今度は水を一口飲んでから、それでも掠れた声で言った。

「……死後、性交の痕跡あり、ってさ」

「！」

筧は、大きな目を見開き、ギョッとした顔で絶句した。伊月は、テーブルに肘をつき、両手の指を組み合わせた上に、顔を伏せてしまった。大きく息を吐き、それきり黙り込んでしまう。

気詰まりな沈黙を破ったのは、躊躇いがちな筧の声だった。

「あの……な、タカちゃん。それって……誰かが事故の後、その子の死体を……ってことか」

顔を赤らめながらやっとそう言った筧に、伊月は顔を伏せたままで、ボソボソと答える。

「そうじゃねえかな。……ミチルさんがさ、言ってたんだ。砂奈子を撥ねた車から人が降りてきて、砂奈子を抱き上げて車に乗せて、連れてっちまったって。子供を簡単に抱き上げたんだ。犯人は男である可能性が高いだろ？」

「ほな……犯人が、撥ねた後どっかに連れてって……死んじゃったその子を……その、何とかしたってことなんか……？」

「そうなんだろうなあ。……詳しいことは全然わかんねえけど。何か……それ読んだ途端に、俺、眠れなくなってな。気色悪いっていうか、不気味っていうか」

「そらそうやわ。僕も何か、急に胸が苦しゅうなったもん。……なあタカちゃん。そんなん読んだら、伏野先生、ショックやったやろな」

「そりゃそうだろ……」

伊月は、ほんの少し顔を上げ、上目遣いに筧を見た。

「なあ筧。この事件の資料、お前んとこに残ってねえかな。俺、あの事件のこと、もっと詳しく知りてえんだよ」

「……え！」

筧はハッとし、しかしすぐに、その気のいい顔を曇らせて、「アカン」と言った。

「そら、あるかもしれへんで。お宮になった事件やったら、余計にあるかもしれへん。せやけどなあ、タカちゃん。僕は刑事課の人間で、交通課と違うし……」

「だけどお前、昨日、解剖手伝いに来てたじゃねえかよ。仲いいんだろ、交通の連中とはさ。あの主任がそう言ってたぜ」

筧は申し訳なさそうに大きな身体を小さくし、かぶりを振った。

「それとこれとは別や。そういう古い事件やったら、資料はべつの部屋にまとめて保存されてるねん。いくら仲ええ言うても、交通課の主任が、僕にその部屋から資料出してええ、なんて書類書いてくれるわけあらへんやん。悪いけど、それは諦めたって」

「こっそり入れねえのか、その部屋」

「……無茶言わんといて」

「そっかー」

伊月は再び、顔を完全に伏せてしまう。筧は、そんな伊月を黙って見ていたが、やがてポンと手を打って言った。

「そうや、タカちゃん！　思い切って、都筑先生に相談してみたらええんちゃうんか？」

その弾んだ声の調子に一度は顔を上げた伊月だが、すぐに力無くかぶりを振った。

「それがなあ。解剖記録の執刀医のとこ見たら、学長の名前が書いてあるんだよな。その頃の教授ってのが、今の学長なんだよ。そんで、メンバーに都筑先生の名前がねえんだ。よく考えてみたら、都筑先生、ずいぶん前にフランスに留学したって聞いたことがあってさ。どうも、その留学中に起こった事件だったみたいなんだよなあ」

「そっかー。でも、学長って、タカちゃんの叔父《おじ》さんの知り合いなんやろ？　学長に訊きに行くっちゅうわけには……」

「学長は、ただいま海外出張中、だよ。来週末まで帰ってこねえ」

「あー……」

二人は再び沈黙した。

ウェイトレスが黙って皿を下げ、二人のグラスに水を足していく。

「……あ！」

今度も先に小さな声を上げたのは、筧だった。

「何だよ？」

伊月も、ポカンと口を開いたままの筧に、怪訝そうに顔を上げる。筧は、大きな手でテーブルをバンと叩き、元気よく言った。

「清田さんがいてるやん、タカちゃん！」

「え……清田さん？　あ、そうか！」

伊月の目も、パッと輝きを取り戻す。

「そうか、あの人だったらずっと教室にいたんだもんな。先々代の教授んときからいるんだから、あの事件のことも、覚えてるかもしれねえ。お前、冴えてんなあ、筧」

タカちゃんがボケてんねん、という台詞をすんでの所で飲み下し、筧は黙って苦笑しただけだった。

「そうか。清田さんに、こっそり話を聞いてみるよ。……昼寝して、お前と話して、やっと何か頭がスッキリしてきた。これで、まともにものが考えられそうだぜ」

「昼寝、って……僕が電話するまで、ずうっと寝てたんか、タカちゃん」

まあな、と照れ臭そうに鼻の下を擦り、伊月は腕時計に視線を落とした。

「おい、もうすぐ三時半になるぜ。もう戻らないとだろ、お前」

「あ、ホンマや。課長にどやされてまうわ」

そこで二人は席を立ち、支払いを済ませて外に出た。さっきまではあんなに晴れていたのに、空には灰色の雲が薄く広がり始めている。

「今夜あたり、雨、降るかもな」

筧はそう言って空をチラリと見上げてから、伊月に言った。

「ほな、また連絡して。僕も、まあちょっと考えてみるわ」

「うん。頼むぜ」

二人は軽く手を挙げ、それぞれの職場へと戻っていったのだった……。

3

こそこそと伊月が教室に戻ってみると、教室はガランとしていて、誰もいなかった。

「……ただいまー」

「あれ？」

教授室の扉は相変わらず閉まったままで、都筑教授はまだ外出中らしい。峯子の机の上には「郵便局へ行ってきます」というメモが一枚、置いてあるきりだった。

「不用心だなあ」

教室を長く留守にしていたくせに、一応そんな決まり文句を呟きながら、伊月は実験室を覗いてみた。

「あ……ここもか……」

陽一郎は、RI実験室に行っているらしい。いつも床に置いている「お出掛けセット」──つまり、実験に必要な試薬やら器具やら被曝《ひばく》防止エプロンやらを入れた籠のことだ——が見あたらなかった。

「森君もいない……清田さんもいない……。何だよ、誰もいねえのか」

伊月は、さっきまで張り切っていた気分が、穴の空いた風船のように急速に萎れていくのを感じ、その場に立ち尽くした。

「乗組員が突然消えた船……何だっけ、マリー・セレスト号？　そんなのじゃあるまいし……」

力無くそんなことを言いながら、伊月は思わず溜め息をついた。

何もかも上手くいかない一日、というのはこういう日のことを言うのだろうか……と思っていると、実験室に大量の試験管を抱えた清田が戻ってきた。

「あ、清田さん！」

思わず大声で呼びかけた伊月に、清田は丸眼鏡の奥の小さな目をちょっと吃驚したように見開いた。手に持った荷物を自分の作業机に置きながら、不思議そうな笑みを浮かべて伊月を見る。

「今日は初めてお会いしますなあ、先生」

そう言われて、伊月は頭を掻いて苦笑した。

「すいません、図書室で資料探してました」

「はあ、そうですか」

情けない言い訳にも、清田はそれ以上何も言わず、ニコニコと納得した様子で、自分の作業にかかろうとする。試験管立てにびっしり立った試験管には、それぞれ血液が中程まで入っている。これから遠心して、血球と血清成分に分離するところなのだろう。

「これねえ、検査部で貰ってきたんですよ。これから処理して、学生実習に使うんですわ」

机を挟んだ椅子に腰掛けた伊月に、清田は愛想よく説明した。どうやら、伊月が自分の作業に興味を持って寄ってきたのだと思ったらしい。

伊月は、躊躇いつつも、おそるおそる切り出してみた。

「あのう、清田さん。……清田さんって、もうずっとここにいるんですよね」

「……ええ、おりますよ。何しろ勤続三十年、三代の教授にお仕えしてきましたから」

清田は、何のことかわからぬままに頷き、いつもの台詞を口にする。伊月は、思い切ってストレートに訊ねた。

「あのですね、凄く昔の事件でも、印象に残ってるのとかってあります？」

「……はあ？」

「だからその……二十何年も前の事件のこととかでも、覚えてますか？」

清田は、首を捻りつつも、一応は頷いた。伊月の意図するところがまったくわからないので、不安に思っているらしい。

「そりゃあ……覚えてるのもありますけど、覚えてへんのもありますわ。焼死とか溺死とかは、いちいち覚えてられませんで、先生」

「そりゃそうだ」

伊月は苦笑し、黒い実験机を指先でとんとん叩きつつ、ボソリとカマをかけてみる。

「じゃあ、たとえば交通事故……っていうか、轢き逃げなんかは……覚えてます？」

「……先生」

清田は立ち上がり、試験管を二本一組でバランスをとってから遠心機にセットし始めた。振り返らず、伊月に問いかける。

「どないしはったんです？　何か、気になる事件でもあるんですか？」

伊月は、作業机をピアノのように両手の指で叩きながら、まるで子供のような口調で、「うん……」と言った。

「何です？」

「あのさ、昭和六十三年の末の事件なんですけど……」

「それはまた、えらい昔の……伊月先生、まだ小学生と違いますか？」

相変わらず黙々と作業を続けながら、清田が穏やかな声で混ぜっ返す。

「まだ小学校にも上がってませんよ。そういうこっちゃなくて……その頃の事件って覚えてますか？」

「うーん、そこまで古くなると、覚えてへんかもしれませんけど。どんな事件です？」

「……中西砂奈子。九歳の女の子が轢き逃げされた事件なんですけど」

それを聞いた清田の背中が一瞬動きを止めた。しかし彼は、首を捻りながらちょっと伊月のほうを振り向いて言った。

「うーん、何や、ピンと来ませんわ。どんな状況でしたかねえ」

そこで伊月は、簡略に事故状況を清田に語った。しばらく何の反応もなかった清田だったが、何かが記憶の糸に触れたのか、急にクルリと振り向いた。

「ああ、それ！」

清田は遠心分離機の重い蓋を閉め、スイッチを入れてから、細い目を見張ったまま、伊月の向かいに腰掛けた。

「年のわりに小柄な女の子でねえ、クリスマス前やったかな。えらい可哀相やなあと思いましたよ。ホンマにえらい勢いで撥ね飛ばされた、って感じでね」

「あ、その事件です！　もっと詳しく覚えてます？　俺、記録見たんだけど、今のと違って、昔の記録ってあんまり細かく書いてないじゃないですか……」

それを聞いた清田は、ふと探るような目つきで伊月の顔を見た。

「……何で、そんな大昔の解剖記録なんか見たんですか、先生」

勢いづいていた伊月は、途端に言葉に詰まる。

「ええと……ああ……あの。ちょっと……ああそう、あの、轢き逃げ事故について調べてるんですよ、いろんな年の」

あまりにも見え透いた嘘に、さすがの清田も、これ以上話を続けていいものかどうか迷うらしかった。アヒルのように唇を平たく突き出し、困惑の眼差しで伊月を見る。

伊月は、実験机に両手をつき、ガバッと頭を下げた。

「すんません。ちゃんと説明しないで悪いんですけど、今度ばかりはアタマ貸してください。俺、あの事件のことを、何でもいいから知りたいんです」

それでもまだ不審げに、清田は念を押した。

「それは……何て言うんですか、興味本位とかやのうて、仕事なんですな？」

「……はい」

ミチルに関することだ、嘘ではない……と自分に言い聞かせ、伊月は大きく頷いた。それでやっと、清田も話を再開する気になったらしい。実験室に誰もいないことを確かめてから、

「わかりました。何でそんな知りたいと思うてはんのか、ようわかりませんけど……」と前置きして、腕組みした。

「ほかに覚えてること言うたら……何かあったかなあ……」

そのまま下を向いて、考え込んでしまう。伊月は、祈るような思いでじっと待った。

「ああ……そう言うたら……」

やがて顔を上げた清田は、いつものにこやかな表情で言った。

「解剖自体で覚えてることていうたら、ボロボロにされとったっちゅうことだけですけど。そのあと、ほかの事件で来たT署の当時の交通課の連中が、どえらいぼやいとったんは覚えてますわ」

「ぼやいてた？」

伊月は思わず声のトーンを上げてしまう。清田は、うんうんと頷き、短い腕を組んだままで頷いた。

「そうですわ。だいたい交通なんて、いつも同じ連中が来ますやん。そんで、年明けてからやったかなあ。一月か二月かに『そういえばあの轢き逃げの捜査、どないなったん？』って僕、訊いたんですわ。そしたら、えらいムッとした感じで『それがもう』言うてねえ」

「それがもう、って何ですかあ！」

伊月は、焦らされているようで、イライラして身を乗り出す。清田は、妙に楽しそうにゆっくりした口調で言った。

「何かねえ、僕かて全部聞いたわけ違いますけど、どうも、捜査しとって、ほかの目撃者から話が聞けて、容疑者らしい男が浮かんだのに、全然捕まえられへん……とか言うてましたな」

「捕まえられない？　逃げられた、ってことですか？」

「さあ。こっちも仕事のついでに聞いた話やし、昔のことやし……『ああそうか、残念やなあ』言うて、話終わったような気がしますわ」

「せめてもうちょっと詳しく、聞いてないっすか？」

伊月は縋るような顔つきで食い下がったが、清田は首を捻って唸るばかりであった。

「うーん……。なんか、やたら悔しがってたのは覚えとるんですけどねえ。それ以上はちょっと」

「そうですか……」

伊月は、溜め息をついて立ち上がった。清田は、伊月のしょげた様子に、心配そうな顔をして見上げる。

「ホンマにどないしはったんですか。大丈夫ですか？」

「あ……あーあー、大丈夫です。あの、助かりました」

実におざなりな礼を清田に言い、伊月は教室に戻った。峯子はまだ戻っていないようで、秘書の椅子は、斜めを向いたまま放置されている。

(容疑者が見つかったのに、捕まえられない……どういうことだろうな)

唯一の情報を頭の中で何度も反芻しつつ、自分の席へ戻ろうとした伊月は、ふと気配を感じて振り向き、そしてギョッとした。

「何や、冷たいなあ。疲れて帰ってきた上司に、お帰りの一言もなしかあ？」

つい、峯子の不在だけを確認して、教授室を覗くのを忘れていたことに、その瞬間気づく。いつの間にか帰ってきていた都筑教授は、教授室の入り口に立ち、ニヤニヤしながら伊月を見ていた。

「あ……お、お疲れさんですっ」

椅子を引いたままの姿で、伊月は大慌てで「お帰り」の挨拶を口にする。

「ホンマに疲れたわ〜。今朝の弁護士は容赦なしやし、午後の講義はやたらに長いし」

もとからどこかくたびれた容貌をしている都筑である。本当に疲れきった様子で、撫で肩をとんとんと叩いているその姿は、まるで「貧乏神」のようだった。

「せっかく帰ってきても、住岡君いてへんし……。お茶淹れてくれへんかな？」

「ああ、はいはい」

伊月は仕方なくいったん思考を頭の中から追い出し、流し台のほうへ行った。食器乾燥機から、都筑と自分のマグカップを取り出して、ティーバッグの緑茶を淹れる。

「はい、どうぞ」

「おお、ありがとうな」

都筑は、机の上にあった貰《もら》い物《もの》の饅頭《まんじゅう》をぱくついている。

「……また、昼飯食わなかったんすか？」

伊月もその向かいに腰掛け、菓子には手をつけず、お茶だけを飲んだ。

都筑は、小さな目をしょぼつかせ、頷いた。

「食うてる暇なかったんや。午前中の裁判が長引いてなあ。朝ここに顔出して、そんときもこの饅頭食うたきりや」

「よくそれで保《も》ちますねえ。だからそんなに細いんだろうけど」

伊月は呆れたように、都筑の小柄な上半身を見やった。

伊月自身も相当にスリムなほうではあるが、一応、必要なだけの筋肉はつけているつもりである。だが都筑は、骨格が華奢なうえに、手足も今にも折れそうに細いのだ。そのくせ、やたら立派な顎と普通サイズの頭のせいで、伊月はいつも「役者絵」か「こけし」を見ているような気分になってしまう。

「あんまり食欲ってあらへんからなあ、僕……」

そんなことを言いながらも二個目の饅頭に手を伸ばした都筑は、ふと動きを止め、伊月を見た。

「あれ？　そういえば、まだおったんかいな、君」

「……は？」

伊月はポカンとして、マグカップを持ったまま硬直する。

都筑は、やれやれ、と呆れたような顔つきで、しかしどこか悪戯っぽい目をして、伊月に言った。

「薄情な後輩やなあ。先輩が『調子悪い』言うてんのに、知らんぷりか？」

「……え？　え？　え？」

伊月は驚いて目を丸くした。それがミチルのことを指しているのだと気づくのに、かなりの時間がかかってしまう。

「ち……ちょっと待ってくださいよ、先生。何で俺が、ミチ……じゃねえや、伏野先生んちに行かなくちゃならないんです」

ムキになる伊月に、都筑は片肘を机につき、シンプルに訊いてきた。

「行かんでええんか？」

地顔が常に笑っている状態なので、都筑の真意をその表情から推し量るのは至難の業だ。今回も伊月は、ただまごつくばかりで、咄嗟には答えられなかった。

都筑は、笑いながら、手に持った饅頭を上手に真っ二つにした。

「ここでできへん話もあるやろ？　今日は解剖もあらへんし、君、暇なんやったらもう行ったらどないや」

「行ったらって……。先生、いったい何を企んでるんですか」

伊月は、居住まいを正し、都筑を真っ直ぐに見た。だが、伊月の切れ長の目できつく睨まれても、都筑はあくまで柔和な表情を崩さなかった。

「べつに、何も企んでなんかあらへんで。せやけど、昨日君も、伏野君の話、聞いとったんやろ？　何ぞ助けたりたいとか思わへんか、後輩として」

「そりゃ……。だけど、俺じゃどうしていいか。俺、先生に相談したくて……って。あれ？　まさか先生、あの事件のこと何か知ってるんですか？」

「いんや。伏野君が言うとった事件の起こった年は、僕、フランスにおったし」

「あ……やっぱりそうか……」

伊月はちょっとガッカリして、再びマグカップを取り上げ、お茶を口に含んだ。

ところが、都筑は悪戯小僧のような顔つきで、こんなことを言ったのである。

「おまけに、昨日の夜、僕がその事件の記録見ようと思うて準備室に下りたら、ここそ記録持って逃げた二人組の泥棒がおってなあ」

「……ぶっ！」

伊月は思わず飲みかけのお茶を噴き出し、むせかえってしまう。

「おかげで、事件の情報が全然見られへんかってなあ……。伏野君の力にはなってやれそうにないんや。……おや？　どないしたんや、伊月先生」

いかにもしてやったりと言いたげな都筑の笑顔を、伊月はまだゲホゲホ咳《せ》き込《こ》みながらも、恨《うら》めしげな上目遣いで見た。

「ひでえ……見てたんですか、先生」

「誰かは見てへんけど。……ま、そういうことや。彼女も、僕よりは君のほうが話しやすいやろう。はよ、行ったり」

伊月の目に、ふと不安げな光が宿る。

「だけど先生。俺で、相談に乗れるんですかね。何か、傷深そうな話だし、伏野先生、最近わけわかんねえこと言ってたし……」

都筑にはまだ、ミチルの言っていた「子供」の話はしていない。どういうふうに話せばいいのか伊月にはわからないので、まだ話せそうにもない。

そんな伊月の戸惑いを知ってか知らずか、都筑は軽い調子で言った。

「わからへん。結局は、伏野君が自分で何とかせなアカンことやし。ただ、彼女の力になったりて言うてるだけや。君に何もかも解決せえとは言うてへんねんで」

「そりゃ……そうなんでしょうけど」

「ま、とにかく」

都筑はカーディガンのポケットを探ると、二千円を引っ張り出し、伊月の前に置いた。

「これで、なんぞ旨いもんでも買うて行ったり。頼んだで」

「頼んだで……って」

「そうそう、女性の一人暮らしやから、妙な気起こしたらあかんで」

「ちょ……そういうこっちゃなくて」

まだ伊月が戸惑っているのに構わず、都筑は立ち上がると、マグカップ片手に、教授室へと引き上げてしまおうとする。伊月は慌てて立ち上がった。

「つ、都筑先生！」

閉まりかけた教授室の扉の隙間から、のんびりした声が聞こえた。

「『思い出に　悪夢の混ざる　闇夜かな』……っちゅう感じやな。大事な解剖記録をなくさんといてな、泥棒君」

4

名簿で調べたミチルの自宅は、Ｋ市Ｈ区の閑静な住宅街にあった。

ちょうど私立の総合大学が近くにあり、ミチルの住む集合住宅も、おそらくはそこの学生向けのものなのだろう。五階建てのまだ新しそうなそのマンションは、窓の配置から見て、すべての部屋が1DKくらいであろうと思われた。

まだ帰宅時間には早いのか、瀟洒なエントランスには人影がなく、しんと静まりかえっていた。硬質の石材を使った床に、ブーツの踵《かかと》が必要以上に大きな足音を立てる。

「ええと……203……だから、二階だな」

伊月は、エレベーターで二階へ上がった。そのくらいは階段を使うべきなのだろうが、足音を立てるのが何となくはばかられたのである。

ミチルの部屋は、エレベーターを出て右手の突き当たりにあった。

扉の前に立ち、伊月は何故か、シャツの裾を引っ張って伸ばしたり、髪を撫でつけたり、咳払いしてみたりした。

そんな気はまったくなかったのに、都筑教授に「妙な気起こしたらあかんで」と言われたばかりに、それこそ「妙に」意識してしまっているのである。

(あああ……何か馬鹿みてえ、俺)

ブルブルと頭を振り、伊月は思いきって、インターホンのボタンを押してみた。

ピンポーン！

しかし、何の反応もない。

(もしかして、どっか行ってんのかな)

伊月は、続けて何度も押してみた。

「……はい？」

いかにも不承不承出てきたらしい不機嫌なミチルの声が、スピーカーから聞こえてくる。伊月は、インターホンに顔を寄せ、何故か少し低めの声で言った。

「あの、伊月ですけど」

「……え？」

扉の向こうの顔が容易に想像できるほど、正直に驚きを表現するミチルに、伊月は重ねて名乗った。

「伊月です。……その、教授に言われて、様子見に」

「……ちょっと待って」

ほどなく、扉が開かれ、何故か少し慌てた様子のミチルが、

「早く入って」と、伊月を室内に招き入れた。

「お、お邪魔します」

伊月は、言われるままに玄関先に上がり込んだ。ミチルは腕を伸ばし、扉を素早く閉める。それから彼女は、ちょっと怒ったような顔で訊ねた。

「どうやってここまで来たの？」

伊月は、キョトンとした顔で答える。

「はい？　教室に名簿があるじゃないですか。それ見て、電車に乗って来たんですけど」

「そうじゃなくて。入り口で、管理人さんに見つからなかった？」

「管理人？　誰もいなかったっすよ、入り口んとこ……」

「あああ」

くすんだオレンジ色のジャージを着たミチルは、大きな溜め息をつき、そして諦めたように、上がり框《がまち》にスリッパを並べた。元気そう、とは言い難いが、心配した程には具合は悪くなさそうに見える。

「もういいわ、ここまで来たんなら上がっちゃって」

伊月は、なおも合点のいかない顔で、しかしブーツを脱ぎ、少々小さいスリッパに足を突っ込んだ。

「ここ、女性専用マンションなのよ。入り口に張り紙がしてあったでしょう、男性お断りって」

「……へ？」

ミチルについて部屋に上がった伊月は、その言葉に驚いて眉を撥ね上げた。

「マジですか？　俺、張り紙なんて見てなかったもん。うっわー……じゃあこれって、規則違反なわけ？」

「そう。まあ、みんなコソコソ男の人を引っ張り込んでるみたいだけどね」

ミチルはようやく笑顔を見せて、部屋の中央にある小さな卓を指さした。

「そこに座ってよ。とりあえず、お茶でも淹れるわ」

「はあ……あ、これ」

伊月は、ミチルに持ってきたビニール袋を差し出した。台所へ行こうとしていたミチルは、立ち止まって首を傾げる。

「何？」

「ケンチキ。どうせ飯食ってないんでしょう。都筑先生が買ってけって」

「わあ、ありがと。じゃあ、テーブルの上に置いといて。一緒に食べようよ」

「……ホントに食ってないんですね」

伊月はビニール袋をテーブルの上にドサッと置き、座布団の上に胡座《あぐら》を掻いた。湯を沸かし、コーヒーを淹れるミチルの背中を見やってから、室内を見回す。

外から見て想像していたよりは、広い部屋だった。長方形の、十畳ほどある部屋に、キッチンとバス・トイレ……典型的な、一人暮らし用のしつらえである。

角部屋だからか、窓が二面にあり、日差しはふんだんに入りそうだった。床はフローリングで、そこそこ綺麗に掃除されているようだ。

家具も、ベッドとクローゼットと書き物机といったごくベーシックなものだけで、あまり余計なものを部屋に置かない主義のようだ。

ただし、大きな窓のカーテンレールに、ペーパークラフトの等身大骨格標本がブラリと下がっているのが、普通の女性の部屋とは少々趣を異にしている。

「『調子悪い』なんて言うから、ネコちゃんと森君が心配してましたよ、『鬼の霍乱』だって」

ミチルの背中に声をかけると、彼女は振り返り、笑いながら言った。

「それって全然心配してないじゃないの」

「まあね。心配っていうよりは、ビビってるに近かったかな」

「嫌な人たち。私にだって、病欠したくなる日だってあるわよ」

そんな軽口を叩いているうち、ミチルは盆にマグカップを二つと皿を二枚載せて、伊月のいるテーブルにやってきた。

「お待たせ」

コーヒーの香ばしい匂いが、辺りに漂う。

「すいません」

伊月はカップを受け取り自分とミチルの前に置くと、ビニール袋からお馴染みの赤と白の紙箱を取り出し、蓋を開けた。駅前で買ったばかりなので、ふわっと湯気が立つ。

「都筑先生は、何か旨いものを買ってけって言ったんですけど、俺、何がいいかわからなかったから。……自分の食いたいものを買いました」

「うん。フライドチキン、大好きよ。はい、伊月君もどうぞ」

ミチルはニコッと笑った。自分の皿にチキンを一切れ取り、両手で持って一口齧る。

「そんじゃ、俺も頂きます。昼飯食わなかったから、ミチルさんの顔見るなり腹減ってきた」

そう言って、伊月もミチルに倣い、大口を開けてチキンを齧った。

「伊月君は、どうしてご飯食べられなかったの？　もしかして、今日、急な解剖でもた。

ミチルはチキンを皿に戻し、ベタベタする指をペーパーナプキンで拭《ぬぐ》いながら訊ねた。

伊月はかぶりを振り、ミチルの顔を真面目な顔で見て言ってみた。

「どうしてって、そりゃ、ミチルさんのせいですよ」

「……私のせい？」

「そう。悪いとは思ったんですけど、昨日、都筑先生とミチルさんの話、俺聞いちまいました」

その言葉を聞いた瞬間、ミチルの頬が小さく引きつる。伊月は、軽く頭を下げた。

「すいません。……俺、自分の席にいたんですよ、あん時」

「……そっか……」

「ええ」

「まるで刑事さんみたいね」

べつに嫌味でもないらしく、ミチルは真顔でそう言って、小さく嘆息した。

「それで……どうしたの？」

そう問われて、伊月は少し決まり悪そうに、しかし素直に答える。

「夜に筧と二人で準備室に忍び込んで、俺、中西砂奈子の解剖記録を見つけて……。持って帰りました」

「……読んだのね」

ミチルの声が、咎めるような、尖った響きを帯びる。伊月は思わず、座布団の上で正座した。

「読みました。……だから俺、何か上手く言えねえかもなんだけど、ミチルさんに話したいこととか訊きたいこととかあって。それでここまで来たんです」

「その辺も、都筑先生はお見通し、か」

ミチルは苦く笑い、コーヒーのお代わりを淹れるべく、席を立った。

「それで、伊月君は、私にどんな話をしてくれるの？」

ミチルが台所へ行ってしまったので、伊月には彼女の後ろ姿しか見ることができない。だが彼は、構わず話し始めた。

「最初は質問。ミチルさんが、うちの法医学教室に入った理由って、あの砂奈子って子の事件に関係あるんすか？」

しばらくの沈黙の後、ミチルは湯が沸くのを待ちながら、ボソリと言った。

「そもそもは法医学に興味があって、この道を選んだのよ。だから、砂奈子ちゃんの事件は関係ないの。っていうか、その頃にはさすがに、砂奈子ちゃんのことが常に気にかかってるって状態ではなかったもの。薄情に聞こえる？」

「まさか。嫌なことほど記憶の隅っこへ追いやるのが、普通でしょう」

「……ありがと。それで法医学をやろうって思ったんだけど、母校の法医学教室は学生時代にいい思い出がなくて。どこかほかの大学で採用してくれるところはないかって、あちこち探したの。その時に、何の気なしにO医大に見学に来て……」

「思い出したんですか？」

ミチルは、シュンシュン沸いた湯を挽いたコーヒー豆の上から少しずつかけながら、頷いた。

「思い出した……っていうか、本当に久しぶりにT市に来て……ほとんど十五年ぶりじゃない？　地理も何も、全然覚えてなかったのよ。それで、偶然駅前で人に訊いて歩いた道が……あの道だったのよね、よりにもよって」

伊月は、形のいい眉をひそめた。

「十五年ぶりに、どかーんと来たわけだ」

「来た来た」

ミチルはクスッと笑い、チラリと伊月のほうを見た。

「もう、動けなくなったわよ。だけど何とか大学まで行って、法医学教室で都筑先生にいろいろ話を聞いてるうちに、ふっと思ったの。『ああそうか、あそこで轢き逃げされたってことは、砂奈子ちゃんもここで解剖されたんだわ』って」

「まさか、それで決めたんですか」

「そこまでは……。だけど、ここに来たら、砂奈子ちゃんの事件のこと、あれからどうなったかわかるかもしれないなあ、とは漠然と思ったわ。だけどね、あくまでもO医大に入ることに決めた理由は、都筑先生が素敵だったからよ。どこの大学の教授よりも、いい人だと思ったから」

「わお。もしかして、昨日、そんなこと言ったんですか、本人に！」

「ううん、笑って誤魔化した」

ミチルはおそらくはその時見せたのと同じ笑顔で、コーヒーポットを持って戻ってきた。伊月のカップに、薄目のコーヒーをなみなみと注ぐ。

「言ってやりゃいいのに。泣いて喜ぶと思うなあ、俺」

「嫌よ、照れ臭い。……それで？　次は？」

伊月は、熱いブラックコーヒーを一口啜ってから言った。

「次は……あの解剖記録のことです。昨日はあそこで何してたんです？　まさか、五年も六年もここにいて、昨日初めて見たってわけじゃないでしょう」

「見たのは……でも、ついこの間なのよ。教室に院生として入ってすぐに私、清田さんに古い解剖記録の置き場所を訊いたわ。参考資料として読んでみたい、ってもっともらしいこと言って。だけど、もう処分した、って言われたの」

「処分？　そんなことしていいんですか？」

「だって、カルテの保存義務は五年間よ。解剖記録だって、それに準じるはずだもの」

「あ、そうか」

「うちの教室って、何年か前の基礎研究棟新築に伴って、古い校舎から今の場所に引っ越してきたの。その引っ越しの時に、古い資料は全部捨てたって、そう聞いたのよ」

「がっかりしただろうなあ……」

ミチルはこくりと頷き、しかしすぐにかぶりを振った。

「ううん。残念だと思ったけど、ああ、そうなんだ。もう過去の話なんだなって。……もうみんな忘れてる、もういいんだ……。そう思って、変に安心した。それなのに……伊月君が来る少し前、法医学教室がもともと入ってた旧校舎が取り壊されることになったのね。ほら今、立体駐車場を作ってるあそこにあったんだけど。それで私たち、まだ残ってる教室の荷物を処分するために、大掃除に出かけたの」

「そこで……あれを見つけた？」

「うん。何年も誰も入ってなかったから、もう凄かったわけよ。ネコちゃんとか陽ちゃんと、キャーキャー大騒ぎしながら、ゴミばっかりの部屋を片づけて回ってたら、大きな段ボールがいくつもあって、その中のいくつかに、封筒がいっぱい詰まってたの」

「それが、あの古い解剖記録だったってわけですか」

「そう。きっと引っ越すときに捨てるつもりで詰めて、そのまま忘れてたのね。凄く昔の……それこそ三十年以上前の……初代教授の頃の解剖記録とかまで、年代も解剖の種類もゴチャゴチャになって入ってたわ。それで私、教授に頼んで、その箱を準備室の奥に置かせてもらったの。それ以来、少しずつ整理しては、あの棚に片づけてきた」

「ひとりで……夜に？」

もう冷めてしまったフライドチキンの衣を剝がし、白い身だけをむしって口に運びながら、伊月は呆れたように訊ねる。

「夜とか、お休みの日とか。これだけは、自分ひとりで誰にも知られずにやりたいと思ったの。どうしてだかは、自分でもよくわからないけど。ここのところ、学会の準備で忙しかったから、やっと封筒の山の中から砂奈子ちゃんの解剖記録を見つけだしたのは、先週のことだったわ」

「先週……それじゃ昨日は？」

「持ち出してた記録を、返しに行ってたの。カムフラージュってわけじゃないけど、せっかく全部綺麗に年ごとに並べてたから、これも戻しておこうと思って。そしたら、いきなり伊月君が来るんだもん。焦ったわよ」

ミチルはクスクス笑いながら、伊月の腕時計を指さした。

「そんなもの忘れたくらいで来ないでよ。本気で慌てたわ。……もし、伊月君が砂奈子ちゃんの話を聞いたって知ってたら、私、伊月君を殺しちゃってたかもね、慌てすぎて」

「あ、ひでえ」

二人とも笑いに紛らわしたが、少なくともミチルの目は少しも笑っていない。伊月は小さく肩を竦め、少し話の方向を変えてみた。

「ミチルさんばっか喋ってても疲れますよね。今度は俺が喋ります。三つめは、俺が納得したこと。先週初めて、中西砂奈子の解剖記録を見つけだして……ミチルさん、持って帰ってきたんですよね、ここに」

声を出さずに、ミチルが頷く。伊月は、相変わらずチキンを几帳面に骨だけにしつつ、話を続けた。

「それで記録を全部読んだ。『性交の痕跡あり』……あの、彼女の死体に、死後……」

「……でしょ。読んだわ。記録を読んでたら、当時私の知らなかったことが次々出てきて、記憶が凄く生々しくなって……おまけに、とどめがそれよ。あんな記録、見つけなければよかったのかもしれないわ。そうしたら私……」

「ここしばらくのミチルさん、すげえ変だったのは、そのせいだったんですね？　俺、あの解剖記録読んで、初めて何となくわかったんですよ。赤ん坊の解剖のとき、ミチルさんが滅茶苦茶テンパってた理由。赤ん坊が……『子供』のイメージを思い起こさせたんでしょう」

ミチルはまた頷く。

「だから、いつもみたいにやんわり怒る余裕がなかったんだ。……砂奈子ちゃんのこと、考えてたんでしょう？」

「うん。当時、砂奈子ちゃんは九歳だったんだもの、赤ん坊よりはうんと大きいのはわかってるんだけど、でも彼女、かなり小柄なほうだったから……。ああ、同じ解剖台に、砂奈子ちゃんの身体が乗せられてたんだな、きっと体が小さいから、足元のスペースがガランと空いてたんだろうな……とか思うと、何だかたまらなくなってね」

伊月は、汚れた指をゴシゴシと紙で拭いながら、目を伏せて頷いた。

「そこへもってきて、昨日の事件だもんなあ……。砂奈子ちゃんが撥ねられたのとほとんど同じ場所で、似たシチュエーションで……そこに間の悪過ぎるお巡りのコメントが来ちまったら、そりゃキレるかもしれねえな、って。俺、やっと納得しましたよ」

「べつに納得してくれなくてもいいのよ。事情がどうだって、私、滅茶苦茶な八つ当たりしちゃったんだから。情けない奴だって言ってくれてもいいの」

「そりゃそうだけど、でも。……あんまり気に病まないほうがいいですよ」

「ありがとう、そう言ってくれて」

ミチルはどこか寂しそうに微笑して、両手でくるむようにマグカップを持った。

伊月は、ミチルの伏せた睫毛《まつげ》が実はけっこう長いことに驚きながら、もう少し話を進めてみた。

「それで……。俺、もう一つ知りたいことがあるんですけどね、ミチルさん」

「何？」

ミチルは視線を上げる。

「赤ん坊の解剖二つやった後、どっちの時もミチルさん、駐車場のどっかに、何か俺に見えないものを見てたでしょう。二回目は『子供見たことない？』って俺に訊いたし。それって……ミチルさんが見てたのは……『子供』って、もしかして」

「砂奈子ちゃんよ」

驚くほどあっさりと、ミチルは答えた。かえって、伊月のほうが目を剝いてしまう。

「砂奈子ちゃんって……まさか、頭へしゃげて骨ポキポキの姿で……？」

「馬鹿ね。それじゃあ、ゾンビみたいじゃないの。そうじゃなくて……事故に遭《あ》う寸前の。ピアノのお稽古鞄を持って、暖かそうな白のふわふわしたコートを着てた砂奈子ちゃんが……立ってたのよ。見てたのよ、私を」

それを聞いた伊月は、思わず歪《いびつ》な笑いに紛らわそうとした。

「そ、そんな馬鹿なことないっすよ。きっと、保育園の子供か、患者さんの見舞いに来た子供が迷い込んだ……とか、そういうのですって」

「こんな季節に、真冬のコートを着こんだ子供なんていないわ」

こういうときでも、ミチルのツッコミは早い。伊月は少しムッとして、しかしもう一度、念を押すように訊いてみた。

「ホントにホントに、それ、砂奈子ちゃんなんですね？」

うん、と自信たっぷりにミチルは頷いた。

「事故にあった日の砂奈子ちゃんだわ。一昨日、一つ目の赤ちゃんの解剖が終わって、何となく窓の外を見て……心臓が止まるかと思った。だけど、きっと気のせいだって思って。……だけど、次の解剖の後も、やっぱり同じ場所に、砂奈子ちゃんが立ってたの」

「それで……あんな滅茶苦茶変な顔してたわけだ」

「変な顔って……失礼ね。だけどさ、それでも何とかして、気のせいだ気のせいだ、週末から、解剖記録をずっと読んでたせいだ、って思おうとして……」

「でも、駄目だったんですね？」

「だって……」

ミチルは、何だか不思議な目つきで、伊月を見た。今にも泣きそうな、しかし同時に笑い出しそうな異様な歪みを帯びた表情で、ミチルは言った。

「一昨日の赤ちゃんの解剖の後はね、二度とも砂奈子ちゃん、ただ立ってただけだったの。凄く無表情に、お人形さんみたいに」

伊月は、指を拭いたペーパーナプキンをピリピリと裂きながら、首を傾げる。いつしか太陽が傾いて、室内には赤い西日が射し込んでいた。

「……その後も見たんですか？　それも、何か違ってた？」

「うん。解剖記録を戻した帰り……伊月君から逃げ出したときのことよ。薄暗がりだったんだけど、そこだけぼんやり光が射したみたいに、見えたの。砂奈子ちゃんが立ってるとこだけ」

「それで？」

「砂奈子ちゃんが……私を見て、手招きしたの。ちょっとだけ手を挙げて、怒ったような顔して……」

「……怒ってた？」

「うん。何だか、昔、喧嘩したときの砂奈子ちゃんみたいに、ちょっと上目遣いに睨んできて。怖かった。怖くて怖くて、逃げて帰ったわ」

「もしかして、それで今日休んだんですか？」

ミチルは頷き、両手で自分をギュッと抱いた。唇が、細かく震えている。

「背中から、冷や水浴びせられたみたいだった……。砂奈子ちゃんは、私のこと忘れてないんだ、まだ砂奈子ちゃんの魂は、あそこに縛り付けられてるんだ……そう思ったわ」

「ちょっと待ってくださいよミチルさん。それって、砂奈子ちゃんの幽霊だって言いたいわけですか？」

「……そうとしか考えられないじゃない」

「やめてくださいよ。俺がその手の話全然駄目だって知ってんでしょうが」

西日に照らされて赤い伊月の顔は、明らかに引きつっている。

「いいですか、法医学教室の人間が幽霊だの妖怪だのって言い出したら、仕事にならないでしょう！　俺たち、死体を触りまくって暮らしてるんですよ？　その身体にいちいち魂とやらがついてきて、解剖室の周りにたむろするんじゃ、やってらんねえや」

「……そういうことじゃなくて」

ミチルは腕を解くと、伊月のシャツの二の腕にそっと触れた。

「きっと、私だけに、砂奈子ちゃんは怒ってるの。私がちゃんと事故のこと思い出してれば、犯人は捕まったかもしれない。砂奈子ちゃん、あんな酷いことされて、犯人が捕まらないままじゃ、きっと天国にも行けなかったんだわ」

「……天国って……」

伊月は唖然として、ミチルの顔を凝視している。彼にとっては、ミチルの口から「天国」などという幻想的な言葉が出てきたことこそ、驚異であった。

「砂奈子ちゃんはずっとあそこにいたのかもしれない。私は何も知らずに……砂奈子ちゃんがあんな酷い目に遭ってたことも知らなかったくせに、自分は十分苦しんだ、なんて思って。いつのまにか砂奈子ちゃんのこと忘れて……」

「当たり前ですよ。そんなことをひとりでウダウダ思い詰めてるから、幻を見ただけですって。ぜ・ん・ぶ、ミチルさんの気のせいですよ！」

伊月は力説したが、ミチルは力無く首を横に振った。

「あのね、ミチルさん！　そんなことばっか言うんなら！」

伊月が堪りかねて声を荒らげかけたとき、その腰から例の能天気な『おお牧場はみどり』が流れた。二人の間の空気が一瞬凍りつき、そしてミチルがプッと吹き出す。

伊月は慌ててジーンズのポケットからスマートホンを取り出した。

「もしもし……あ？　筧かよ？　何だよお前……ああ、俺？　うん、ちょっと今K市に来てて。何でもいいだろ！　え？　ホントかよ！　……で？」

何やら突然興奮した様子で電話を握りしめ、猫背になった伊月を、ミチルは不思議そうに見つめる。

「おう。……いや、どのみちそっちに行こうと思ってたんだ。ああ。わかった。ミチルさんも一緒だぜ。……え？　馬鹿、そんなんじゃねえ。とにかく……うん。そうする。じゃあな」

スマートホンをジーンズに捻じ込んだ伊月は、すっくと立ち上がった。ミチルは驚いて、ただ大きく目を見張ってその顔を見上げる。

伊月はミチルを見下ろし、きっぱりと言った。

「出かけましょう。とっとと用意してください」

「え？　出かけるって……どこに？」

「大学ですよ。俺とミチルさんで、ほかにどこへ出かけるんです」

「そりゃそうだけど……。こんな時間から何しに行くのよ？」

どこか怯えすら漂わせた不安げな顔で、ミチルが訊ねる。急に自分が年上になったような気分で、伊月は言った。

「俺と一緒に見に行くんですよ。本当にあの駐車場に、砂奈子ちゃんの幽霊がいるのかどうか」

「……だって、伊月君、その手の怖い話、全然駄目だっていつも言ってるじゃない。

さっきも……」

「それでも。俺は都筑先生に、ミチルさんの相談に乗ってやれって言われてんですからね。ここは一発、男を上げとかないと」

ここまで強い態度に伊月が出られるのは、彼がまだ、ミチルの言うことをすべて信じてはいないからだ。

(きっとミチルさんは、昔の記憶があんまり強烈すぎて、砂奈子の幻を作っちまってるんだ。とっととそれに気づかせてやるのが、きっと都筑先生が期待してる、俺の仕事だよな)

そんなふうに、伊月は思っていたのである。

「いつまでも怖いって家に籠ってても、何も片づかないでしょう。そんなの、ミチルさんらしくないっすよ。それにさっきの電話、筧からで、砂奈子ちゃんの轢き逃げ事件のことで、情報が入ったから会おうって言ってるんです。もう、一緒に飲む約束しちまったから、早く行かねえと」

ミチルはしばらく呆けたような顔で伊月の尖った顎を見上げていたが、やがて、ほう、と深い息をついて苦笑した。

「わかったわよ。……ありがとう、勤務時間とプライベートを削ってまで、私につき合ってくれて」

伊月もニヤリと笑って、ミチルの腕を引っ張って立たせる。

「どういたしまして。教授命令ですからね。あ、何だったら、いつか恩返ししてくださいよ。十一《とい》の利子で」

「……それは強欲過ぎ。ねえ、着替えるから外へ出てて。っていうか、何とかして、マンションの外に出て！」

ミチルに言われて、伊月は、ここが男子禁制マンションであったことをはたと思い出す。

「そんなこと言われたって。エントランス通ると、まずいんすよね……？」

「まずいわね。きっともう、管理人さんが戻ってるわ」

「……仕方ねえ」

窓の際に歩み寄った伊月は、ベランダに通じる窓をガラリと開けた。

ミチルは両手を腰に当て、訝しげに伊月を見た。

「飛び降りるの？」

「まさか。いくら二階でも、御免被りますよ。雨樋《あまどい》を伝うんです。昔打った衣笠《きぬがさ》、って奴で、高校の授業抜け出すときに、よくやりましたからね。ご心配なく。靴持って来てください！」

そう言ってベランダに出ると、伊月は、まるで猿のような身軽さで、手摺りを乗り越え、細い雨樋に器用に両足をかけてするすると下りていく。

「へえ。だけど、それを言うなら、『昔取った杵柄《きねづか》』だわよ。しかもネタが古すぎる」

感心してそれを見送ったミチルは、散らかったままのテーブルを見下ろし、もう一度溜め息をついた。

本当はさっと片づけるべきなのだろうが、このひとりの部屋に「誰か」がいた痕跡を残しておくのも悪くない。そう思うほど弱気になっている自分に、彼女は苦笑するしかない。

都筑も伊月も、心配性を通り越して、もはやお節介の域にさしかかっているのだが、今のミチルには、それが嬉しかった。

たとえ、伊月がミチルの本当の心の闇を理解していないとしても、少なくとも、その重い荷物を少しなりと持ってくれようとする彼の心意気は、この上なく有り難かったのである。

（砂奈子ちゃん……。私、行くよ。砂奈子ちゃんにもう一度、会いに行く。だけど、私はどうしたらいい……？）

伊月の開け放っていった窓を閉め、夕闇迫る空を見ながら、ミチルは心の中で呟いた。

「どうしたら……許してくれる……？」

静まりかえった部屋には、もう答える者はない。ミチルはきゅっと唇を噛み、そして勢いよく、クローゼットを開いた……。

間奏　飯食う人々　その四

伊月とミチルがＪＲのＴ駅に着いた時にはもう、夜の七時を過ぎていた。

電車を降りてから、伊月は何も言わずに、商店街を通る南側の道へと足を向けた。ミチルは何か言いたげに、しかし結局黙って伊月に従った。

駅から大学まで十分あまりの道すがら、二人はほとんど無言のままだった。電車の中では他愛ない話で盛り上がっていても、やはり大学が近くなるほどにミチルが明らかに緊張し始めたのが、伊月には手に取るように感じられた。

大学の表門近くまできてやっと、ミチルは口を開いた。

「そういえば、筧君は？」

「八時に、筧がよく行く居酒屋で待ち合わせることになってます。その前に……先に大学行ったほうがいいでしょう？」

「……うん」

ミチルは鈍く頷き、目の前にひときわ高くそびえ立つ基礎研究棟を見上げた。五階の正面向かっていちばん右のフロアが法医学教室である。もう、研究室にも実験室にも、明かりはともっていなかった。

「さすがの都筑先生も、帰っちゃったみたいね」

峯子や陽一郎には一応「定時」が設定されているので、だいたい五時には職場を去ってしまう。残りのメンバーは思い思いの時間に職場を去ればいいわけだが、お互いにいちばん先に帰るのを何となく嫌い、だいたい六時から七時の間に、団子のように連なって帰宅することになるのが常である。

ただ都筑だけは、職場で生活しているのではないかと思うほどに、職場における滞在時間が長いのだ。

たまに学会前などで休日出勤したミチルが、テレビをつけ、おやつを食べながら仕事をしていると、突然教授室の扉が開いてニヤニヤ笑いを浮かべた都筑教授が登場する……などというのが、決して稀なことではないから怖い。

「どっかに潜んで、俺たちを見てたりしてね」

「まさか」

伊月の冗談に、強張った顔をしていたミチルも、やっと小さな笑顔を見せた。

基礎研究棟の前を素通りして、解剖棟に向かう。駐車場が見えてくる寸前のところで、ミチルは唐突に足を止めた。

「……どうしたんですか？」

「ごめん。ちょっとだけ待って」

切り口上でそう言い、ミチルは硬い表情で俯いて、深い息を吐いた。

伊月も、幽霊など信じない、と固く念じながらもどこか引きつった顔つきで、しかしミチルを励ますように明るい声を出す。

「大丈夫ですよ。俺は幽霊なんて信じないし、絶対ミチルさんの気のせいだって思ってるんだから」

「……私も、そうだといいと思うわ」

ミチルは小さく肩を竦め、もう一度深呼吸してから、顔を上げた。

「いっちょ、行ってみますか」

伊月の軽い調子の言葉に、ミチルはぎこちなく笑って頷く。そこで二人は、基礎研究棟の一階入り口へ続く短いスロープ……つまり、駐車場を見渡すのに最適の場所へと、ゆっくり足を運んだ。

まるでタイミングをはかったように、彼らは入り口の硝子戸の前まで到達し、同時に右側を……つまり解剖室の遺体搬入口から駐車場全体が視界に入ってくる方向を見る。

駐車場には、外灯が一本もない。事務方の職員専用のスペースなので、夜遅くまで駐車する必要は、本来ないはずだからだ。

実際、昼間はほぼすべて埋まっている広い駐車スペースには、今はもう数台がぽつんぽつんと残っているだけだった。それらは基礎研究棟から漏れる光と少し離れた外灯の灯りで、ほの暗く照らされている。

「…………」

ミチルは、ただ黙って伊月の傍らに立ち、駐車場の一ヵ所を凝視していた。

遺体搬入口と、彼らの正面いちばん奥にあるＲＩ実験棟の入り口を結ぶ直線の中間あたり。

その本来何もないはずの空間のただ一点に、ミチルの瞳は確かに焦点を結んでいた。

ミチルの震える唇が、言葉を吐き出そうとしたとき、彼女の頭の斜め左上から、掠れた呟きが漏れた。

「俺……見えてますよ」

語尾が、隠しようもなく震えている。ミチルは、伊月の顔を見なくても、その声から表情を容易に想像することができた。

伊月の動揺が、何故かミチルを冷静にしたようだった。彼女は、静かに頷いた。

「私も……見てる」

何を、と言わなくても、伊月には、自分がミチルと同じ「もの」を見ているのだとわかっていた。

本当は何もないはず、誰もいないはずのそこには、ぼんやりとそれ自体が青白い光を放つ、一つの人影があった。

それは、一人の小柄な少女だった。年の頃は、七つか八つか……そのくらいに見える。

伊月には、それがこの世のものではないことが即座にわかった。

いわゆる「幽霊」を見るのは、もちろん初めてのことだ。だが、目の前の少女の存在感の薄さは、尋常ではない。

少女がそこにいると感じているのは、伊月の五感、いや六感のうち、視覚だけなのだ。それも、遠くのスクリーンに映った映像でも見ているような感じで。

そして第六感は、少女がここにいてはいけないものだと、ほかのどの感覚より鋭く強い警戒信号を放っている。

これは確かにここにいるのに、本当はいないはずのものだと。

(じゃあ……こいつが、そうだってのか?)

伊月の心の声に答えるように、ミチルが微かな声でその名を呼ぶ。

「……砂奈子ちゃん……」

たっぷりした白いオーバーコートは少女の足首まで届き、まるでコートに着られているようだ。襟から伸びる首は細く、小さな顔は、サラサラした肩までの真っ直ぐな髪に縁取られている。

(じゃあ、俺が今見てるのは……本当に、中西砂奈子の幽霊ってことか。だけど幽霊って、こんなにはっきり見えてていいものなのか……?)

少女の子供らしく丸みを帯びた頬には血の気がなく、唇は、何かを堪えるようにギュッと噛みしめられている。そして、その落ちそうに大きな二重の瞳は、瞬きすら忘れたように、じっとこちらを見ている。

(いや……俺じゃねえ)

伊月は、背中に冷たい汗が流れるのを感じつつ、その視線を追った。微動だにしない、まるで一本のピアノ線のような少女の眼差しは、真っ直ぐミチルに突き刺さっていた。
ミチルは、じっと少女……砂奈子を見つめたまま、伊月に問いかけた。
「見えてるんだ、伊月君にも……」
伊月は、それには答えなかった。ただ、眼前の信じがたい光景に、裂けんばかりに
その切れ長の目を見開いているばかりである。
「砂奈子ちゃん……。私、どうしたらいいの……?」
ミチルは、スロープの手すりに縋るように身を乗り出し、砂奈子に語りかけた。し
かし、砂奈子の冷たい瞳は、ただミチルを見据えるばかりで、その表情は微動だにし
ない。
「教えてよ……」
ミチルの声は、囁くように微かだった。しかし、声は心の動きをダイレクトに表す
ように、細かな震えを帯びている。
「許してなんて言う資格はないかもしれない。だけど……だからせめて、どうしたら
砂奈子ちゃんが眠れるのか……教えて」
伊月はごくりと唾を飲んだ。砂奈子の反応に、全身の神経を集中させる。握りこん
だ手のひらが、じっとりと湿っていた。

——……。

砂奈子は、一言も発しなかった。顔にぴったりと張り付いた能面のように、その表情も、やはり動かない。

ただ、その細い腕が、いかにも重そうに持ち上げられ……袖口から覗いた小さな手が、ゆっくりとミチルを差し招くような動きをした。細い指が、まるで節足動物の足のように、規則正しくしなやかな動きを見せる。

「砂奈子ちゃん……」

ミチルの身体が、ふらりと動いた。手すりの上に置かれていた手が滑る。彼女は、スロープを下り、砂奈子のもとへ行こうとしているのだ。

それに気づいたとき、伊月は反射的に行動していた。何も考える暇はなかった。ただ、離れていこうとするミチルの手首を鷲掴《わしづか》みにするなり、研究棟の中へ彼女を引っ張り込んだのである。

「え……伊月君?」

ミチルは驚いて、しかし咄嗟のことに伊月の手を振り払うこともできず、煌々《こうこう》と灯りのついた廊下へと引きずられていく。

しかし、さすがに正面入り口へ向かう廊下の中程で、ミチルは両足を突っ張るようにして伊月の足を止めた。

「待って！　砂奈子ちゃん、私のこと、呼んでた。伊月君も見たでしょう？　行かなきゃ」

やっと伊月の手を振りほどき、踵《きびす》を返そうとしたミチルの肩を、伊月は後ろから摑んで止めた。

「駄目です！」

驚くほど鋭い声に、ミチルも思わずビクッとして立ち止まる。

「……どうして、伊月君……」

「わかるわけないじゃないですか、そんなの！」

伊月は、もう一度ミチルの手首をしっかりと摑むと、青ざめた顔で彼女を睨みつけた。

「だけど、駄目です。今は行っちゃいけないって、俺が思うから。だから駄目なんです！」

「今は……って……」

途方に暮れた顔で、伊月と、それから砂奈子のいたほうを見比べるミチルに、伊月は強い口調で言った。

「俺……俺、今、滅茶苦茶ビビってんですよ」

「……うん」

「信じないって言ってんのにあんなもん見せられて、俺、頭グルグルなんです。だって……見ちまった。解剖記録にあったのと同じ服着て、たぶん同じ顔で。信じないわけにいかないじゃないですか！」

ミチルは、戸惑いつつも頷く。伊月は、動揺を露わにしつつも、必死で言葉を探して言葉を継いだ。

「信じたくねえけど……でも。いや、あの子に関してだけは信じなきゃ仕方ねえし。だけどミチルさん、今は行っちゃ駄目です」

「……どうして？」

「何故だか今は、あの子に近づいちゃいけないような気がする。上手くは言えねえけど、俺たち、もっと考えないと。……あの子のために何ができるかとか、あの子が何をしてほしがってるとか、どうすることが正しいのか、とか。もっともっと、ちゃんと考えてからでねえと、ただミチルさんがあっちに連れてかれちまうだけのような気がして、俺」

「伊月君……」

ミチルは、むしろ呆気にとられたような顔で、伊月をつくづくと見た。

「『俺たち』って、一緒に考えてくれるつもりなの？　それに、本当に砂奈子ちゃんのこと、信じてくれるの……？」

「だって……仕方ないでしょう」

伊月は、ミチルの手首から手を離し、ふてくされたように言った。

「俺はね、てめえの目で確かめたものは、無条件に信じることにしてるんです。さっき見たのは中西砂奈子だ。事実に嘘をついたって仕方ない。……それにここまで来て、怖いからって逃げたんじゃ、俺、男じゃねえし。怖くったって、最後まで見届けたいってくらいの好奇心はあるし……それに……」

ちょっと照れ臭そうに明後日の方向を向いて、伊月はボソリと言った。

「それに、まあ、姉ちゃん格のミチルさんをほっとくわけにもいかねえでしょ」

それを聞いたミチルは目を丸くし、それから、やっと現実に戻ったような微苦笑を浮かべて言った。

「……ありがとう」

伊月も、照れ臭そうに後頭部をガシガシと掻き、それに答える。

「どういたしまして。そういうわけだから、とにかく今日んところは、俺の勘の言うことを聞いてやってくださいよ」

「……わかった」

ミチルは素直に頷き、腕時計を見るなり、「大変！」と言った。

「もうすぐ八時よ。筧君待たせちゃう」

「え？　もうそんな時間か！」

伊月も慌《あわ》てたように自分の時計を確かめる。

「と……とにかく、店へ行きましょう。筧が話したいことがあるらしいし。それに、ちょっと何か食って落ち着かないと、俺たち」

「そうね」

ミチルも、それには深く頷いて同意を示した。

そこで二人は、とにもかくにも大学を後にし、筧と待ち合わせた居酒屋へと急いだのだった。

「あー、悪い、また待たせちまった」

ひとり、掘り炬燵《ごたつ》の席に手持ち無沙汰な様子で待っていた筧に、伊月は両手を合わせて詫びた。ミチルも、ぺこりと頭を下げる。

「ごめんなさいね。ちょっと……大学に行ってたものだから」

「いや、早く来てしまうんは、僕の性分ですし。気にせんといてください」

伊月とミチルは、待ち合わせ時間に五分遅れただけなのだが、筧のほうは随分前から来ていたらしい。氷が半分ほど溶けてしまったグラスの水に、それが窺われる。

伊月は筧の隣に座り、ミチルは向かいに一人で、という配置で席に収まると、従業員がさっそく水と大判のメニューを持ってやってきた。とりあえず飲み物のオーダーだけを受け、従業員はさっさと行ってしまう。

「二人とも、飯、まだですやんね？　何にします？」

筧は伊月とミチルにメニューを見せたが、二人ともどこかげんなりした様子で、筧に任せる、と異口同音に答えた。

「……どうかしはったんですか？」

筧は、きょとんと大きな目を瞬いた。

「そういや、なんか二人とも顔色悪いし。大学で、何か……あ。まさか、砂奈子ちゃんのことで何か？」

その名を筧の口から聞いて、ミチルはギョッとした様子で硬直し、そして伊月をジロリと睨んだ。

「さっきはつい聞き流しちゃったけど、伊月君ったら、洗いざらい筧君に喋ったんだ！　なるほど。こんなところまで、あんたたちって、とことん一心同体なわけね」

「いや……その、一人で動くのもちょっとあれだったんで。筧に、警察方面の情報も貰えると便利じゃないですか！　俺はその辺も考慮して」

「ああはいはい、わかりました。感謝してますって」

慌てて言い訳を始めた伊月を遮り、ミチルは苦笑しつつ、筧に向かって、今度は深く頭を下げた。

「ごめんなさい、筧君にも迷惑かけて。私の大昔の話につきあわせちゃって、本当に申し訳ないわ」

「いや、そんなん……やめてください」

筧は狼狽えて、両手をブンブン振り、ミチルに頭を上げさせる。

「僕が、タカちゃんのこと手伝いたいて言うたんです。伏野先生はタカちゃんの姉さんみたいなもんやから、それやったら僕にとってもそうやって。えらい厚かましいですけど」

そう言って気のいい笑顔を見せる筧に、ミチルはしみじみと安堵した気分になった。

結局、筧の希望で、三人の夕食は、寄せ鍋と決まった。

当初は食欲などなかったミチルと伊月も、いざ大皿一杯に盛られた野菜や肉を見ると、何となく現実世界に戻ってきたような気がしてきた。たとえて言えば、半分「向こう側」に引っ張られていた魂が戻ってきた、という感じだろうか。

驚いたことに、鍋に関していちばん几帳面なのは、ほかでもない筧であった。

「あああ、タカちゃん、そんなもんから入れたらアカンねん！　出汁が沸騰してから、まずは蛤《はまぐり》。それから、ええ味の出る肉とかネギとか入れるんや！」

いわゆる典型的な鍋奉行という奴で、ほかの二人には決して、鍋に触らせようとしない。

伊月はタラバガニの足を持ち、ブラブラ振り回しながら文句を言った。

「おい、筧！　俺は、蟹食いてえんだってば。蟹、蟹！」

「まだやって！　蟹は、火の通りが早いから、肉と野菜に火が通ったところで入れても間に合うねん。せやないと、バサバサになってまう」

ふだんは伊月の言うことなら大概何でも受け入れてしまう筧が、頑として蟹投入を拒否するのがおかしくて、ミチルはクスクス笑って言った。

「蟹でも何でもいいけど、早く食べたい！」

蟹を諦め、薬味を取り分けていた伊月は、そんなミチルに呆れたような目を向ける。

「ミチルさん、気づけばいちばん何にもしてねえじゃないですか、唯一の女性メンバーなのに！」

「……ホンマやな」

伊月と筧も顔を見合わせて吹き出し、三人は、やっと陽気な気持ちで……というか、死ぬほど努力してテンションを上げた状態で、食卓を囲むことができたのだった。


「はー、もう満腹。動けない……」

「俺も……」

「僕もや」

具のエキスが染みだして、いい具合に煮詰まった汁でうどんと餅まで平らげた三人は、口々に満足の言葉を口にし、座椅子の背もたれにグッタリともたれかかった。

「タカちゃんが調子に乗って蟹の追加なんかするから、滅茶苦茶食い過ぎたわ、僕」

「注文した俺よりたくさん食ったくせに、何言ってやがんだよ」

気怠く罵り合う伊月と筧を見て、ミチルは苦笑しつつ、背もたれから身を起こした。テーブルに両肘をつき、筧の顔を覗き込む。

「それはそうと……。筧君、私たちに何か話したいことがあったんじゃないの？」

「あ、そうです。とりあえず二人とも元気なかったし、飯食うてからのほうがええと思うて」

筧ははっと顔を引き締め、自分も身を乗り出した。伊月だけが、ダラリと背もたれに身体を預けた格好で、顔だけを筧に向けた。

「何だよ？　スマホで話したときも勿体つけやがって」

「うん。昼間、タカちゃんに会うてから、僕、署に戻ったんやんか。そしたら、昨日の轢き逃げ犯、捕まったらしいで、って聞いてなあ」

「へえ。えらく早かったな」

伊月が、あまり興味なさそうに口を挟む。筧は、うん、と頷いて先を続けた。

「たまたまあの後、あの道ぞいのコンビニの店員に、目撃証言聞けてん。凄いスピードで走ってきた自動車が、赤信号でちょっと減速してんけど、そのまままたスピード上げて行ってしもうたのを見た、って。そんでちょっと変やと思ったから、咄嗟にナンバープレートのナンバーの一部を覚えててくれたんや。車が好きな人やったらしくて、車種もちゃんとフォローしててくれてんな。せやし、足がすぐついたらしいわ」

ふうん、とミチルは頬杖をついて感心したように言った。

「それはラッキーだったわね。っていうか、さすがT署っていうべきかな。……そうか、私は今日お休みしちゃったし、伊月君も」

「あわわ、ああ、そうそう！　俺もちょっと出てたから、都筑先生とあんまり喋ってなくて。だから、聞いてねえんだな、容疑者逮捕のこと！」

伊月は、ミチルの言葉を大慌てで遮り、まくしたてた。ミチルに、伊月が彼女の部屋を一人で訪れていたことなど筧に喋られては、どう誤解されるかわかったものではないと恐れたのだ。

「え？　あ……うん。そういえばタカちゃん、さっき電話したとき、伏野先生と一緒やってんやんな。K市で何か……」

わけのわからない筧は、不思議そうに腕組みして首を捻る。伊月は、思わずテーブルをバンと叩いて声を荒らげた。

「何でもねえよ、仕事だ、仕事！　それより、その犯人が捕まったのがどうしたよ？　わざわざそんなこと、俺たちに教えてくれなくったって、明日、都筑先生から聞けるじゃねえか」

「あ、ううん、違うんや。たぶん、都筑先生の耳にも、この話はまだ入ってへんと思うねん。まだ逮捕したばっかしで、ある程度調べが進んでから、主任がちゃんと連絡すると思うから……。明日か明後日か、それくらいやと思う」

伊月は、なお不審げに鼻を鳴らす。

「ふん？　けど、そんな情報、教授より先に教えてもらっても、あんまり嬉しくもねえぞ？」

ミチルも、口には出さないが、同じことを考えているらしく、瞬きで頷く。

「もう……タカちゃん、短気であかんわ。最後まで聞いてや」

珍しく憤慨したような顔つきで、筧は伊月を軽く睨み、そして、ミチルのほうへ向き直った。

「そんで。……すいません、僕が今から言うこと、交通課の人から又聞きしたことなんで、全然確かやないんです。それは最初に謝っときます。せやけど何か気になって、二人に早よ話しとうて……」

訥々《とつとつ》と語る筧の真面目くさった顔に、さすがの伊月もそれ以上何も言わず、耳を傾けている。ミチルも、頬杖の手を外し、じっと筧の彫りの深い顔を見た。

「何？ 私と伊月君に、そんなに急いで話すようなことって」

「……あのですね」

筧は居住まいを正し、ただでさえ低い声を、さらに低めて小さな声で言った。

「その容疑者、とある大学の理学部講師らしくて……けっこう年いった男なんですけど、車を押さえられたんで、素直に犯行は認めてるらしいんですわ。人轢いたんも気がついたけど、そのまま行ってしもたって」

「……うん。それで？」

「それはええんですけど……いや、全然ようはないんですけど、どうも前にもやってたらしいんですわ、その男」

それを聞いたミチルは、怪訝そうに眉を顰める。

「前にも？」

「はあ。法律もよく知ってる男らしゅうて、もう時効やから教えたる、って言うて、若い頃……何十年も前に、偶然同じ場所で女の子を撥ねたけど、捕まらへんかったんやで、って話をしてるらしいんですわ」

「……！」

「何だって？」

ミチルも伊月も、さっと全身に緊張を走らせる。ミチルは、強張った顔で、筧を見た。

「それって……どういうこと……？　女の子を同じ場所で撥ねたって……それはいったい」

筧は、太い眉根をギュッと寄せ、困ったように大きな口をさらに引き伸ばし、首を振った。

「すいません。ホンマに確かな話違うんです。そんな思い詰めんといてくださいよ。それに、その話してくれた交通課の人も、直接容疑者と話したわけやのうて、同僚に聞いた話を何かのついでにうちで喋っていきはっただけなんです」

「それはいいから、どういうことかもっと詳しく言えよ！　それってまさか、中西砂奈子のことなのか？　あの子を轢き逃げした奴《やつ》と同じ人間だってのか？」

伊月に詰め寄られ、筧は深い溜め息をついて、情けない顔をした。

「だから、ごめんて。それだけしか聞けへんかってん。だけど、必ずもっと詳しい話が、近いうちに都筑先生のところへ行くはずやから。そういう話があるって前もって知ってたら、聞き漏らしがなくてええかなあと思て……それで僕……」

だんだん声がフェードアウトしていくにつれて、筧の大きな背中も、しゅんと萎れていく。ミチルは慌てて腕を伸ばし、その肩を慰めるように撫でた。

「ちょっと……。そんなに落ち込まないで。教えてくれて嬉しかったわ。ほんとよ」

「でも……もしかして、全然別件やったら、ほんまにすいません」

筧はますます申し訳なさそうに、シュンと項垂れる。ミチルは、困ってしまって、伊月を非難するように見た。

「それでも、よ。気にしてくれて、本当に嬉しいと思ってるんだから。お願いだから、そんなにしょげないでよ。……ね、伊月君！」

何とかしなさいよ、とミチルに目で言われて、伊月は渋々、筧の背中を叩く。

「おい、マジで助かったぜ。その情報があれば、明日、都筑先生にカマかけられるしな」

「……役に立ちそうか？」

筧は不安げに伊月の顔を横目気味に見る。まるで主人に怒られて自信を喪失した飼い犬のような、哀れっぽい様子である。

「ああ、立つ立つ。たぶんな」

伊月はやけっぱちのフレンドリーな笑顔でそう言ってやった。途端に、筧の顔がパッと明るくなる。

「そっか。それやったらよかったわー。勢いづいて二人を呼んでしもてんけど、後から、こんな不確かな話でもええんかなあってずっと思っててん」

「大丈夫だよ、どんな話だって、聞けりゃあ収穫だ」

伊月の言葉に、ミチルも大きく頷く。ようやく安堵した様子の筧をよそに、伊月はボソリと呟いた。

「でも、それが本当だとしたら、怖い偶然だよなあ……」

ミチルも小さく頷く。

「そんな偶然、まるで昼ドラみたい。……だけど、とにかく確実な情報がほしいわ。明日、都筑先生にそれとなく訊いてみましょう」

そんなミチルの言葉に、伊月と筧も深く頷いたのだった……。

五章　夜はいつか明けるから

1

翌朝。

通常どおり、午前九時半を少し回って伊月が教室に来ると、またもや教授室の扉は閉ざされていた。

「おはようございます」

昨日の朝、伊月に酷い態度をとられたことが尾を引いているのか、峯子の声は極めて素っ気ない。いつもの笑顔の代わりに仏頂面で朝の挨拶をされ、伊月は面食らって大きく一つ、瞬きをした。

「おはようさん。……もしかして怒ってる、ネコちゃん」

「……べつに」

返事とは裏腹に、峯子はツンと唇を尖らせ、伊月と目を合わせようとしない。

「あ……あのさあ、悪い。昨日は俺、寝不足でちょいと不機嫌だったんだよ。ごめんな、な、な！」

伊月は慌てて峯子の机の脇に回り込み、長身を屈めて両手を胸の前で合わせた。

「知りません」

つーんとそっぽを向いてしまうそのぷっくりした頰を見ながら、伊月は情けなく眉尻を下げ、まるで神社でご神体でも拝むように手を打ち合わせた。

「ホントにごめんって。そうだ、今度、メシ奢るから。フレンチでもイタリアンでも、ご希望の奴をさ。だから機嫌直してくれよ。頼むよ、ネコちゃん」

伊月が無条件に下手に出ているのは、やはり昨日の朝の自分の態度があまりに理不尽だったことを、嫌と言うほど自覚しているからだろう。

峯子は仕方なく、わざとらしい溜め息で和解してやることにした。

「もういいです。半分虐《いじ》めてみたくて、怒ってただけですもん。でも、ご飯奢ってくれるのはホントだよ。ホント？」

「ホントだよ。マジで悪かった」

「じゃあ、許してあげる。……教授室、今、伏野先生が入ってますにゃ」

あっさりといつもの笑顔に戻り、峯子は手の中でボールペンを器用に回しながら言った。伊月は目を丸くする。

「ミチルさんが？　いつから？」

「ついさっき。警察の方がお見えになったから。伊月先生も、来たら覗いて、って言ってましたけど、何かやらかしたんですか？」

「まさか。俺じゃねえよ」

伊月は笑いながら、教授室の扉をノックし、中に入った。

「……失礼しまーす」

空き巣でも入ったように物が散乱した教授室のど真ん中には、接客用のテーブルがある。ソファーの片側には都筑とミチルが並んで腰掛けており、反対側のソファーには、出動服姿の警察官……T署交通課の主任が座っていた。

「ああ、おはようさん、伊月先生」

「おはよ、伊月君」

「これはおはようございます、先生」

皆一斉に話を中断して、入ってきた伊月のほうを見る。

「おはようございます。……俺もいていいんですかね？」

伊月が朝の挨拶とともにそう訊ねると、都筑はいつもの眠ったような笑顔で、主任の隣を指さした。

「副執刀医がおらんかったら話にならんやんか。はよそこに座り。昨日の事件のことで見えられたんや」

（ああ……轢き逃げ事件のことか。早速だな）

伊月は、ソファーに腰を下ろしつつ、ちらりと向かいにいるミチルの顔を見た。ミチルは口の端で、ちょっと笑ってみせる。

（筧の言ったとおりだな）

伊月も素早いウインクでミチルに答え、主任の隣に浅く腰掛けた。

主任は、今朝は少しさっぱりした……洗い上がったジャガイモのような顔をほころばせ、少し得意げに伊月に言った。

「実はですね、先生。おかげさまで、早々と容疑者逮捕にこぎつけまして」

「はあ……」

向こうからミチルがこっそり目配せしてきた。せっかく、主任が気分良く報告に来ているのだ。すでに筧から聞いて知っていることは言うな、と、ミチルの目が何より雄弁にそう言っている。

（わかってますって）

伊月は愛想の良い笑顔を主任に向け、いかにも感心したように言った。

「えらく早いっすね。何か、決め手でもあったんですか？」

主任は、ニコニコと頷く。

「さっきも先生方にお話ししとったんですがね、近くのコンビニの店員から、決定的に重要な目撃証言を得ましてねえ。犯行後容疑者が、交差点で赤信号を無視して突っ走っていったんを、カウンターから見ててくれたんですわ。今時の大学生は、車に詳しいですな。ちょっと見ただけで車種とカラーと、それからナンバープレートの番号を二つ三つ覚えとってくれて」

都筑はもちろん、ミチルと伊月も、まるでそれが初めて聞く話であるかのように、うんうんと身を乗り出して聞く。主任は、調子よく話を続けた。

「そうなると、車両を割り出すのもそう難しくはありませんで。昨日の午後、容疑者の職場で当該車両と本人の身柄の両方を確保致しました！」

「素晴らしい！　さすがやなあ」

都筑が打てば響くように、相槌と賛辞を挟む。

「そして、車両に血痕及び人体組織の一部とおぼしき物を発見いたしまして。まあその個人識別をお願いしたいところなんですわ……できれば、そのぅ」

主任はそう言って、都筑を探るような目つきで見た。どうやら、その血痕及び組織片が被害者のものであるかどうかを鑑定してほしい、というのが、今朝の訪問の第一の目的らしい。そして、主任の目つきは、それがかなり「超特急の依頼」であることを告げている。

都筑はミチルと伊月を見て訊ねた。

「どうや？　これからサンプルを取りに署のほうまで君ら行って、早速タイピングしてあげたら。血液型は清田さんか森君に頼むとして……。あれやろ、被害者の血液はあるんやろ？」

「ええ、取ってあります。今日のうちにサンプルを頂いてＤＮＡを抽出すれば、週明けすぐにタイピングに取りかかれます。ああ、必要なら、べつに休日出勤しても構いませんけど」

ミチルは早口に答え、主任を見た。

「あの、それで容疑者は？　容疑者はどんなこと言ってるんですか？」

やはり、昨日の筧の話の裏付けを取らずにはいられないらしく、自然と口調も目つきも鋭くなってしまっている。

だが主任は、そんなことにはまったく気づかぬ様子で、ええ、と嬉しそうに答えた。

「まあ、車両を押さえられたのが効いたのか、素直に自供しとります。今も、取り調べ中ですがね。昨日のうちに、あらかた話は聞けましたよ」

「どんな話を？」

伊月も、横からもっと詳細な話を催促する。

「はあ。まあ、言うなればすべてを認めたっちゅうことですね。だいたい時速八十キロくらいで走っとったもんで、カーブを曲がったところに被害者が寝とるのに気づいたんですが、よけきれんで轢いてしもうたと自供してます。そして、おそらくこらアカンと思ったんで、そのまま逃げたらしいですなあ。それをコンビニの店員に見られとったと、そういうことで」

「へえ……でも主任さん。被害者を轢いた車、ブレーキ痕がないって言ってましたよね？」

伊月の言葉に、上機嫌だった主任は、ちょっと怪訝そうに首を捻る。

「はあ、そうですな。ブレーキ痕は見られませんでしたわ」

伊月は、さりげなく話を自分たちの知りたいほうへ向けようと試みた。

「それって、えらく思い切りよくないですか？　普通の人間だったら、普通、爺さんが道路に寝てるのに気がついたら、間に合わなくても慌ててブレーキ踏みますよ。そう思いませんか？」

「そう、それですねん！」

主任は、我が意を得たりと、大きく頷いた。

「容疑者っちゅうのが、まあ素直なんですが、どうにもいけすかん野郎でねえ」

都筑は、主任の発言に思わず苦笑した。

「そらまた正直な」

「いや、そうかて先生。学校の先生っちゅうんは、みんなああいうふうに人を小馬鹿にしたような喋り方をするもんですかねえ。……あ、先生方も学校の先生ですわな。えらいすんません」

「学校の先生？　教師なんかいな、その容疑者は。ほな、学校で逮捕されたんか。剣呑《けんのん》やなあ」

都筑は、のんびりした口調で茶々を入れる。その様子は、容疑者の話を早く聞きたい伊月とミチルがイライラするのを楽しんでいるようにすら見えた。

「はあ。K大学理学部の講師ですわ。今、もう五十いくつですが、独身でマンションに一人で住んでましてね。『早く手を打とうと思ってたのに、女が来てたから夜は無理だった。今日も午前中講義があって、午後から車を処分するつもりだったのに、ぬかった』って平気な顔でそう言いよりました」

「…………」

ミチルは無言のまま、目で主任に先を促す。主任は、昨日の取り調べ中のことを思い出したのか、憤《いきどお》ったような顔つきになってまくし立てた。

「それがまたねえ、怖いことに、まだ話に続きがあるんですわ。そいつが供述中に、訊かれてもおらんうちから『前の時は上手くいったのになあ』って言うて、僕らの顔見て、にやあっと笑いまして」

「前の時？　どういうこっちゃそれは」

この予想外の言葉には、さしもの都筑も膝《ひざ》を乗り出す。

ここまでは昨日、筧に聞いて知っている。ここからが肝心なところなのだ。伊月とミチルは、はやる心を抑え、平静な顔を保つのに必死だった。

主任は、鬱陶《うっとう》しそうに顔を顰め、都筑の問いに答える。

「それがねえ、先生。前にも同じ場所で、轢き逃げをやらかしたと言うんですわ、そいつが。もう二十年ほど前のことらしいんですがね。女の子を轢いて逃げたけど、上手いことやったから捕まらんかったと、いけしゃあしゃあと言うんですな。僕らはもう、吃驚するやら呆れるやら」

「それ……本当のことなんですか？」

訊ねるミチルの声が、少し掠れている。期待と不安が入り交じったその表情に、伊月は自分まで息苦しいような気分になった。

「昨日それを聞いた時点では、こいつ何言うてんねんと思うとったんですがね。古い台帳を見てみたら、確かに二十一年前、同じ場所で女の子が轢き逃げされた事件があるんですわ。吃驚しましたねえ。それもお宮入りの奴で。僕らほら、そんな昔からいとる奴なんか誰もおらんでしょう。みんなでギャフン、ですわ。まあ、昨日聞けたんはそこまでで、続きはまた今日、詳しゅうに訊くつもりですがね」

主任は、ははは、と笑ったが、伊月もミチルも笑うどころではない。ミチルは、切羽詰まった顔で、主任に詰め寄った。

「それ……じゃあ、裏が取れたんですね！　誰だったんですか、その轢かれた女の子って」

「誰、て……まあ裏は取れましたけど、先生方にそれ言うても……」

「いいから教えてくださいっ！」

ミチルの両の拳は、膝の上でギュッと握りしめられている。一昨日の彼女の大爆発がまだ記憶に新しいせいか、主任はどこか腰が引けたような様子で、オタオタと胸ポケットからメモ帳を取り出した。

「はあ……まあそう言われるんやったら。ええと、そうそう。どうも、近くに住んでいた小学生らしいです。台帳によると、中西砂奈子という子ですな。この子は二十一年前の十二月、道路横断中に自動車に撥ねられて、ほとんど即死状態で死亡しとります」

(中西……砂奈子……！)

その名を耳にした瞬間、ミチルの全身が小さく震えた。

「……砂奈子……ああ……そうか」

都筑も、そこまで来て、その被害者の名前、中西砂奈子というのが、一昨日ミチルが語った「砂奈子ちゃん」であることに思い当たったのだろう。小さな目をパチパチさせ、ミチルと伊月を見る。だが彼が話しかけたのは、主任だった。

「同じ場所とはそらまあ、えらい偶然やな。ほんで、前の事件の時はその男、どうやって逃げ切ったんやろう」

主任は、三人の様子が何となくおかしいのに気づいたのか、どこか居心地悪そうに身じろぎして、さあ、と言った。

「何しろ古いお宮の資料ですから、詳しい記録は、物置を引っくり返さんと出てこんのですわ。処分されとる可能性もありますし。今、署のほうで捜してると思うんで、また詳しいことはおいおいわかってくるんと違いますか。本人の取り調べも進むでしょうし……」

「そっか。古い記録だもんなあ」

伊月は、思い詰めたような顔をして黙り込んでしまったミチルをちらりと見て、次に、都筑へと視線を移した。まるで子供が親の顔色を窺うような上目遣いで、都筑の顔を下から覗き込む。

目が合った瞬間、都筑は珍しく眉間に縦皺を寄せ、やや非難がましい目つきで伊月を見返した。しかし、やがて諦めたように、溜め息と共に肩を落とした。

「あー……あのね……。この事件、鑑定書が要るでしょうなあ」

主任は、思いもよらない質問をされ、目を丸くしつつも頷く。

「はあ。早々に起訴されることになると思いますんで、鑑定書は遅かれ早かれお願いすることになると思いますが？」

「うーん……それやったら……」

都筑は小さく咳払いし、わざとらしく忙《せわ》しい瞬きを繰り返しながらこう言った。

「是非とも、その昔の事件のことも知りたいもんやな。まあその、今回の事件には直接関係がなくても、容疑者についてよりたくさん情報があったほうが、鑑定書の書き方も変わってくるやろし」

「……はあ、そういうもんでしょうかねえ」

「うん。ほら、たとえば、容疑者は前の事件の時、上手いこと車を処分したわけやろ？ そしたらきっと今回も、同じ手段で逃げ切ろうと思うのが普通やん。それやったら、前の事件でそいつがやったことを知ったら、今回の事件を考察するのに、えらい参考になると思うんやなあ」

「はあはあ、なるほど……」

主任は、都筑の意図するところがわからないまま、相槌を打つ。

「どうかなあ、今からこの二人をそっちへ行かせるから、試料採取がてら、取り調べを見せたってもらわれへんかな」

「……は？」

主任は目を丸くする。ミチルと伊月も、吃驚して都筑の顔を見た。

「いや、今、ちょうど昔の事件のことを調べつつあるわけやろ？　その話、じかにこいつらの耳で聞かせてやってくれんかな、僕の代理で。僕が行ったらええねんけど、今日忙しゅうてな」

「……はあ。そら全然構いませんけど、わざわざ先生方にお越し願わんでも、あとで供述書をお持ちしますけど？」

「直接聞いたほうが、イメージ摑みやすいと思うんや」

主任はしきりに恐縮するが、都筑は彼らしくもなく、強硬に、ミチルと伊月に取り調べを見学させるよう主張した。

主任は、ちょっと困ったような顔で、しかしいかにも仕方なくという様子で頷いた。

「ほんならまあ、お言葉に甘えてご足労願いましょうか。伏野先生と……こちらの、ええと……」

「伊月先生と。若い者には何でも勉強や。頼みますわ」

「先生がそう言ってくれはるんやったら、お願いします。ほな、もうすぐ取り調べ始まる頃ですし、一緒に来られますか？」

主任は腰を浮かしながら、ミチルと伊月を見た。

「はいっ」

二人とも、即座に立ち上がる。

「ほな、行っといで」

都筑は、ニヤニヤとチェシャ猫のように怪しく笑いながら、二人に小さく手を振る。

「……先生」

ミチルは、何とも言えない顔で、そんな都筑を見た。

「ええから行ってきいな。その代わり、署で暴れたらアカンで」

「……はい。おとなしくしてます」

「そうしてや。試料のほうも、忘れんと、な」

「はい。必ず」

それでもまだ何か言いたげなミチルの顔を見て、都筑は机の上の書類を片づけながら、もそりと言った。

「なかなか悟れん状態のことを、『無明《むみょう》の闇《やみ》』て言うんや。君、知っとるか?」

「……知りません」

「そんな闇から抜けるのは大変やけど、抜けてみたらきっと、気持ちええんやろうな」

「そうですね。……行ってきます」

ミチルは都筑に小さな笑みを向けると、軽く一礼し、伊月と主任の後を追い、教授室を出た。

「ほな、車、駐車場に置いてきましたんで、ここまで回してきますわ。ちょっと待っとってください」

エレベーターで入り口まで降りたところで、主任はそう言い、駐車場のほうへ向かった。伊月とミチルは、二人だけ、入り口を出たところに取り残される。

伊月は薄曇りの空を見上げ、呟いた。

「都筑先生も、何考えてんだかなあ」

「たぶん……」

ミチルは手すりに寄りかかり、ふっと笑った。

「私に、自分で考えてトラウマを乗り越えろ、って言ってるんだと思うわ。そのために力を貸してくれてる。力を、っていうか、伊月君を貸してくれてるのかしら」

「あーあ、俺、猫の手並みの扱いかあ」

伊月もミチルの横に立ち、何の気なしに駐車場を見回した。

昨夜と違い、駐車場には、ほぼ満車に近い状態で自動車が停まっている。車種も色もてんでバラバラで、その雑然とした感じが、伊月を安堵させた。

だが……。

「……げ」

「あ……！」

伊月とミチルは、ほぼ同時に声を上げていた。

曇っているとはいえ、それなりに明るい朝の光の中、駐車したRV車とワゴン車の間に、小柄な少女の姿が見えたのである。

白くて長いコート、手に提げたピンク色のお稽古鞄、そして丸い顔……。見忘れることの決してできない、中西砂奈子の姿である。

昼の光の下にあるからか、その姿は、まるで普通の……その辺にいる子供のように見える。あの全身から放たれる微光が今は見えないからかもしれない。

「砂奈子ちゃん……」

ミチルの声に応えるように、砂奈子は相変わらず凍りついた表情のまま、手を差し上げ、ミチルを差し招いた。どうやら彼女は、そこから動けないようだ。

――幽霊は、場所に縛られるのです。ですから、常に同じ場所に現れる。テレビの心霊写真特集か何かで、霊能者がそんなことを言っていた。伊月はふと思い出す。

(そうか……。それで必ずあそこに立ってんだ)

昨夜とまったく同じ光景が明るい太陽の下で自分の目に映っている。その不思議な感覚に、伊月は呆然としてしまった。そうして本人は固まっている間にも、彼の第六感は相変わらず盛んに「逃げろ」と叫んでいる。

だがミチルは、砂奈子の姿を見つめながら、静かに言った。

「ねえ、伊月君。昨日言ってくれたわよね。……砂奈子ちゃんのためにどうすべきなのか、砂奈子ちゃんは何を求めてるのか、それを考えてから動け、って」

「……い……言いましたよ……」

昨夜と違い、気持ちが悪いほど冷静なミチルの口調に、伊月はかえって不安を覚えながらも頷く。

ミチルは、口の端に薄い微笑を浮かべて言った。

「……考えた」

「はい?」

「私、考えたよ。私にできること……。たぶん、私に砂奈子ちゃんがしてほしいこと」

ミチルの声は、不気味なほど落ち着いて、むしろどこか嬉しげな響きさえ帯びている。

伊月は思わず、ミチルのシャツの袖口を掴んでいた。その目は、砂奈子とミチルの間を忙しなく動き回る。

片方は……使いたくない言葉ではあるが「幽霊」、片方は確かにそこに存在して生きている「同僚」なのに、伊月の目は、双方を同じものとして……二人の人間として捉《とら》えてしまう。彼は、酷く混乱していた。

「ちょっ……ミチルさん。何考えてるか知りませんけど、俺は嫌な感じですよ」

「大丈夫」

ミチルはあくまで冷静に、自分の手で、袖口を力一杯握っている伊月の手を包んだ。温かい、血の通った人間の手だった。

「ミチルさん……」

「私がこれからすること、伊月君が見てて。間違ってても正しくても……見ててね。後で軽蔑しても、怒ってもいいから」

「何……するつもりですか」

ミチルの手が、そっと伊月の手を開かせる。伊月はされるがままに、ミチルから手を離した。

ミチルは伊月の問いには答えず、ゆっくりとスロープを下りた。

「ミチルさんっ！」

思わず引き留めようとする伊月を、ミチルは振り向きもせず、言葉だけで制止した。

「お願い。……ただ、見てて、伊月君」

「……んなこと……言ったって……」

伊月は、中途半端に伸ばしかけた手をそのままに、ただ顔を引きつらせてミチルの姿を追う。

ミチルはゆっくりと、砂奈子に歩み寄った。砂奈子はひたすら無表情に、近づいてくるミチルの姿を凝視している。

ミチルは砂奈子の前まで来ると、視線が同じになるように、すっとしゃがみ込んだ。

「砂奈子ちゃん……。私と一緒だったら、ここから動けるの？」

迷子の子供に問いかけるように、ミチルは優しく訊ねる。

——……。

砂奈子は声を出さずに、小さく頷いた。

ミチルは微笑して頷き返すと、記憶にあるのとまったく同じ、砂奈子の丸くて柔らかそうな頰を見ながら言った。

「私……あの時、砂奈子ちゃんのために、何もしてあげられなかった。私と会わなければ、砂奈子ちゃんは道路を渡ることもなかった。……きっと、車に撥ねられることもなかった」

砂奈子の幼い顔には、何の感情も浮かばない。ただ、マネキン人形のように、そこに立ち尽くしているばかりである。それでもミチルは、淡々と話し続けた。

「私がちゃんと事故のこと思い出せたら、砂奈子ちゃんはもっと早く見つかってたかも。あんな酷いこと、されなかったかも。……犯人だって、あの時に逮捕されてたかも。……そしたら、一昨日解剖されたあの男の人だって、轢かれて死なずに済んだ……かも」

まるで独白のように話し続けるミチルの声が、徐々に細かく震え始める。伊月は足音を忍ばせてスロープを下り、二人を黙って見守った。

「結局全部、私のせいなんだね。……ねえ、砂奈子ちゃんは私のこと……怒ってるよね。許してなんか、くれないよね」

――……。

砂奈子は、喉が詰まったようなミチルの声にも、答えはしなかった。しばらく唇を噛んでいたミチルは、ふうっと息を吐き、そして砂奈子の瞳をじっと見つめた。

「何もかも遅すぎたんだよね。……でも、やっと犯人見つかったんだ」

砂奈子の動かない硝子玉の瞳が、その時初めてキラリと光った。ミチルは、しっかりと頷く。

「私、会いに行くよ、砂奈子ちゃん。犯人に会いに行く。会ったからって何ができるわけじゃないけど、でも会ってみる」

そう言いながら、ミチルはゆっくりと立ち上がった。砂奈子のつぶらな瞳が、ミチルの動きを追いかける。小さな顎が仰向いた。

ミチルは、真面目な顔で、自分の左手を砂奈子に差し出した。

「砂奈子ちゃんも、犯人の顔、見たい……?」

砂奈子のギュッと噛みしめたままだった唇が、その問いを聞いた瞬間、ふっと緩んだ。小さなその唇は、何か言いたげに動き……。

「……げっ」

それまでひたすら沈黙を守っていた伊月は、思わず奇声を上げてしまった。

言葉で答える代わりに、砂奈子の痛々しいほど白く小さな手が、差し出されたミチルの手を、キュッと握ったのである。

まるでその目だけで心の動きをすべて伝えようとするように、砂奈子はじっとミチルの顔を見上げている。ミチルは、砂奈子と繋いだ手に、少し力を込めて言った。

「一緒に行こう、砂奈子ちゃん」

ミチルは、伊月のほうへ、小さく一歩踏み出した。砂奈子の足が、その時初めて、ミチルと共に一歩進む。

砂奈子とミチルは、しっかりと手を繋いで、伊月のほうへゆっくりと歩いてくる。

二対の目に見つめられて、伊月はただもう狼狽えるばかりだった。

「ミ……ミチルさん……。まさかその子、一緒に……」

ミチルは、幼い妹でも連れているかのように、砂奈子を見て微笑みながら言った。

「だって、私たち車で行くんでしょう？　だったら一緒に乗っていけばいいわ」

「……そんなあっさり……滅茶苦茶怖いこと言わないでくださいよ……」

伊月は半分涙目になって、ミチルに抗議する。

「どうして？」

「だ……だってですよ……。俺、幽霊の隣に座るのなんか……あ、そうか助手席に乗ればいいんだ！」

一瞬、浮上しようとした伊月であったが、次の瞬間、思わずヘナヘナと地面に座り込んだ。

駐車場のほうから滑り込んできた覆面パトカー。その助手席には、主任が座っていたのである。

「お待たせしました。おや、どないかしはりましたんですか、ええと、伊月先生」

車を降りた主任は、しゃがみ込んだ伊月を怪訝そうに見た。伊月は、両手で垂れ下がった前髪をグッと掻き上げ、主任のごつごつした顔を見上げて、縋るような口調で言った。

「……何でもないっす。あの……俺、助手席に乗ってもいいですかね」

いやいや、と主任は笑って首を振る。

「先生方には、安全のことを考慮して、後部座席に乗っていただくことにしとります。どうぞ、伏野先生とお二人で」

（二人じゃねえから、嫌がってんだよっ！）

伊月がヨロリと立ち上がると、主任はサービス満点に、後部座席の扉まで開けてくれる。

「ささ、どうぞ、伏野先生も」

平気な顔で主任はミチルに声をかけた。やはり、今のところ、砂奈子が見えるのは、ミチルと伊月だけらしい。

「あの……俺、安全でなくても全然いいんで、前に……」

「伊月君。……諦めて乗りなさい」

ミチルにぴしゃりとそう言われ、伊月はガックリと肩を落とした。

「……はい」

警察の人間の前で、幽霊と同席は嫌だと大騒ぎするわけにはいかない。伊月は泣きたいような気持ちで、ノソノソと後部座席に乗り込んだ。

すぐに、砂奈子と手を繋いだまま、右側からミチルが乗り込んできた。

「ぎゃっ」

我慢しようと思っていた伊月も、さも当然のように自分の横に座った砂奈子の姿に、思わず悲鳴を上げてしまう。

運転席でハンドルを握っている若い警察官も、助手席に乗り込んだばかりの主任も、吃驚して後部座席を振り返る。どちらにも、当然ながら砂奈子は見えていない様子だ。

「あ、何でも……ないっす」

伊月は慌てて作り笑いを浮かべ、両手を振った。

「もう取り調べ、始まっちゃうんでしょう。早く行きましょう」

ミチルも横から言葉を添える。そうですね、と頷き、主任は運転手に合図した。

若い警察官が、やや勢いよくアクセルを踏み込む。車は、正面玄関からT署へと、軽快に走り始めた。

伊月は、そろりと視線を右側に滑らせる。

ミチルは真っ直ぐ前を向いて座っており……そして自分とミチルの間には、ちょこんと砂奈子が腰掛けている。砂奈子の右手は、彼女の膝の上で、しっかりとミチルの左手と握り合わされている。

しかし、時折、車が揺れ、視覚的には砂奈子の左肩が伊月の右腕に触れているはずなのに、その感触がまったく感じられない。

いくら事件の経緯を知り、砂奈子の解剖結果について多くの情報を知っているといっても、生前の思い出を共有していない伊月には、ミチルほどには強く、彼女を感じられないのかもしれない。

（筧は……あいつには見えるのかな……）

伊月は、そんなことを考えて、何とか気を紛らわせようとした。だが、見えども実体のない、幻の少女の存在に、怯えずにはいられない。

主任も若い警察官も何も喋らず、ミチルもただ静かに前を向いている。

静まりかえった車内で、伊月はひとり、バクバクと激しく拍動する心臓を抱え、怖いくせにチラチラと横目で砂奈子の姿を見つつ、ただひたすら到着を心待ちにしていたのだった……。

2

T署に到着したミチルと伊月は、まずは事故車両から、個人識別用の試料を採取した。

鑑識が発見した血痕やごく小さな組織片を、カメラに収めてから、ガーゼで拭い取ったり、ピンセットでこそげたりして、小さな容器に個別に収めていく。砂奈子は少し離れた場所に佇み、無表情にそんな二人を見ていた。

二人とも、早く取り調べを見学したい気持ちでいっぱいだったが、せっかく自分たちを信用して送り出してくれた都筑教授を裏切るようなことはできない。

ミチルも伊月も、ただ黙々と作業を行った。


十分な試料を入手した後、二人は、取調室の隣の小部屋に通された。

主任は、若い警察官に指示して椅子を持ってこさせると、カーテンをジャッと引いた。わりに大きなその窓からは、取調室が丸見えだった。

伊月は思わず窓から自分の姿が見えないよう、長身を仰け反らせる。

そんな彼を見て、主任は楽しげに笑った。

「心配しはらんでも、先生。ドラマでようあるでしょう、向こうからは、先生の姿は見えませんで」

「……え？」

やっと気がついたように、伊月はポカンとした顔で主任を見る。まだ砂奈子としっかり手を繋いだままのミチルも、クスリと笑った。

「あ……そっか。マジックミラーって奴……」

「はい。完全防音でこっちの話し声も聞こえません。向こうの声は、スピーカーからこっちに入ってきますから」

主任は、笑いながら机の上の小型スピーカーを指さした。スイッチを入れると、なるほど、中にいる男たちの声が流れてきた。

「いくら何でも、取調室に入ってもらうっちゅうんはアレですから、ここで見学しとってください」

主任はそう言って、窓のほうを見た。

「すげえ……。初めて見た、本物なんて」

伊月は、窓に張り付き、今度は心おきなく取調室を覗き込んだ。

目前の光景は、刑事ドラマさながらだった。殺風景な何もない部屋に、事務用のデスクが一つ、そして部屋の隅に書記用の小机が一つ。

書記役は女性警官で、ただ下を向いて黙々と供述内容を紙に書き取っている。

戸口には用心棒のように大柄な警察官がひとり、そして、部屋の中央にあるデスクには、男が二人、向かい合って座っていた。

二人の体格や態度、そしてスピーカーから流れてくる会話を聞いていれば、どちらが警察官でどちらが容疑者か、すぐにわかる。

小さな窓があるほうに座っているのは、初老の小柄な男である。グレイのタートルネックシャツを着て、黒のズボンをはいている。なかなか洒落者のようで、髪も白髪混じりながらも綺麗にセットされている。ただ、だらしなく丸めた背中には、隠しきれない老いが感じ取れた。

「あれが、容疑者の岸田《きしだ》孝夫《たかお》ですわ。ふてぶてしい面《つら》ですやろ」

主任がいかにも憎たらしそうに言う。

容疑者……岸田孝夫の向かい、すなわち戸口側に座り、煙草を吸っているのが、取り調べ役の警察官である。いかにも現場のオヤジ然とした、体格のいい中年男で、どこかうんざりしたような表情をし、椅子から斜めにずり落ちそうな格好で座っている。

「ほな、後で誰かにお茶でも持ってこさせますし、ごゆっくり。僕はちょっと失礼しますわ」

主任はそう言って出ていき、ミチルは、軽く頭を下げて彼を見送った。結局、ミチルの隣に立ち、ずっと手を繋いでいる砂奈子の気配すら、彼には感じられなかったらしい。

（私には、こんなにはっきり見えて、感じられるのに）

氷のように冷たい砂奈子の手の感触を確かめるように、ミチルは指先に力を込めた。

――それで？　二十一年前に女の子撥ねたとき、お前どうしたんや？

――どうってアンタ……そらあ、車を停めて、道路に倒れてる女の子を、俺の車に乗せましたわ。

スピーカーからは、二人の会話が聞こえてくる。岸田の口調は軽く、何か世間話でもしているような感じがした。

「砂奈子ちゃん。……あの人なのね、砂奈子ちゃんのこと殺したのは」

ミチルは砂奈子の手を引き、窓に歩み寄った。当然、伊月は砂奈子をよけるように、身を引く羽目になる。

――……。

砂奈子は、突っ立ったまま、ただ能面のような顔で、岸田を見ていた。それとは対照的に、ミチルは酷く息苦しげな顔で、岸田の年老いてもそれなりに整った横顔を、食い入るように見つめている。

「ミチルさん……。思い出します？　事故のこと……」

伊月が躊躇いつつも声をかけると、ミチルはつらそうに唇を噛み、僅かにかぶりを振った。

「……やっぱり……思い出せない。あの人のような気もするし、あの人じゃないような気もする……」

失望に満ちた声でそう言って、ミチルは項垂れた。

「顔を見たら……思い出せるかもって。そう思ったのに」

「二十一年も経ってんだ、きっとあいつも面変わりしてますよ。気にすることないですって。もう、あいつ自分で自分の罪を白状しちまったんだから。ミチルさんが思い出せても出せなくても、もうどっちでもいいじゃないですか」

伊月はそう言ってミチルを慰めようとした。


——何でお前、その子を車に乗せたんや？

——ちょっと、お巡りさん。もうそんな昔の事件の話はええでしょう。俺、調べて知っとるんですわ。轢き逃げの時効は五年でしょ。そんな話を聞いたかて、もう警察はその件で俺を逮捕できないはずですやん。危険運転致死罪の時効かて、十年やし。

もう成立してると思うなあ。ねえ、よう勉強しとるでしょうが。

――阿呆、素人が小賢《こざか》しいこと言うな。時効になっとっても、調書は取ることになっとんじゃ。質問したことにはガタガタ言わんと答ええ！

――まあ、そう怒らんと。ボチボチ言いますやんか。病院に早く連れて行こうと思たんです。

――嘘言え。ほんだら、すぐそこにO医大あったやんけ。何で行かへんかってんや！

――いや……何か動転しとったんですかなあ……。

――嘘言うな！

バン！と取り調べ用の資料を机に叩きつける音が、スピーカーをバリバリ震わせてこだまする。

「あの人……なのかな……」

ミチルが呟いたとき、部屋の入り口がガチャリと開いて、お茶の盆を持った制服組の警察官……ではなく、何故か筧が入ってきた。

「筧君！」

「筧じゃねえか。お前、何してんの、こんなとこで」

「こんなとこって、酷いなあ。一応、僕の職場やんか、ここ。……二人が来たって聞いたから、お茶くみ交代したんや」

そう言って部屋に入ってきた筧は、机の上にお茶を置き、いつもの人懐っこい笑顔を見せた。しかし、すぐに「ん？」と不思議そうに室内を見回し、首を捻る。

「どうしたよ、筧？」

伊月に問われて、筧は盛んに首を捻りながら答えた。

「おっかしいなあ。何か、この部屋、三人いるような気がするねんけど。あ、僕どけてな。何でやろ」

「…………」

伊月とミチルは、思わず顔を見合わせる。どうやら筧には、砂奈子の気配だけがうっすらと感じられるらしい。

「ってことは、伊月君って、筧君より霊感が優れてる……ということかしら」

「そうかもしれないですね。全ッ然、嬉しくねえけど」

伊月はげんなりしたように肩を竦め、筧は二人の会話が理解できず、きょとんとしている。

「何ですか、いったい？」

「何でもないのよ、筧君。それより、中の話……」

ミチルにそう言われ、伊月と筧も、スピーカーから流れてくる岸田の供述に、耳を傾ける。

――せやから、最初は病院に連れて行こうってホンマに思たんですて。だけど、見たらどう考えても死んどるでしょう。こらぁ、どうもやばいと思って。それで俺、自分の家に連れて帰ってしもたんですな。せやけど、そのまんまやったら腐ってしもうてかなわんし。次の日がちょうど生ゴミの日やったから、ゴミ袋にしっかり詰めて、車で隣の市まで……H市まで捨てに行ったんです。

――正直に最初からそう言わんかい。そんで、車はどうしたんや？

「……残念ですけど、やっぱり当時の捜査記録は、もう処分されて見つからへんかったそうです。せやから……」

筧が、抑えた声で囁く。ミチルと伊月の間に立ったせいで、まるで腰から砂奈子を生やしているように見える。そんな筧の姿に、伊月はそれこそ零れ落ちそうなくらい目を剝いたが、何も言わなかった。

「死後、性交の痕跡あり……は知らないんだ、警察は」

「ええ」

ミチルの呟きを、筧は何となく気まずい表情で肯定し、消えそうな声で「すいません」と付け加えた。

「……べつにお前が悪いわけじゃねえよ」

伊月は取調室のほうを向いたまま、ボソリと言った。

筧が、ニコッと笑って「ありがとう」と言うのはいいのだが、そのジーンズのウエストあたりからにゅっと出た砂奈子の頭を見たくないのである。

だが助かったことに、筧は窓から少し離れ、二人の……いや、砂奈子を入れると三人の背後へと移動してくれた。


——どうしたって……そんなん決まってますやろ。車から証拠が出たらやばいですし、燃やしましたわ、綺麗さっぱり。

——燃やしたて？　どないして燃やしたんや？

——兵庫県のR山系に、モトクロスの練習場がありましてね。そこへ車を停めて、中にも外にもたっぷりガソリンかけて、滅茶苦茶に燃やしてやりましたんや。履いてた靴も服も一緒にねえ。燃やしてしもたら、血痕も組織も何も見つからへんでしょう。俺、理系の人間ですよって、そのくらいは頭が回るんです。いやあ、我ながら、ホレボレするような手際良さやったなあ……。

岸田は、ますます得意そうに、気障な手つきで、高い鼻の先を擦った。そうすると、張りのない頰の皮膚に、チリメン状の細かい皺が寄る。取り調べ役の警察官は、忌々しげに舌打ちした。

——せやけど、車をそんなんして燃やしたら、煙も出るし爆発音もするし……。

——山奥でそんな音しても、誰も聞いてませんやろ。せいぜい、走りまくってる無茶な若い者が、事故ってええ気味やと思うくらいですよ。煙も、山火事だとは思われへんかったみたいやし。

——そんで、それから？

——当時の警察は、俺を疑ってたみたいでしたな。どっから足ついたんやろ。もしかしたら、あの時もう一人子供がいたみたいやから、その子が喋ったか……それとも誰か通行人が見てたか……そらわかりませんけど。いろいろ話を訊かれたけど、それっきりですわ。証拠がないと、どうしようもないですわね。しばらくしつこくつきまとわれて、でも結局、引っ張られることはなかったです。焦っとる刑事の顔見るんは、ちょいと楽しかったなあ。

岸田は、時効が成立している気楽さからか、実にあっけらかんと、楽しげに話している。彼にとっては、これはいわゆる自慢話の一つなのだろう。やっととっておきの秘密を語ることができて、嬉しくて仕方ない様子だ。

(ミチルさんのことだ……「もう一人の子供」って)

伊月がふと横を見ると、ミチルは唇を白くなるほど噛みしめていた。

そんなミチルの顔を、砂奈子がゆっくりと見上げる。

——お前なあ……。

——今の警察やったら、何か尻尾を掴めたかもしれへんねえ。……俺は今度もまた、あの方法で車を燃やしてやろうと思てたんやけど。もっと工夫せんとアカンかったかなあ。

――ふざけるな！　だいたいお前、三日前あの爺さんを轢いた時、ブレーキ踏んでないやないか！　どういうつもりやってん！

――……どうって……。寸前で、「ああ轢いてしまうわ」って思いましたからねえ。八十キロは出てたから、もう間に合わへんやろうと。それやったら素早く逃げようて思うやないですか。何と言うても、二回目なんやから、こっちも慣れてるんですかね。

――誰にも見られへんうちに逃げよう、て思うたんか？

――そうそう、そういうことですわ。今回は俺、ほとほとツキがなかったみたいやなあ。急いだせいで、コンビニの店員に車覚えられてまうわ、急いで帰ったら、女が来とるわ……。もうワヤですわ。

もうええ、と言って、警察官は深い溜め息をついた。伊月も筧も、一緒になって「はああ……」とやってしまう。

午前中はここまでにしよう、と言って、警察官が腰を浮かせる。戸口に立っていた警察官が、それを合図に、岸田容疑者に手錠をかけた。スピーカーから、ガチャン、という重い音が聞こえる。

伊月は、もう一つ溜め息をつきながら、ミチルを見た。

「もう、いいでしょう、ミチルさん。こんな奴の話、いつまで聞いてたって仕方ない……って、ミチルさん？」

伊月が声をかけているのにも気づかない様子で、ミチルは青ざめて強張った顔のまま、大学からここまでずっと繋いでいた、砂奈子の手を離した。

「……伏野先生？」

筧も、心配そうにミチルの顔色を窺う。

しかしミチルは、思い詰めた目をして、取調室を出ていこうとする岸田の背中を睨みつけるなり、クルリと身体を翻し、部屋を走り出てしまったのである。

「ミチルさん、駄目ですっ！」

伊月は顔面蒼白になり、ミチルの後を追おうとした。その瞬間、そこにあった椅子に蹴躓き、凄まじい音を立ててすっ転んでしまう。

「た、タカちゃん！　大丈夫かっ」

同じく後を追おうとした筧も、その惨状に驚き、足を止めて伊月に駆け寄った。

床で後頭部をしたたかに打ち、椅子が腹の上に乗り上げた状態の伊月は、目の前に星を飛ばしながらも、必死で叫んだ。

「馬鹿っ、俺なんかどうでもいいから、ミチルさん止めろッ！」

「わ、わかった！」

筧は、伊月に心配そうな一瞥を残し、凄い勢いで部屋を飛び出した。

「……痛……っ」

伊月は、ガンガンする頭を押さえながら、ゆっくりと上体を起こした。腹の上の椅子を投げ飛ばそうとして、ふとさっきと同じ場所で自分を無表情に見下ろしている砂奈子に気づき、彼は思わず癇癪を起こして怒鳴りつけた。

「てめえ、スカしてんじゃねえよっ！　誰のために、俺たちが、ミチルさんがここにいると思ってんだ！」

廊下では案の定、取調室から留置場に容疑者を連れて行こうとしている一行の前に、ミチルが立ち塞がっていた。

「あんた、何ですか！」

ミチルの顔を知らない警察官たちは、思いも寄らない妨害者に、思わず身構える。

岸田だけが、ポカンとしてミチルの顔を見ていた。

「すいません、あの、この人、大学の法医学の先生なんです。ふ、伏野先生っ！

「……ちょ……とりあえず、こっち来てください」

筧は警察官たちに言い訳しながら、背後からミチルの腕を引っ張って部屋に戻そうとした。だがミチルは、筧の腕を彼女にしては信じられないほど乱暴に振り払い、岸田を真っ直ぐに睨みつけた。

「どうして……」

ミチルの声は、感情を押し殺そうとするあまり、掠れて聞き取りにくかった。だが、警察官に守られるようにして立つ岸田には、ミチルの言葉が理解できたらしい。この状況を唯一面白がっているらしい彼は、だらしなく立って、ミチルの顔を見た。

「……何がどうして、なんかなあ、お嬢ちゃん。怖い顔して？」

ミチルはキッと岸田を睨み据え、今度はその場に居合わせたすべての人間に聞こえるように、凜と通る声で問いを投げかけた。

「どうして、砂奈子ちゃんの遺体を汚したの？」

警察官たちは、質問の意味がわからず、互いに顔を見合わせる。岸田だけが、小さく頰を痙攣させた。

「……伏野先生……」

筧は、途方に暮れたように、ミチルの背後に立ち尽くす。ミチルは、呼吸すら止めて、岸田の答えを待っている。

だが岸田は、プッと吹きだした。ミチルの頬に、カッと血が上る。

「何がおかしいの！」

「……いや、えろうすんまへん。あの頃は、俺も若かったんやな。……確かに、そんなこともしたわ」

へへっ、と笑い声を上げ、肩を震わせながら、岸田は顔を歪めて笑い、ミチルを見た。

「うんうん、そうや。あの子を捨てる前に、死体の下着を脱がせて、ヤったわ。もちろん、精液なんか残さんように気いつけて、上手いことなあ」

「……どうして……」

「どうして？　好奇心やんか、そんなん。小さな子はええって言うやないか。そんな機会はまたとない……そう思うたら、試してみとうなったんや。人を殺して、興奮してたってのもあったんかなあ。ホンマ、えろう良かったでえ。ヤケクソやったんや。もうアカン、それやったら何だって無茶なことをやったろうやないか、そんな気分やった。せやけど何でアンタが、そんなことを知っとるんや？」

好奇心、と口の中で呟き、ミチルはグッと両の拳を握りしめた。その唇から、低い声が漏れる。

「……私よ。事故を見てたもう一人の子供。……だけどショックで、何も思い出せなかった子供。砂奈子ちゃんを連れ去るあんたを見ていたのに、何も覚えてなかった子供……それが私よ」

「……へえ」

岸田は口笛を吹いた。

「ほな、アンタが俺の救いの神っちゅうわけか。俺はあの頃、アンタががっちり俺の顔を証言してまうことだけが怖かったんやで。その節は、黙っとってくれて、ありがとうさん」

からかっているわけではなく、心底嬉しそうな声で、岸田はそう言い、ヤニで黄色くなった歯を見せてニイッと笑いかけた。

「ほんだら俺ら、二十一年ぶりの再会っちゅうわけや。嬉しいなあ。ええ？」

ミチルはもう何も言わず、しかし筧には、彼女の全身がブルブルと震え、その背中に殺気が満ちていくのがありありとわかった。

筧が思いあまって何か言おうとしたその時、後ろのほうから、伊月の静かな声が響いた。

「ミチルさんが、手を挙げる必要はないんです」

その声に、一同の視線が一斉に伊月に集中する。

さっき転倒したときに脳振盪《のうしんとう》を起こしたらしく、まだふらつく身体を廊下の壁に手をついて支えながら、伊月はじっとミチルを見た。

「伊月君……」

まだその顔に憤りを漲《みなぎ》らせつつ、しかし確かに気勢を削がれて、ミチルは振り返り……そして、ハッと目を見開いた。

伊月の傍らに立っているのは、砂奈子。

その砂奈子が……それまで表情のない顔をしていた砂奈子が、ミチルに微笑みかけていた。

「砂奈子……ちゃん……」

「伏野先生っ」

ミチルの全身が、みるみる弛緩していく。頽《くずお》れそうになったその身体を、筧は危ういところで抱き留めた。

砂奈子は、生きていた頃、いつもミチルに向けていたのと同じ、ふうわりした笑顔で、一歩一歩、ミチルへと歩み寄る。

「何やねん、どないしたんや、アンタ」

岸田が怪訝そうな声を上げる。どうやら彼には、砂奈子の姿は見えないらしい。

ミチルは呆然と、目の前に立った砂奈子を見つめていた。

「ミチルさんがやるべきじゃない。……彼女が、自分でカタをつけるんです」

伊月の声に応えるように、砂奈子は、ミチルの脇をそのまま通り過ぎ真っ直ぐに岸田のほうへと歩いていく。

警察官たちにも筧にも、そして岸田にも砂奈子は見えていない。ただ、ミチルと伊月の視線だけが、砂奈子の後ろ姿を追う。

砂奈子は、迷わず岸田の背後に立った。そして、その腕に自分の腕を絡ませ、ミチルを見て、また笑う。

「……ああ……」

ミチルは、筧の腕に縋り、よろめきつつも立ちあがった。

「……な……何やねんな……」

ミチルの今はすっかり穏やかになった顔に浮かぶ謎めいた笑みに、岸田は薄気味悪そうに顔を顰める。

ミチルは、じっと岸田の顔を見て、再び問うた。

「砂奈子ちゃんに……あんたの殺した女の子に対して……罪悪感はないの？」
岸田は、馬鹿なことをと言いたげに、狭い肩を竦める。
「あれへん。あの事件はもう時効なんや。俺の罪は消えてんねん、とっくの昔にな
あ。俺は、今回の事件についてだけ裁《さば》かれるんや。一件だけなら、そんなに長い刑期
でもあらへん。どうっちゅうことないわ」
「……可哀相な人」
ミチルは、その瞳に憐憫《れんびん》の色すら浮かべ、岸田を見た。
「法に時効があったとしても……人の心には、時効なんてないのに。犯した罪が消え
る日なんて、来ないのに」
そしてミチルは、不気味そうに自分を見ている岸田から目を離さず、そっと自分を
支えてくれている筧の腕を押しやった。
「……口笛は吹ける？」
ミチルは、唐突にそんな問いを岸田に向けた。岸田は、眉を顰めて頷いた。
「吹けるで。……何でそないなこと訊くねんな？」
「いいえ、べつに。留置場は静かで退屈だから、口笛でも吹けば気が紛れるだろうと
……そう思っただけ」

ミチルはそう言って、真っ直ぐに岸田を見据えたまま、小さく笑った。その表情は伊月には見えなかったが、傍にいた筧は、ギョッとして半歩下がってしまった。

それは、ミチルの心の闇が、初めて表に出てきた瞬間だったのかもしれない。

筧の知らない顔で、ミチルは笑っていた。それは、冷たく凍りついた、暗い笑みだった……。

「……そうかもしれへんな。今夜あたり、試してみるわ。おおきに」

岸田は、ミチルのそんな表情など気にする様子もなく、ニヤニヤと笑っている。

「是非、そうして」

冷ややかにそれだけ言って、ミチルは踵を返した。しっかりした足取りで、廊下を歩き去る。

「筧。……悪かったな、面倒かけて。ミチルさん、連れて帰るわ」

伊月も、まるで木偶《でく》人形のようにミチルの後をついてきた筧に小声でそう言った。

そして、わざとらしく陽気な声で、岸田や彼を取り巻く警察官たちに向かい、声を張り上げる。

「すいません、お騒がせしましたあ。俺たち帰りますので、ご心配なく。筧刑事が、放り出してくれます！」

法医学教室の人間と聞いて、それ以上の詮索《せんさく》を諦めたのだろう。彼らは狐につままれたような顔で、しかしすぐに気を取り直し、岸田を連れて留置場に向かう。

貧弱な岸田の背中を見遣り、伊月は筧に言った。

「……お前、見えないか」

「何がや？」

「あいつの……岸田って奴の、後ろ……。女の子が一緒についていってる」

「……は？」

伊月の視線を追った筧は、大きな手で目をゴシゴシと擦った。だが何も見えないらしく、心底心配そうな顔で、伊月を見た。

「タカちゃんまでおかしなってんのんか……？　大丈夫なんか、二人とも」

「自信ねえわ。もしかしたら、マジでおかしいのかもな」

伊月は、疲れた笑みを浮かべ、肩を竦めた。

「でも、俺とミチルさんには見えてんだから仕方ねえや。中西砂奈子だよ。……今、岸田についてった」

「何やて？」

筧は、もう一度、廊下を曲がっていく岸田を見る。

「……見えへんで……？」

「でもさっき、お前感じてたろ？　あの部屋に、俺とミチルさん以外に誰かいるって」

「……うん。ほんなら、僕には見えてへんだけで……ホンマにおったんか？」

「ああ。ミチルさんと一緒にな。でも、今はあいつにくっついてった」

伊月は、何かを切り捨てるような口調で答える。

筧は、ゆっくりと首を伊月へ向けた。いつも笑みを湛えている面長の顔が、今は薄く口を開いたまま、硬く強張っている。

「……ついていったら……どないなるん……？」

「俺が知るかよ。これに関しては、俺は見てるだけが役割なんだからな」

伊月はそう言い放ち、巨大な埴輪《はにわ》のようなポーズで硬直している筧の広い肩を、ポンと叩いた。

「気にすんな。見えてねえなら信じなくてもいいさ。……ミチルさん心配だから、帰るわ、俺」

「……あ……うん」

両手をジーンズのポケットに突っ込み、少し猫背に薄暗い廊下を歩き去る伊月を、篁はただ、放心したように見送っていた……。

3

ミチルは、T署のすぐ前で、伊月を待っていた。

「先に帰っちまったかと思ってました」

伊月がその姿を見つけて駆け寄ると、ミチルは笑顔で言った。青白い顔をしているが、何かがふっ切れたような表情だった。

「だって、先にひとりで帰ったら、都筑先生が変だと思うじゃない。ちゃんと、主任さんに挨拶してきたわよ」

「げ。そういえば、俺、何も言わずに出てきちまったわ」

「帰りは急がないから歩いて帰るって言ったわ。いいでしょ？」

「いいっすよ。飯食って帰っても……ってわけにはいかねえか。さすがに、サンプル持ってる時は……」

「そう。落とすとシャレにならないから、真っ直ぐ帰りましょうね」

「はいはい」

そこで二人は、大通り沿いに、大学に向かい、ブラブラと歩き出した。空は相変わらず薄曇りだったが、まだ雨は降り出しそうにない。

暖かい……というよりは、何となく生温い空気は湿り気を帯び、腕を振るたびに粘りつくような感じがする。

歩きながら、伊月はミチルに言ってみた。

「筧がね。岸田に砂奈子がついていったら、どうなるんだ？　って訊いてましたよ」

「……何て答えたの？」

ミチルは、横目で伊月を見上げ、訊ね返してきた。伊月は、ミチルの手から試料の入った紙袋を取り上げて答えた。

「知らねえ、って」

「私もわかんないわ。もしかしたらとんでもないことをしちゃったかも……とは思うけど。だけど、時効が成立して、この世の中の誰もあの男を裁けないなら……」

「裁けるのは、中西砂奈子だけ。あの男に殺された砂奈子本人しか、あの男をどうこうすることはできない。……って、いったいどうする気なんだろう、あの子」

「さあ。……でも私、後悔してないの。だって砂奈子ちゃん、笑ってくれたもの。昔みたいに、私のこと見て、笑ってくれたから。もうそれだけで、嬉しいと思ってる」

「中西砂奈子は、ミチルさんのことは許したわけだ？」

伊月は、少し首を傾げてミチルを見た。ミチルも、ほんの少し、首を傾けて伊月の細い顎を見上げる。

「そう思った。……だから、今は私、本当に嬉しいと思っちゃってるの。あの男がどうなっても、べつにいいやって。こういうの、法医学をやってる人間としては、駄目だよね。いつも中立の立場で、なんて伊月君に偉そうに言ったのに、幽霊の復讐の片棒担いじゃったんだもの」

「…………」

伊月は何も言わず、ただミチルの歩くスピードに合わせて、長い足を運んでいる。その顔には、いつものちょっと皮肉な笑みが浮かんでいるだけだった。

「……何も言わないの？」

ミチルに問われて、伊月はニヤッと笑って答えた。

「俺は今回、見てるだけでいいんでしょ？　意見は言いませんよ。っていうか、早いとこ、いつものミチルさんに戻ってくれりゃあ、俺はそれでいいや」

ミチルは、両手の指を後ろ手に組み、伊月を少し照れ臭そうに見上げて笑った。

「たぶん……もうすぐ、いつもどおりになるわよ」

「そうしてください。ま、少なくとも今、俺とミチルさんの間に、あの幽霊娘が挟まってないだけで、俺は十分すぎるほど嬉しいですけどね」

実感のこもった伊月の言葉に、ミチルは思わず吹き出してしまった。

「伊月君ってば。車の中で、泣きそうな顔してた」

「泣いてましたよ、ほとんど」

伊月のふてくされた顔に、ミチルはクスクス笑いを堪えられない。

「笑ってんだもんなあ、ひでえや」

「だって……」

「……ま、いいか」

つられて、伊月もどことなくヨレた笑いを漏らしてしまう。そのまま二人は、何だか妙なハイテンションで笑いながら、大学へと帰っていったのだった。

＊　＊

二人が教室に戻ると、峯子と陽一郎は昼食に出ていて不在だった。

「おう、お疲れさん。どうやった？」

テレビで昼のニュースを見ながら、コンビニで買ったらしい焼きそばを食べていた都筑は、二人を見ると、口元を拭きながら訊ねた。

「試料、ちゃんと頂いてきました。すぐに抽出にかかりますね」

そう言うなり、ミチルは実験室へと行ってしまう。

ひとり残された伊月は、仕方なく、都筑の向かいに座った。

「……で？　妙にスッキリした顔して向こう行きよったけど、署で大暴れしたんと違うやろな？」

都筑にニヤニヤ笑いでそう問われて、伊月は片眉を吊り上げて答えた。

「大暴れ……はしてないですよ。小暴れ程度っす」

「小暴れ……っちゅうことは、備品壊したり、容疑者殴ったりはしてへんねんな？」

「さすがにね」

「それ聞いて、安心したわ」

さすがの都筑も、かなりの覚悟でミチルを送り出したと見える。本当にほっとした様子で、再び箸を取り上げた。

「はあ……。まあ」

（安心……安心してもいいんだかなあ……？）

内心首を捻りながらも、伊月は席を立ち、自分もミチルの作業を手伝うべく、教室を出た。

結局、車両から採取した試料を用いたDNA抽出は、その日の夕刻に終了した。

血痕にしても組織片にしても、抽出手段はさして変わらない。

どちらもまずは試料を細かく切断し、バッファーの中で、蛋白分解酵素を反応させる。その後、フェノールとクロロフォルムを等量ずつ混ぜた液を使い、DNAを抽出してやるのだ。

伊月は、どちらかと言えば抽出が簡単な血痕を任せてもらったが、それまで血液からのDNA抽出しかやっていなかった彼には、それは酷く緊張を強いられる作業だった。

血液からは、大量の白血球が分離できるので、比較的抽出が簡単である。大雑把な処理をしても、まずDNAを「取り損ねる」ことはない。

だが血痕は、視覚的にハッキリしていても、その中に含まれる白血球はそう多くない。血液と同じ方法で抽出を行っていても、確認できる沈殿物の量がけた外れに少ないので、常に「DNAがどこかへ行ってしまったらどうしよう……」とハラハラしながら、操作を続けなくてはならないのだ。

最後にTE液に乾燥させたDNAの沈殿を溶かし、吸光度計でDNA濃度を測定したところで、伊月はやっと胸を撫で下ろした。

「はー。よかった、ちゃんと取れてたよ……。俺もう、泣きそうだったんですよ。失敗したらどうしようかって」

「そんな新鮮な血痕ごときで失敗してたら、クビよ、クビ」

組織片から抽出したDNAが入ったエッペンドルフチューブを軽く振りながら、ミチルは笑った。

その笑顔が本当にいつもの彼女のものだったので、伊月は何となく嬉しくなった。

「院生をクビにしたって仕方ないでしょう。……で、抽出したサンプル、どうするんですか？」

「んー。これから、PCRをかけて帰るわ。それで、明日の朝には、問題なくSTRの型判定ができるでしょう」

STR——Short Tandem RepeatというDNA中の短い塩基の反復配列を用いて、ミチルは個人識別を行おうとしているのだ。

「血液型は？」

「血液型とHLAタイピングは、月曜日に陽ちゃんにやってもらうわ」

ミチルは、伊月の手からサンプルを受け取ると、自分が抽出したものと合わせて、小さなケースに収めた。そして、試薬を冷凍庫から取り出し、実験室の隅にあるPCR操作専用の小部屋へと入っていく。伊月はその後を、フラフラとついていった。

「何か手伝うことあります？」

戸口に立った伊月が訊ねると、ミチルはちょっと考え、かぶりを振った。

「ない。PCRをかけたら私も帰るわ。もう六時過ぎてるし、帰っていいわよ」

「もう、都筑先生も帰っちまいましたよ。ひとりで大丈夫っすか？」

何となく心配で去り難い伊月に、スツールを引き寄せ、実験の準備をしながら、ミチルは明るい声で言った。

「大丈夫。心配しなくても、終わったらすぐ帰るから」

伊月も、それでようやく安心して、「オッケー」と言った。

「それじゃ、できる範囲の戸締まりはしていきます。……お先に」

「お疲れさま。楽しい週末をね」

「ミチルさんも」

ニッと笑って片手を上げ、伊月は小部屋の引き戸を閉めた。

「……いろいろ、ありがとね」

そんなミチルの声が、引き声の向こうから聞こえた気がした。

＊　＊

楽しい週末を、とミチルは言った。

しかし翌朝早く、伊月は電話で叩き起こされる羽目になったのである。

「……うあ……？」

寝惚《ねぼ》けて枕元のスマートホンを取った伊月の耳に飛び込んできたのは、切羽詰まった筧の声だった。

「タカちゃん、起きてや！　大変やねん、大変やねんて！」

「あ？　筧……？　何が大変だよ、馬鹿野郎……まだ七時過ぎじゃねえか」

目覚まし時計を見た伊月は、しょぼついた目をパチパチさせて毒づいた。

しかし筧は、

「それどころやないねん！　なあ、聞いてるか、タカちゃん！」と大声を張り上げる。

「聞いてる……耳痛ぇや、でかい声出すな」

　伊月は仕方なく、寝乱れた髪を振り払いつつ、のっそりとベッドに身を起こした。首筋をボリボリ掻きながら、朝から鬼のように元気な相手に訊ねる。

「で、何の用だよ？　何が大変だって？」

　筧が、スピーカーの向こうで生唾を飲む音が、妙に生々しく聞こえた。それから筧は、相変わらずの大ボリュームで、こう叫んだのである。

「あんな、昨日の容疑者が……岸田孝夫が、死んだんや！」

「…………」

　伊月は、一瞬何を言われたのか理解できず、ベッドに胡座を掻いたまま、ポカンとしていた。

「……何だって？」

　筧は、珍しく苛立ったように咳き込みながら繰り返す。

「僕もさっき呼び出し食らったんや！　あの轢き逃げ事件の容疑者の、岸田孝夫が、房の中で死んでたんやて。場所が場所やし、司法解剖してもらうて、課長が言うてるねん。僕、もう行くし。あとで解剖室で会おな」

　ブツッ、と容赦なく電話は切れた。

「……岸田が死んだ……。マジで？」

沈黙したスマートホンをまだ耳に当てたまま、伊月は呆然として呟いた。

その六時間後、午後一時。

O医科大学法医学教室解剖室で、岸田孝夫容疑者の司法解剖が始まった。

「まあ、こういうのも『不思議なご縁』っちゅうんかな。轢かれた人も轢いた人も、同じ解剖台に仲良く乗るっちゅうんは」

「そうですなあ。……あ、令状《キップ》、ここに出てます」

都筑の言葉に感慨深く頷きつつ、中村警部補は令状を書記用机の上に置いた。

そこに書かれた鑑定医の名は、都筑壮一になっている。そして都筑は何を思ったか、副執刀医にミチルを指名した。

「伏野先生、相方《あいかた》頼むな」

「……はい」

ミチルは都筑や伊月に背を向け、腕カバーを着けながら答えた。

「ちょ……」

伊月は、それに対して異議を唱えようと口を開けた。だがその瞬間、都筑に絶妙のタイミングで、それを遮られてしまう。

「伊月先生には、悪いけど筆記役頼もうか。今日は森君を呼んでへんからな」

そう言われ、ニコニコと筆記用の机を指さされてしまっては、伊月には文句の言いようがない。

「……何考えてんだか」

ボソリと言って、伊月はムッとした顔で椅子を引き、ドカリと腰を下ろした。

清田は相変わらず、ニコニコと不動の愛想良さで、器具を揃えたり、カメラにフィルムをセットしたり、忙しく立ち働いている。

「さてと。……状況説明、お願いします」

「はいはい。休日出勤させてもて、えらいすんません」

中村警部補は、今日も鮮やかな黄緑色のブルゾンを着こみ、妙に気障な足の組み方をして、岸田が死に至った経緯を説明し始めた。

それによると、昨夜は岸田は寝付けない様子で、妙に落ちつきなく房内をウロウロしていたという。

午前一時頃、岸田が横たわったまま口笛を吹いていたので、静かにするよう注意したと、当番の警察官が記録を残している。

そして、その直後。岸田は突然、大声を出して錯乱状態になった。当直の警察官たちが慌てて駆けつけたが、すでに岸田は意識消失した状態で、床に倒れていたという。

「すぐに一一九通報して、救急搬送したんですが、病院到着時、すでに心肺停止、その後も蘇生しとりません」

中村警部補は、そう言ってパタンとノートを閉じた。

「病院では、何か先生言っとったか？」

都筑の問いに、警部補はあっさりかぶりを振った。

「いえ、何も。ついでに申し上げますと、岸田には既往歴はまったくありません。まあ、病院にかかってないからといって、健康体とは限りませんけどね」

「まあ、そういうこっちゃ。ほかに何か、気がついたことはあらへんか？」

都筑はそう言って、一同を見回した。

ミチルは極めて無表情にかぶりを振り、カメラ係の警察官も、例によって雑巾を洗っている筧も、何も言わない。

「そうか。……ほな、始めようか。写真からよろしゅう頼みます」

都筑は、そう言って解剖開始を告げた……。

＊　＊

結局、司法解剖は、ほんの三時間足らずで終了した。

まったく外傷がなく、外表の検案が実に早く終了したためである。

都筑は、検案書を書くために伊月の机の脇に立ち、記録をひととおり見直す。

「外表、なーんも損傷あらへんかってんやんな、伊月先生」

「ないです。結膜蒼白で溢血点少数。口腔粘膜も同じ。外耳道から出血なし。……あとは死後硬直も死斑も、昨夜《ゆうべ》午前一時過ぎの死亡で矛盾ないですね」

「……せやな」

都筑は口角をうんと下げ、苦り切った顔で、先を促した。

「解剖所見のほうはどうやった？　特に……何か……」

「ないですねえ。……ねえ、伏野先生」

伊月は遺体に臓器を戻し、黙々と縫合しているミチルに声をかけてみた。解剖中、ミチルはずっと無表情かつ冷静に作業を続けており、所見を言う以外、まったく伊月に話しかけてこなかった。

急に呼びかけられ、ミチルは少し驚いたように顔を上げたが、すぐに作業を再開しながら、低い声で言った。

「軽度心肥大、諸動脈中等度硬化、軽度脂肪肝。そんなところでしょう。あとは諸臓器鬱血、血液暗赤色流動性……心臓外膜下に溢血点少数……」

「いわゆる急死の所見やな。あとは、年齢相応の所見だけか」

都筑は、軽い溜め息をついた。中村警部補が、椅子に掛けたまま、上目遣いに都筑の表情を窺う。

「先生、どないでっか？」

「うーん」

都筑は唸り、そして伊月が書きかけた死体検案書の下書きを見ながら言った。

「氏名と生年月日はええな。死亡場所はT署か。かっこええなあ、それ。……それから……うん、死亡時刻は一時十五分頃、それでええわ。発見直前に死亡したっちゅうことやな。……あとは死因か……」

都筑は振り向き、ミチルに訊ねる。

「伏野先生、死因どう思う？」

ミチルはしばらく沈黙し、そして清田に縫合の仕上げを託して、綿手袋を外してから、都筑の横に歩み寄った。

「どこまで行ったんですか……ああ、はい。死因……」

ミチルは俯いて下書き用紙を見ながらちょっと考え……そして、無表情を保ったままで、伊月の顔をじっと見つめた。

「……何も、死因になるような疾患ないっすよ」

伊月は、戸惑い、視線を逸らしてそう言った。その拍子に、流しで雑巾をジャブジャブ洗っている筧と視線が合う。

すべてではないものの、今回の経緯を知る筧は、何ともいえない困惑の表情で、伊月を見ていた。

(そんな目で見たって、俺が知るかよ)

何となくムッとして、伊月はそこからも顔を背けた。

ミチルは、都筑にボソリと言った。

「検索中にします？」

都筑は、うーんとまた唸る。死因を「不詳」にするのが、どうも嫌らしい。

「まあ、この心臓見たら……不整脈、っちゅう可能性がいちばん強いかなあ」

「不整脈……」

伊月は、再びミチルを見据える。僅かに首を傾げたミチルに、伊月はこう言ってみた。

「……不整脈ってことは……。何か、滅茶苦茶怖いものでも見たのかな？　幽霊とか」

伊月は、ミチルの動揺するさまが無性に見たかった。それを見れば、何となく安心できるような気がしていたのである。

だがミチルは、髪の毛一筋すら動かさず、ごくあっさりと、

「そうかもね」と言った。

「……ミチルさん……」

伊月は思わず絶句する。背筋に、軽い悪寒が走った。

都筑は、そんな二人の様子を気にするふうもなく、そうやなあ……と、口をモゴモゴ動かしながらさらに考え、よっしゃ、と両手を打った。

「不整脈の疑い（検索中）、でどうや。ほかに思いつくことはないし、まあ、勾留《こうりゅう》されるっちゅうんは、それだけで多大なストレスやろうしな。十分考えられるやろ。とにかく、薬物関係と組織を調べてから、最終的な検案書を出すっちゅうことで。どうや？」

そう言って、都筑は、伊月とミチル、そして中村警部補を見た。

伊月は肩を竦め、ミチルは頷き、そして中村警部補が、正直な感想を漏らす。

「はあ。それでけっこうです。うちとしたら、取り調べ中に暴行されてなんとかかんとか、とかいうことでなければ、安心なんですわ。身内の不祥事を暴くんは、嫌ですからねえ」

「まあ、そうやな。……この人、遺族は？」

都筑の問いに、警部補は即座に答えた。

「近くに通ってくる女はおるんですが、まあ他人ですから。東京に住んでる兄貴に、引き取ってもらいます。明日来るらしいんで、うちのモルグに入れときますわ」

「そうか。ほな、それで頼むで。……そしたら僕、先に上がるな」

都筑はそう言って、解剖室からさっさと出ていった。

後に残された伊月は、検案書の清書にとりかかる。普段なら陽一郎か峯子がやってくれる仕事だが、今日は彼らがいないので、自分でやらなくてはならない。

中村警部補は、どことなく晴れやかな表情で、署に電話をかけに立った。きっと解剖結果を報告するのだろう。

容姿に似合わず拙《つたな》い字を並べながら、伊月は、立ち去ろうとしないミチルに、顔を上げないまま話しかけた。

「ミチルさん。……俺、昨日訊こうと思ってて忘れてたことあるんですよ」

「何？」

静かな声で、ミチルが答える。

伊月は、小声で訊ねた。

「昨日、岸田に会ったとき……最後にミチルさん言ったじゃないですか。『口笛でも吹けばいい』って。何で唐突にあんなことを？」

「ああ……あれ」

ミチルは、吐息混じりに少し笑った。

「『おお君よ、口笛吹かばわれ行かん』」

「……は？」

ちんぷんかんぷんな言葉に、伊月は思わず手を止めて顔を上げた。ミチルは、穏やかに微笑していた。

「何ですか、それ」

「M・R・ジェイムズの怪談。古い言い伝えがベースになってる話よ。知らない？」

「知りません。……どんな言い伝えです？」

「『夜遅く口笛を吹いてはいけません。なぜなら、幽霊は夜に口笛を吹く者の前に現れるからです』……っていうの。昔の人は、本当のこと言うのね」

伊月は、あんぐりと口を開いて、ミチルを凝視した。

「ミチルさん……。あんた……」

ミチルは、腕カバーを外し、ホルダーに引っかけに行ってから、再び伊月の下《もと》に戻ってきて、囁くように言った。

「後悔してないわ。……昨日もそう言ったでしょう？」

言葉の出ない伊月に、ミチルは屈託のない笑顔を向け……そして、皆に「お疲れさま」を言って、解剖室を出ていってしまった。

「……なあ。タカちゃん、大丈夫か？」

硬直している伊月のもとへ、今度は筧が寄ってくる。伊月の表情が、だんだん不機嫌そうに引き締まり……そして彼は、気のいい親友の犬のような目を見て、荒々しく言い放った。

「ああもう、俺は知らねえ。何も考えねえぞ！」

そして、彼は筧をそれきり無視して、検案書にガリガリとペンを走らせながら、吐き捨てるように呟いたのだった。

「俺は今回は見てるだけの係なんだ。何が正しくて、何が間違ってるかなんて、知るもんか！」

＊　＊

「お疲れさん。休みの日に悪かったなあ」

教室に上がったミチルに、お茶を淹れながら、都筑は声をかけた。

「いえ。どうせ、例のサンプルをアナライザーにかけるつもりでいましたから」

言葉少なに答えて実験室に消えようとしたミチルを、都筑は静かな声で呼び止めた。

「伏野先生」

「……何ですか？」

ミチルは、足を止めて都筑を見た。都筑は、西日を背に浴びて、じっとミチルを見つめて言った。

「自分の手で、憎たらしい轢き逃げ犯の腹開けた気分はどうや？」

ミチルは、二、三歩机に歩み寄り、都筑の顔を覗き込むようにして微笑した。

「もっと動揺するかなって思ってました。……でも。いつもの解剖と同じです」

「……同じ、か。そら良かった、と言うべきなんやろな、上司としては」

都筑も、苦笑を浮かべてミチルを見る。

ミチルは、ジーンズから出したままのシャツの裾を指でたぐりながら、静かに言った。

「私のしたこと、何もかもご存じなんでしょう、先生は。いつもそうなんだから」

「何もかもはわからへんよ。僕は、超能力者と違うし、盗聴マイクを仕掛けまわってるわけでもあらへんからな。……せやけど」

ティーバッグをカップから引き出しつつ、都筑は訊ねた。

「君の『無明の闇』は明けたんか、て訊いてるんや、僕は」

「……んー」

ミチルは即答せずに、都筑の背後に広がる外の光景に目をやった。静かな、休日の駅前の風景。それをしばらく見つめた後、ミチルはクスリと笑った。

「何や？」

都筑は、お茶を音を立てて啜りつつ、怪訝そうに訊ねる。

「あのね。その『無明の闇』って言葉、私、後で辞書で引いてみたんです」

「そしたら、煩悩《ぼんのう》に囚われた迷いの世界を……つまり、この世のことを『無明世界』って言うんですって」

「うん、そんで？」

ミチルは、少しおどけた口調で続けた。

「『無明の闇』が明けてみたら、『無明世界』にいる自分に気がついた、って感じですね、まさしく」

「なるほど。せやけどそれも一歩前進、やんか。君の友達の『砂奈子ちゃん』のおかげなんかな」

ミチルは、こくりと頷いた。

「私はそう思ってます。……砂奈子ちゃんが、岸田を裁いたんだって。そして、私がその手助けをしたんだって」

「手助け？」

「先生は、信じないかもですけど。……でも私、昨日の朝、砂奈子ちゃんの幽霊を、岸田の下まで連れていきました」

僅かに眉を上げ、小さい目をパチパチさせただけで、都筑はそれに対しては何も言わなかった。だがミチルは、そのままの勢いで、言葉を継いだ。

「だけど、それを全然後悔してないって言ったら、私、クビでしょうか。あの男が死ぬことを、最初から予想して動いてた私は、法医学者失格でしょうか。岸田を本当に殺したのは……砂奈子ちゃんじゃなく、私なんでしょうか」

冗談めいた口調で、しかしどこかに不安を秘めて投げかけられた問いに、都筑は「いいや」とハッキリとかぶりを振った。

「なあ、伏野先生。僕らは法律が僕らを守って、縛って、そして時には罰すると思うてる。けど、結局のところは、最終的に人を裁くんは、もっと大きな、そして内なる存在と違うかなあ。僕はそう思うねん」

「もっと……大きな、内なる存在？」

ミチルは目を見張る。都筑は頷いて、自分も窓の外を見た。

「結局人間は、自分の良心に裁かれるん違うやろか」

「良心……」

「うん。たとえば、僕がここで君に、小さな嘘をつくとするやん。そんなんで、法は僕を罰されへんやろ？　せやけど、もしその嘘で君を傷つけたら、そのことで僕はきっと密かに苦しむことになるやろうな。そういうのも確かな罰やと、僕は思うねん。そういう良心の裁き、っちゅうんは、どんな奴にでもあるん違うかな」

ミチルは、キッと顔を上げた。

「でも先生！　あの男……岸田は、全然反省なんかしてなかった！」

「そうか？　ホンマにそうかな？」

ミチルが激しても、都筑は穏やかな笑顔を消しはしなかった。

「ほんなら、君が幽霊連れて行っても、死ぬことはなかったん違うか？　心臓止まるほどビビったんは、何でやと思う？」

「……それは……」

都筑は、カップを机に戻し、諭すような口調で言った。

「人の心は、言葉や態度だけで測れるほど、浅うないんやで。……良心のない人間はおらん。少なくとも、僕はそう思うとる。岸田をホンマに殺したんは、砂奈子ちゃんの幽霊やない。君でもない。……二十一年間、ずっとあいつの行動を見とったあいつの良心が、あいつを裁いたんや。僕はそう思う」

ミチルは、深い溜め息をつき、脱力したように頷いた。そして、都筑のよく張った顎を見ながら言った。

「じゃあ私は、自分の良心の裁きに、この身を任せることにします。……ねえ、先生」

「何や？」

「今の話、伊月君にもしてあげていただけませんか？　私、どうも彼を、新しい『無明の闇』に放り込んじゃったような気がするんですけど」

「……嫌や。伊月先生のことは、君が何とかしいや。姉ちゃんやねんから」

ニヤリと笑ってそう言った都筑は、ミチルの脇を通り過ぎ、自分の部屋へ引き上げようとした。

その貧弱なほど細い身体が教授室の扉の向こうに消えようとしたその瞬間に、ミチルの耳に、都筑のとぼけた声が聞こえた……。

「一句、できた。『闇を抜け　嬉しと思う　その先に　新たな闇の　待つこの世かな』」

本書は小社より、二〇〇三年三月にノベルスとして刊行され、
二〇〇八年十一月に文庫版として刊行された作品の新装版です。

|著者| 椹野道流　２月25日生まれ。魚座のO型。法医学教室勤務のほか、医療系専門学校教員などの仕事に携わる。この「鬼籍通覧」シリーズは、現在８作が刊行されている。他の著書に「最後の晩ごはん」シリーズ（角川文庫）、「右手にメス、左手に花束」シリーズ（二見シャレード文庫）など多数。

新装版《しんそうばん》　無明《むみょう》の闇《やみ》　鬼籍通覧《きせきつうらん》

椹野道流《ふしのみちる》

講談社文庫

定価はカバーに
表示してあります

2019年10月16日第１刷発行

発行者――渡瀬昌彦
発行所――株式会社　講談社
東京都文京区音羽2-12-21　〒112-8001
電話　出版（03）5395-3510
　　　販売（03）5395-5817
　　　業務（03）5395-3615

Printed in Japan

デザイン―菊地信義
本文データ制作―講談社デジタル製作
印刷―――豊国印刷株式会社
製本―――株式会社国宝社

ISBN978-4-06-517650-4

講談社文庫刊行の辞

二十一世紀の到来を目睫に望みながら、われわれはいま、人類史上かつて例を見ない巨大な転換期をむかえようとしている。

世界も、日本も、激動の予兆に対する期待とおののきを内に蔵して、未知の時代に歩み入ろうとしている。このときにあたり、創業の人野間清治の「ナショナル・エデュケイター」への志を現代に甦らせようと意図して、われわれはここに古今の文芸作品はいうまでもなく、ひろく人文・社会・自然の諸科学から東西の名著を網羅する、新しい綜合文庫の発刊を決意した。

激動の転換期はまた断絶の時代である。われわれは戦後二十五年間の出版文化のありかたへの深い反省をこめて、この断絶の時代にあえて人間的な持続を求めようとする。いたずらに浮薄な商業主義のあだ花を追い求めることなく、長期にわたって良書に生命をあたえようとつとめるところにしか、今後の出版文化の真の繁栄はあり得ないと信じるからである。

同時にわれわれはこの綜合文庫の刊行を通じて、人文・社会・自然の諸科学が、結局人間の学にほかならないことを立証しようと願っている。かつて知識とは、「汝自身を知る」ことにつきていた。現代社会の瑣末な情報の氾濫のなかから、力強い知識の源泉を掘り起し、技術文明のただなかに、生きた人間の姿を復活させること。それこそわれわれの切なる希求である。

われわれは権威に盲従せず、俗流に媚びることなく、渾然一体となって日本の「草の根」をかたちづくる若く新しい世代の人々に、心をこめてこの新しい綜合文庫をおくり届けたい。それは知識の泉であるとともに感受性のふるさとであり、もっとも有機的に組織され、社会に開かれた万人のための大学をめざしている。大方の支援と協力を衷心より切望してやまない。

一九七一年七月

野間省一

柄谷行人・浅田彰

柄谷行人浅田彰全対話

二〇世紀末、日本を代表する知性が思想、歴史、政治、経済、共同体、表現などの諸問題を自在に論じた記録――現代のさらなる混迷を予見した、奇跡の対話六篇。

978-4-06-517527-9
かB17

幸田露伴　南條竹則・編

珍饌会《ちんせんかい》　露伴の食

露伴周辺の好事家たちをモデルに描く抱腹絶倒の戯曲「珍饌会」ほか、食にまつわる随筆六篇を収録。博覧強記の文豪・露伴の蘊蓄と諧謔を味わう「食」の名篇集。

解説=南條竹則　年譜=藤本寿彦

978-4-06-517432-6
こH5

講談社文庫　目録

2019年9月15日現在